ANIKA SUCK

# WAS DANACH KOMMT

ROMAN

KREMAYR & SCHERIAU

In an isolated system,
entropy can only increase

*The 2nd Law: Isolated System – Muse (2012)*

## Erstvernehmung

Ich weiß ja nicht. Aber die Beamten scheinen überfordert. Sie stehen beieinander wie Schüler, die ihre Gruppenarbeit verschissen haben. Jetzt müssen sie vielleicht die Klasse wiederholen. Einer von ihnen wischt sich immer wieder mit dem Ärmel über Augen und Nase.
Hoffentlich sind sie nicht überfordert. Hoffentlich wissen sie ganz genau, was zu tun ist. Hoffentlich brauchen sie mich nur anzuschauen – und das tun sie sehr eindringlich, wenn auch nie lang – um zu wissen, was passiert ist.
Sie wissen, wer in den Krankenwagen gelegt wurde. Ich habe nichts gesehen. Ich würde sie gerne fragen, wie mir geschieht.
Für das, was nach dem Ruck passiert ist, fehlen Wörter im Satz. Ich weiß nicht, wo ich den Korrekturstift ansetzen soll. Ich erinnere mich daran, dass ich am Steuer saß. Ich war spät dran für die Arbeit, danach nichts. Jetzt kann ich ausgesprochen schlecht atmen.

### *Unfassbares Unglück direkt vor Kindergarten passiert*

Die Polizei, die Rettung und ich – um uns herum ein Absperrband. Ich habe gleichzeitig das Gefühl, dass man mich hier nicht haben will, dass man mich aber auch nicht gehen lassen kann. Auf gar keinen Fall sollte ich von hier weg – oder bleiben.
Man legt mir keine Handschellen an, aber man weist mich in ein Polizeiauto ein wie in eine Anstalt. Ich bin jetzt das Problem von jemand anderem.

## Brief I

Heute Morgen, beim Frühstück, habe ich mir in die Hand geschnitten. Bis zu diesem Moment habe ich keine Sekunde daran gedacht, Ihnen zu schreiben. Ich habe nicht die Möglichkeiten abgewogen, welche Antwort ich von Ihnen erhalten könnte – oder ob Sie mir überhaupt antworten würden. Doch gut, das ist auch nicht der Sinn eines Briefs. Hätte ich eine Antwort gewollt, ich hätte angerufen. Doch die Antwort wird wohl nicht nötig sein. Jetzt, wo ich angefangen habe, darüber nachzudenken, fallen mir natürlich alle möglichen Dinge ein, die Sie mir schreiben könnten. Ich hoffe inständig, dass Sie es nicht tun.

Also der Schnitt. Ich habe ein Kipferl mit einem kleinen Brotmesser zerteilt und mir dabei selbst einen etwa fünf Zentimeter langen Schnitt in die Hand verpasst. Es hat nach einer Schrecksekunde fürchterlich wehgetan, und ich schwöre Ihnen, ich sah mir dabei selbst wie von außen zu. Als würde mein Körper auf der Bühne sitzen, aber ich selbst im Rang.

Der Schnitt hat nur kurz geblutet, aber er will sich einfach nicht ganz schließen. Den Abwasch zu machen ist eine Qual. Das Händewaschen, ja sogar ein Glas mit der verletzten Hand zuzuschrauben, ist kaum auszuhalten. Jeder unbedachte Griff, jedes Öffnen der Hand reißt den Schnitt wieder auf. Auch jetzt brennt es, wenn ich die Hand auf dem Tisch ablege. Der Schmerz holt mich in meinen Körper zurück, wenn ich mir wieder mal von außen zusehe. Mit ihm spüre ich auch die Wunde, die Sie mir zugefügt haben.

Ich hoffe, dass Sie auch etwas davongetragen haben, das Sie für immer daran erinnert, was Sie getan haben.

Ich weiß, diese Zeilen wirken, als würde ich mir doch eine Antwort von Ihnen herbeisehnen. Aber wie bereits gesagt,

habe ich nicht angerufen. Schreiben Sie mir nicht zurück. Ich kann mir gut vorstellen, wie ich reagieren würde, wenn ich einen Brief von der Mörderin meines Kindes zusammen mit den Rechnungen im Postkasten finden würde. Es brennt, und ich wünschte, Sie würden es auch tun.
Ich stelle mir vor, dass diese Gefühle auf Gegenseitigkeit beruhen. Es ist unschön geworden im Gericht. Wir sind unschön geworden, Sie waren unschön anzusehen von Beginn an. Ich wünsche mir, mir vorstellen zu können, dass wir beide vorher einmal schön waren. Doch das fällt schwer. Schreiben Sie mir bloß nicht. Bleiben wir beim Sie.

## Gutachten, Teil I

Fast alle Veränderungen siechen langsam ins Leben. Jede Zigarette kostet dich zehn Minuten deiner Lebenszeit. Eine einzelne Zigarette kostet dich gar nichts. Eine Zahnspange braucht Jahre, um deine Zähne in die richtigen Bahnen zu lenken. Wurzeln, Bast, Borke, Äste, Zweige, Blätter. Aber irgendwann steht dann da ein ganzer Baum. Andere Veränderungen sind wie eine Explosion.

Als es mir passiert ist – ich meine passiert im Sinne von: Mir ist der Einkaufswagen davongerollt, einen Hügel hinunter, er nahm Fahrt auf, krachte in einen Tanklaster, der explodierte und die halbe Stadt in Brand setzte –, in diesem Moment konnte ich nur zuschauen. Als mein vermeintliches Nichtstun eine Katastrophe herbeiführte.

Ich hielt mich nirgends fest. Ich saß nur da, die Augenlider bis an die Ränder geöffnet, und sah zu. Ich sah mich aus weiter Ferne, mit dem Feldstecher. Ich ließ ihn fallen, als hätte ich mich daran verbrannt. Der Tragegurt wurde von meinem starren Genick aufgefangen. Was soll man auch tun, wenn einem etwas passiert, das man nur aus Filmen kennt.

Wenn man ein Gebäude betritt, mit dem man nicht vertraut ist, sollte man immer zuerst den Notausgang suchen, für alle Fälle. Das grüne Schild mit dem rennenden Mann. Doch meine Wohnung hat keinen Notausgang, die Türen gehen alle nach innen auf.

Ich rauche oft im Bett, für eine kleine Herausforderung. Daran hätte ich schon oft sterben können, wenn man den Sicherheitsspezialisten glaubt. Anscheinend braucht es zum Sterben aber das Moment des Zufalls. Wie, wenn man jemanden schwängert. Der Zufall, an dem ich träge hänge, war an diesem Tag nicht auf meiner Seite.

Gregor vermietet mir seit vier Jahren das größte der drei Zimmer seiner Wohnung. Es sei einmal das Wohnzimmer gewesen, hatte er bei der Besichtigung gesagt. Ich fragte nicht danach, die zwei Zimmer zu sehen, die er bezieht. Die Wohnung gehört seinem Vater. Ich glaube, dass Gregors Vater die Möbel einfach dort gelassen hatte und Gregor keinen Grund sah, sein Taschengeld für neue auszugeben. In der Stadt hatte ich bisher nur in einem Studentenwohnheim gelebt – ein so großes Zimmer, auch noch mit den schönen Altbaufenstern, kam mir unheimlich luxuriös vor.

Das Haus hat einen Keller, in dem die einzelnen Abteile alle aufgebrochene Schlösser haben. Niemand lässt sie je reparieren, denn die Hausverwaltung ist nicht zu erreichen und auf eigene Kosten können sich die Menschen hier gerade einmal einen brummenden Heizlüfter leisten, der die Zentralheizung kaum ersetzen kann, und sonst schon gar nichts Wertvolles, das man im Keller aufbewahren müsste, weil die Wohnung vor lauter Schätzen aus allen Nähten platzt.

Es gibt einen Dachboden, hinter dessen Tür sich ein staubiges Dachgeschoss verbirgt, das Raum für mindestens eine ganze Wohnung hergeben würde. Dort stehen vereinzelte, ranzige Möbelstücke oder Teile davon. Eine Stehlampe mit zerbrochenem Glasschirm. Ein Sofa ohne Sitzpolster. Ich legte meine Schuhe, mit denen ich nach dem Unfall in mein eigenes Erbrochenes getreten war, dorthin, in der Hoffnung, dass das Haus sie verschlucken würde.

Manche Fenster dieses Hauses sind permanent mit Gardinen verriegelt. Es gibt keinen Aufzug, nur ein Stiegenhaus, in dem man schnell aneinander vorbeiverschwinden kann.

Von außen ist das Haus nur eines von tausenden ergrauten, klotzförmigen Wohnhäusern mit unruhiger Taubendekoration auf Fensterbrettern, Regenrinnen und Schindeln. Man lässt es in der Kartei der Gemeinde langsam dahinsterben. Als wäre es hierher gekrochen, in diesen Innenhof, um zu krepieren. So gesehen sind wir, die hier

wohnen, Nutznießer, Pilze und Ameisen auf einem toten Baum.
Vom schäbigen Äußeren des Gebäudes sowie vom schäbigen Inneren ist hinter unserer Tür nichts mehr zu sehen. Das Stiegenhaus mit bröckelndem Putz und Streifspuren der über die Stufen gewuchteten Fahrräder hinter sich lassend, tritt man in einen kaum beleuchteten Flur mit Parkettboden. Neben der einsamen Fußmatte liegen Gregors Turnschuhe und dieses eine Paar braune Lederschuhe. Allesamt sehen sie so aus, als hätte er sie vor wenigen Sekunden ausgezogen, als hätten sie sich noch ein Stück mit ihm mitbewegt.
Meine Jacken hängen an einer Garderobenleiste in meinem Zimmer. Die Schuhe ziehe ich für gewöhnlich im Flur aus, trage sie durch die Küche in das Wohnzimmer – mein Zimmer – und stelle sie dann auf das Gitter unterhalb der Kleiderstange.
Die Küche, das war mir bei der Besichtigung zuerst aufgefallen, war weder schmutzig, noch benutzt. Es gab keine Flecken auf den portugiesischen Fliesen, keine Brösel, die man nur sah, wenn man die Smeg-Kühlschranktür öffnete und nach unten schaute. Es gab kein schimmelndes Obst in einer Schale, kein sich stapelndes Geschirr auf der Theke oberhalb des Geschirrspülers, keine eingebrannten Tomatensaucenflecken oder Salzkrusten von übergelaufenem Nudelwasser auf den Herdplatten. Keine Magnete am Kühlschrank, keine Restaurantflyer oder aufgerissenen Briefumschläge.
Mit der Zeit gewöhnte ich mich daran, dass jeden Abend ein Essenslieferant klingelt, Gregor ihn ins Haus lässt und, ohne ein Wort zu sagen, wieder die Tür schließt. Ich erwarte jeden zweiten Tag ein Müllsackerl vor der Haustür, durch dessen hellgrünes Plastik man Knödel aus Stanniolpapier, Styroporverpackungen und Getränkedosen erkennen kann.

Als ich den Müllsack das erste Mal sah, nahm ich ihn mit nach unten und warf ihn, ohne einen zweiten Gedanken daran zu verschwenden, in die Restmülltonne im Innenhof. Das war ein Fehler.

Ich hatte höflich sein wollen, nicht eine von diesen Mitbewohnerinnen, die Dreck sieht und ihn einfach liegen lässt. Ich wollte zumindest versuchen, hier tatsächlich zu wohnen, aber ohne dabei Gregor in seinem Wohnen zu stören. Ein Wohnzustand, den ich nie vollständig greifen konnte. Gregor schien hier nicht zu leben, sondern nur das leere Zimmer zu beziehen wie in einem Hotel. Ich zog in die angrenzende Suite.

Als ich zwei Tage später erneut einen grünen, vollen Müllsack vor der Tür sah, nahm ich ihn wieder mit. Und zwei Tage später wieder. Und wieder. Ich dachte, ich wäre einfach zuvorkommend und Gregor wäre faul.

Nach einigen Wochen, in denen ich kaum zehn Sätze mit meinem Mitbewohner gewechselt hatte, da wir uns nie über den Weg zu laufen schienen, kam ich von der Arbeit nach Hause und wurde von Gregor begrüßt. Er lehnte im Türrahmen seines Zimmers, als hätte er auf mich gewartet.

‹Hallo.

‹Hi! Alles gut?

‹Ich weiß ja nicht, was du damit bezwecken willst.

Nichts begreifend hob ich meine Hand, in der ich ein Einkaufssackerl hielt. Hauptsächlich Cornflakes.

‹Warum bringst du meinen Müll weg?

Meine Wangen fühlten sich heiß und kalt an. Ich ließ meine Einkäufe wieder sinken, rückte den Träger meiner Handtasche, der um meine Schulter lag, gerade.

‹Na ja, wenn ich eh schon runtergehe …

‹Ich mach das schon.

‹Ich wollte nur höflich sein.

‹Wenn es dir hier nicht passt, kannst du ja eine Putzkraft anstellen.

Da ging mir der Knopf auf.

‹Nein … nein, es passt schon.

Das schien ihn zu beruhigen. Oder nicht mehr zu interessieren. Er trat einen Schritt zurück und machte Anstalten, die Tür zu schließen.

‹Gut.

Er schaute auf meine Schuhe, die sich auch nach den zwei Schritten, die ich ins Vorzimmer getreten war, noch an meinen Füßen befanden, und ließ die Tür ins Schloss fallen. Ich legte meine Tasche und den Einkauf auf dem Boden ab, schälte meine verschwitzten Füße aus den Sneakern, hob alles wieder auf und trug es in mein Zimmer.

Als zwei Tage später wieder ein Müllsack vor der Wohnungstür stand und einen leicht säuerlichen Geruch verströmte, trug ich ihn nach unten und warf ihn in die Restmülltonne, wobei ich den Sack so energisch aufhob, dass er erschrocken raschelte, und den Deckel der Mülltonne achtlos zuwarf, sodass der Knall von den Hauswänden im Innenhof zurückgeworfen wurde. Zwei Tage später tat ich es wieder. Und wieder. Und wieder. Und wir redeten nie wieder darüber.

Hätte man mich gefragt, ich hätte nicht in diesem Haus wohnen wollen. Aber ich fand diese Wohnung, ich brauchte eine Wohnung, ich nahm sie. Eine WG, klein und ungemütlich genug, um die Silvesterparty nicht veranstalten zu müssen, aber aufgrund der Nähe zur U-Bahn, die einen in wenigen Minuten an den grünen Stadtrand oder zum Bahnhof und damit potenziell ganz, ganz weit wegbringt, teuer genug, um nicht unendlich viel Gehalt am Ende des Monats übrig zu haben und sich unweigerlich fragen zu müssen, ob man sein Leben denn auch gut verbringen würde, wenn man zu viel Geld am Konto hätte und keine Pläne, etwas damit anzustellen. Was mir heute am besten an dieser Wohnung gefällt, ist, dass sie eine gute

Distanz zwischen mich und meinen Arbeitsplatz bringt. Nicht ums Eck, sondern eine vierzigminütige Autofahrt und ein ganzes Fall-Out-Boy-Album entfernt.
Ich hatte mir die Arbeit mit Kindern schön vorgestellt, sogar erfüllend, da ich als Jugendliche oft für ein bisschen Taschengeld auf die Nachbarskinder aufgepasst hatte. Wir machten gemeinsam Hausaufgaben, sahen fern, brieten Palatschinken. Die Arbeit als Pädagogin, dachte ich mir, würde nicht viel anders aussehen, außerdem würde ich auf einen sicheren Arbeitsplatz zählen können. Dass meine Vorstellungen nur zur Hälfte der Wirklichkeit entsprachen, hätte ich ja nicht wissen können. Meine Mutter hatte auch nichts dagegen einzuwenden gehabt, damit war die Sache entschieden gewesen. Wenn man sagt, dass man Kindergärtnerin werden möchte, fragt niemand nach.
Dass es ein Knochenjob ist, der an die Substanz geht, hätte ich mir nie im Leben vorstellen können. Meine Morgenroutine vor der Arbeit bestand darin, mir einen Panzer anzulegen. Ich saß immer noch ein paar Minuten am Parkplatz und starrte so lange in den Rückspiegel, bis meine Augen anfingen zu tränen und mir die Sicht verschwamm. Mein verzerrtes Spiegelbild passte viel besser an diesen Ort als ich. Im Kindergarten gab es kaum Platz für mich, für mein Herz. Kind zu sein ist brutal.
Kinder erinnern sich zwar später nicht mehr so genau daran, wie es war, aber wir sehen jeden Rotz, der den Tränen vorangeht, jedes Nasenbluten, jeden Schubser der anderen Kinder, der nur knapp an einer Kollision zwischen Tischkante und Genick vorbeiführt. Wir hören jeden kontrollierenden, bissigen Kommentar der Eltern. Kinder stecken so etwas einfach weg, verinnerlichen die Kritik, weinen dann, wenn sie beim Mandala über den Strich malen.
Bei der Hinfahrt wappnete ich mich für das Geschrei, das Geheule, die vorwurfsvollen Fragen der Eltern, die wü-

tend waren, weil sie meinten, ihr Benjamin würde nicht genug gefördert – ein Ding der Unmöglichkeit, wenn man meistens allein auf fünfundzwanzig Kinder aufpassen muss. Bei der Rückfahrt rauchte ich alle Zigaretten, für die ich tagsüber keine Zeit gehabt hatte.

Dieses Leben, das ich führe (oder vor dem Unfall geführt habe), war das Ziel eines Plans, den ich mir im letzten Schuljahr zurechtgelegt hatte. Als Kindergärtnerin hätte ich einen krisensicheren Job, Kinderbetreuung brauchte es immer, außerdem war ich gut darin, auf Kinder aufzupassen, zumindest wenn es sich um eine Gruppe von maximal vier Kindern handelte. Für immer einen Job zu haben, klang wie Absicherung, klang wie ein guter Plan, an dem ich nichts würde ändern müssen. Ich hätte ausgesorgt.

Jetzt wischte ich fünf Tage die Woche, frühmorgens bis nachmittags, aufgeweichte Backerbsen von Tischchen und schrie neben der Sandkiste, Nein, nicht in den Mund stecken! Ich trank pausenlos Kaffee und Energydrinks, denn Rauchen, selbst in den wenigen Pausen, ist am gesamten Gelände verboten, und irgendetwas brauchte ich, um durch den Tag zu kommen.

Nach einer Schicht in der Kleinkinderhölle sind meine Batterien leer und ich brauchte jemanden, der sie mir wieder vollmassierte. Für ein langwieriges Kennenlernen und Vertrauen-Fassen fehlte mir die Geduld. So kam ich irgendwann zum Online-Dating.

Die Dating-App, die für mehr als die Hälfte meiner täglichen Bildschirmzeit verantwortlich war, gab mir das Gefühl, mysteriös zu sein. Ich gab nur von mir preis, was ich auch wirklich herzeigen wollte, verschaffte mir Nähe auf Abstand. Ich suchte den Filter aus, durch den andere mich sehen sollten. Wenn ich jemanden traf, konnte ich die Weichzeichnung und die Wärme zumindest kurzfristig aufrechterhalten, und das reichte, um mein Bedürfnis

nach einer oberflächlichen, nicht weltbewegenden Interaktion mit Erwachsenen zu erfüllen.
So eine war ich also geworden, dachte ich mir manchmal und verdrängte den Gedanken gleich wieder, weil wozu? Ich schämte mich ein bisschen vor mir selbst und konnte doch nicht aus meiner Haut.
Männer, die mir in der App schrieben, waren oft angestellt bei Kunstuni oder Video Artist, ähnlich verloren wie ich. Mit denjenigen, mit denen man sich auch ein bisschen unterhalten konnte, traf ich mich. Danach wollten sie oft mit zu mir. Ich ließ sie in meinem Zimmer dünn gedrehte Zigaretten rauchen und ihr Sperma in meine Taschentücher reiben. Nachher streichelte ich über ihren Kopf – Krause, Wuschel, Glatze – und spürte für ein paar Minuten diese weiche Leere, die der Aufregung folgt. Manche wurden dann still, manche wanden sich sofort aus meiner Umarmung und sammelten das Kondom vom Boden auf, um es in ein Taschentuch zu wickeln und dann in ihre Hosentaschen zu stecken. Wie so eine wirke ich also – eine, die sich sowas aufhebt.
Frauen zu treffen war etwas schwieriger, zahlte sich aber mehr aus. Sie blieben länger und folgten mir in die Dusche. Sie komplementierten den Geruch meines Shampoos und borgten sich meine Cremes. Es war ein sanftes Miteinanderumgehen, heller Milchkaffee und wir erzählten uns von unserem Tag, Anekdoten unterbrochen von Nachfragen und Ausholen, denn, um zu verstehen, muss man Verbindungen knüpfen. Dann gingen sie, wie alle anderen, und man wollte sich wiedersehen, ganz sicher. Ich will mit dir in diese neue Ausstellung gehen.
Ich hielt das alles nicht geheim. Mein Privatleben (wobei, ab wie vielen Involvierten ist es nicht mehr privat?) sorgte in Gesprächen für Unterhaltung. Lachend erzählte ich meinen Freundinnen davon. Mit der Zeit verschwammen meine Gspusis miteinander. Ich konnte nicht mehr genau

sagen, worüber ich mich mit Deniz unterhalten hatte oder warum ich Astrid nicht mehr treffen wollte. Irgendwann fing ich an, auf meinem Handy eine Liste zu führen.

Nummer 4: Küsst meine Hände. Riecht leicht nach Babykotze.

Nummer 17: Bringt selbstgebackene Kekse mit (von ihrer Mutter). Ghostet mich nach einem Monat.

Nummer 28: Hat eine Panikattacke bevor er das Haus verlässt. Muss deshalb verschieben. Meldet sich nie wieder.

Nummer 49: Fragt, ob ich es manchmal mit meinem Mitbewohner tue. Ich frage, ob er Gras dabeihat, er will es mir verkaufen.

Nummer 106: Ist so nervös, dass er zwei Kondome zerreißt und mich dann fragt, ob ich eh die Pille nehme. Ich sage nein, er küsst mich auf die Stirn und geht.

‹Tut Ihnen das leid?

‹Was?

‹Dass nichts geworden ist aus Ihnen und …

‹Und wem?

‹Ganz genau. Wäre es nicht schön gewesen, eine Beziehung zu Nummer 106 aufzubauen? Oder zu irgendjemandem?

‹Ich weiß nicht, ob der das gewollt hätte. Darüber haben wir nicht gesprochen.

‹Warum nicht, glauben Sie?

‹… man spricht beim ersten Date ja nicht darüber, was aus dieser Geschichte für eine Beziehung werden soll.

‹Sie sprechen nicht darüber, was Sie für Pläne haben?

‹Über was reden Sie denn bei ersten Dates?

‹Um mich geht es hier nicht, Karmen.

‹Man redet halt über irgendwas Unwichtiges. Serien. Reisen. Sowas. Man sieht sich selten noch einmal, wozu also kennenlernen.

‹Das klingt ganz so, als wären Sie an einer Beziehung intere…

‹Bin ich aber nicht!

‹Ich war noch nicht fertig.

‹Entschuldigung.

‹Das klingt, als wären Sie an einer Beziehung interessiert, die nach ein paar Stunden endet.

‹Ja.

‹…

‹…

‹…

‹Stimmt irgendwas daran nicht?

‹Die meisten Menschen wünschen sich eine langfristige Beziehung. Selbst Menschen mit einer narzisstischen Persönlichkeitsstörung. Wurde so eine jemals bei Ihnen diagnostiziert, Karmen?

‹Was für eine Psychologin sind Sie eigentlich?

‹Ich bin psychologische Gutachterin.

‹Und wie geht es meiner Psyche heute?

‹Ich hatte gehofft, das von Ihnen zu erfahren.

‹Sollten Sie nicht irgendwelche Tests haben, um das herauszufinden?

‹Sie machen es mir nicht gerade leicht, Karmen. Wir sprechen schon seit einer Stunde miteinander. Bis jetzt haben Sie mir erzählt, wie es Ihrem Mitbewohner geht. Sie haben mir erzählt, wie es der halben Stadt geht, nachdem diese Menschen mit Ihnen im Bett waren – oder eben nicht. Alles, was ich mir bis jetzt über Sie aufschreiben konnte, ist, dass Sie nicht reden wollen. Oder können. Ihnen wird vorgeworfen, einen Unfall verursacht zu haben, bei dem ein vierjähriges Kind gestorben ist, deshalb stehen Sie vor Gericht. Das halbe Land kann kaum stillsitzen, weil jeder eine andere Meinung dazu hat, was Sie getan haben oder auch nicht. Sie erhalten Drohbriefe, Hassnachrichten. Jetzt sitzen Sie hier, haben eine Chance, Klarheit zu schaffen, erzählen mir aber nur lauter Dinge, die rein gar nichts mit dem Unfall oder mit ihrem psychischen Zustand zu tun haben. Verstehen Sie, ich habe noch zwei Termine mit Ihnen, dann muss ich diesen Bericht abgeben. Es wäre mir sehr geholfen, wenn Sie hier mitmachen würden. Könnten Sie mir also bitte endlich sagen, was wirklich passiert ist?

# Unfallhergang

Im Flugzeug versucht die Crew, dich auf einen Ernstfall vorzubereiten, der vermutlich nie eintreten wird. Sie zeigen dir die Notausgänge, eine Fake-Schwimmweste, einen Mini-Sicherheitsgurt und rattern die Instruktionen herunter, die du schon unzählige Male gehört hast, an die du dich im Ernstfall aber vermutlich nicht erinnern würdest. Niemand erwartet, dass der Ernstfall eintritt. Niemand weiß genau, was im Ernstfall passiert.
Wer rechnet schon damit? Die Wahrscheinlichkeit, in einen Verkehrsunfall verwickelt zu sein, ist unglaublich viel größer als die Wahrscheinlichkeit, dass das Flugzeug, in dem du dich gerade befindest, abstürzt.
Niemand bereitet dich wirklich auf einen Unfall vor.
Niemand bereitet dich darauf vor, dass wegen dir ein Mensch sterben wird.

Handy. Schlüssel. Geldbörse. Tschick. Feuer. Wasserfl…
Genervt nehme ich zwei Stufen auf einmal. Ein Griff in meine übergroße Handtasche hat mir gesagt, dass ich alles dabeihabe, alles, bis auf meine Wasserflasche.
Vor der Tür liegt jetzt ein grüner Müllsack. Nicht besonders groß, so wie für einen Papierkorb neben dem Schreibtisch. Er hat noch nicht hier gelegen, als vorhin die Tür hinter mir zugefallen war.
Noch genervter von Gregors Unart, nicht aus dem Haus zu gehen, greife ich mir wieder den Müllsack, nachdem ich meine Wasserflasche aus der Küche geholt habe, und werfe ihn in die Tonne im Innenhof. Ich finde mein Auto eine Straße weiter, unter einer Kastanie. Der Boden ist voller weißer Blüten. Ich steige ein, schalte das Radio an. Scheiße. Schon die Nachrichten. Ich bin verdammt spät dran.

Über den Gürtel ist um diese Zeit kein Durchkommen, doch was ist meine Alternative? Ein Umweg würde nur noch länger dauern.
Manche Menschen werden in solchen Momenten ganz ruhig. Wenn sie im Stau stehen, denken sie einfach daran, was sie so am Wochenende vorhaben, oder sie drehen das Radio lauter, singen mit, ob sie den Text kennen oder nicht. Wenn ich zu spät dran bin, verwandle ich mich in eine hypernervöse Fahrerin, wie diese winzigen Hunde, die ständig zittern. Ich halte nach allen noch so knappen Lücken in der unendlichen Autokette Ausschau, zwänge mich hinein, und wenn jemand hupt, hupe ich zurück. Warum habe ich auch unbedingt meine Wasserflasche holen müssen? Warum konnte ich Gregors Müll nicht ein einziges Mal liegen lassen?
Mein Telefon unterbricht die Morgensendung. Automatisch drücke ich auf den grünen Knopf am Lenkrad.

‹Mein Kind! Bist du schon wach?

‹Hallo, Mama. Ich bin gerade auf dem Weg zur Arbeit.

‹Ach so! Stör ich dich eh nicht?

‹Passt schon. Was ist denn?

‹Du kennst doch noch den Felix?

‹Mama natürlich kenne ich –

‹Mit dem du früher gespielt hast?

‹Ja! Mama. Was ist mit ihm?

‹Und du weißt noch seine Schwester, die was im Dritten wohnt?

‹Ja, weiß ich noch.

‹Also die musste eine Mammographie machen und hat jetzt Krebs.

‹Scheiße.

‹Ja. Also jedenfalls wollte ich dich fragen, ob du eh immer noch regelmäßig zur Frau Doktor Mercan gehst.

Endlich runter vom Gürtel, noch ein kurzes Stück. Dann Stau am Praterstern. Ich schalte unnötig brutal zwischen der Ersten und dem Leerlauf hin und her. Leerlauf spart Sprit, hat man mir in der Fahrschule gesagt, und ich kann den Fuß vom Gas nehmen und – was noch viel wichtiger ist – wieder fest drauftreten.

‹Mama, warum fragst du mich das jetzt? Nur weil die Schwester vom Felix was hat?

‹Hör zu! Was…

‹Mama, ich kann jetzt nicht, eigentlich.

Ein letztes Mal abbiegen. Der Kindergarten ist ein gelblicher kleiner Kasten mit Graffiti unterhalb der Fenster. Ein Zaun geht rundherum, mit einem niedrigen, silbernen Tor gegenüber der Eingangstür. Alle guten Parkplätze sind weg.

***Aggro-Fahrerin: „Habe sie nicht gesehen."***

Schon nach halb acht. Ich treibe das Auto so nah wie möglich an die erlaubten 30 km/h und kreuze vor dem Kindergartengebäude die Straße. Genau zu dieser Stelle ist sie gelaufen, hat man nachher festgestellt.

‹Aber ich hab doch gefragt, ob ich stör.

‹Mama, können wir ein andermal über den Brustkrebs von der Mina reden? Ich hab gerade keinen Zei…

***Hat mutmaßliche Kindergarten-Mörderin Krebs?***

‹Wenn du Krebs kriegst, Kind! Oder ich! Eine Chemotherapie ist kein Spa…

## Gutachten, Teil II

Jean überragte mich in der dritten Klasse immer noch um keine zwei Zentimeter. Größe war über den Sommer zur Währung unseres Jahrgangs geworden und hatte das soziale Gleichgewicht neu ausbalanciert. Die Größten von uns wurden zuerst ins Völkerballteam gewählt, man verpetzte sie nicht und ließ sie immer abschreiben. Als der Deutschlehrer dazu aufrief, für eine Teambuilding-Aufgabe die Tische zur Seite zu tragen, nicht schieben!, war Jean langsamer als die anderen Burschen und die Tische, die waren so schnell rar.

Jean war einer von sechs Burschen in unserer Ballettklasse und auch die hatten ihn schon vor dem Sommer überragt. Vielleicht war es die Haltung. Vielleicht waren es ihre breiten Schultern oder die perfekt im 180-Grad-Winkel ausgedrehten Füße, vielleicht die Sprünge, die so viel kräftiger und höher waren als seine.

Nach diesem Sommer, in dem fast alle Mädchen und Burschen einen Wachstumsschub bekommen hatten, fiel mir zum ersten Mal wirklich auf, dass ich einen Geruch hatte, und auch, dass die anderen einen hatten – sogar Anna, mit der ich seit der ersten Klasse befreundet war, auf deren Gesicht Sommersprossen wuchsen und sonst nichts. Bald darauf verwandelte sich die Garderobe in einen hochentflammbaren Ort. Wir brüllten wie gehässige, pubertierende Löwenkinder, die zwar noch spielen wollten, aber von aufkommenden Hormonschüben getrieben dabei die Muskeln spielen ließen. Ich hüllte mich in eine Deowolke und vermied es, in die Mitte der Umkleide zu sehen, wenn ich mir das Trikot abstreifte.

Obwohl Jean über den Sommer nicht merklich gewachsen war, roch auch er streng, nach viel zu viel Bodyspray. Er kam immer allein in die Schule, in unser Tanzstudio, das sich im unteren Teil eines verblassenden Wohnhauses im nächstgrößten Ort befand. Seine Mutter arbeitete im Kaufhaus, wo sie frühmorgens putzte. Sie war mit unserer Ballettlehrerin, Frau Christine, befreundet, deswegen durfte Jean mit uns trainieren, denn das Geld dazu hätten sie nicht gehabt. Wir dachten, dass er deshalb nie etwas zu essen für die große Pause in der Schule dabeihatte, weil ihm niemand in der Früh eine Jause richtete. Ich konnte nie ganz das Bedürfnis abschütteln, ihm etwas von meinem Essen abzugeben, selbst als wir anfingen, uns zu verpuppen, und er eine Raupe blieb.

Auch noch im Herbst war es unangenehm warm im Studio. Die Hitze schien uns wie Butter in den Händen zu kneten, bis wir träge und schmierig wurden. In der Umkleidekabine taten wir kichernd so, als könnten wir ein volles Glas Schweiß aus den Schlapfen kippen.

Frau Christine trug, egal bei welchem Wetter, einen engen, weißen Rollkragenpullover, unter dem sich jede einzelne Rippe abzeichnete. Das bisschen Hals, das aus dem Rollkragen hervorlugte, hing in losen Falten herab. Auch ihre Strumpfhosen und langen Röcke waren weiß, als wäre ihr die Rolle des verfluchten Schwans bis nach Hause gefolgt.

Die unbarmherzigen Studiolichter ließen uns glitzern wie vergrößerte Schneeflocken. Ich hielt den Blick in die Ferne auf den Hinterkopf meiner Stangennachbarin gerichtet, bemüht, nicht geblendet die Augen zuzukneifen.

Schrittkombinationen auszuführen lag mir im Blut. Was mir beim gefühlvollen Ausdruck im Tanz fehlte, machte ich mit exakten Bewegungen wieder wett. Ballett besteht aus Bewegungsabfolgen, die überall mehr oder weniger gleich funktionieren. Man lernt einzelne Schritte, um sie dann zu einer Kombination zusammenzufügen. Die Choreografien gaben mir das Gefühl, alles bewältigen zu können, wenn ich es nur in kleine, machbare Einheiten zerteilte.

Unsere geplagten Gesichter entlockten Frau Christine nur

ein mildes Lächeln. Sie hatte das alles schon hinter sich. Jeden Tag nach der Schule drückte sie uns unermüdlich die Ellenbogen nach vorne, die Schulterblätter hinunter und das Becken gerade. Wir stellten uns vor, dass wir an einem Faden nach oben gezogen wurden, dass wir eine diamantbesetzte Krone auf dem Kopf trugen, dass wir ein Korsett mit spitzen Knochen trugen, das uns ins Fleisch stach, wenn wir den Rücken krümmten.

Frau Christine reichte es nicht, uns beim Proben zu beobachten und aus der Reihe an Grand Jetés und Adagios die straffsten herauszupicken. Bevor sie die Rollen für die Aufführung verteilte, ließ sie uns vortanzen. Dafür platzierte sie sich grazil auf einem Sessel neben der Stereoanlage und winkte einen nach dem anderen in die Mitte des Saals, den Finger auf der Pause-Taste.

Wir standen aufgereiht am Spiegel und die Herzen schlugen uns bis zum Hals, viel zu schnell für den Takt, den wir im Schlaf markieren konnten, von dem wir uns tragen lassen sollten, oder zumindest sollte es so aussehen. Um leicht auszusehen, wie ein vom Wind getriebenes Blatt, bedarf es maximaler Kontrolle.

Ich war eine der ersten, die die Partitur vor Frau Christines aufmerksamen, kalten Augen über das Parkett trippelte. Einen Tag davor hatte ich zum ersten Mal Blut auf diesem doppellagigen Stück Stoff in der Mitte meiner Unterhose gefunden. Die Schmerzen assoziierte ich noch nicht damit, sondern nahm sie hin wie einen Stein im Schuh, für den gerade keine Zeit war. In unregelmäßigen Abständen zogen sich meine Eingeweide unter stumpfen Krämpfen zusammen. Der Schmerz reichte über meinen Rücken nach unten bis in meine Zehenspitzen, die sich steif anfühlten und blau, an denen kein Nagellack länger als zwei Proben lang hielt. Ich sollte mich auf Sprünge konzentrieren, ja, vor allem auf die Sprünge, denn Frau Christine fand immer die Trägheit in meinen Waden.

Ich zwang meine Beine in die Luft, immer und immer wieder, und konnte dabei nur hoffen, dass niemand das Pölsterchen zwischen meinen Beinen bemerken würde, das ich versucht hatte, mit einem Wickelrock zu kaschieren, den ich sonst nie trug. Mein Schoß fühlte sich klebrig an und schwer.

Als das Stück zu Ende war, wandte Frau Christine ihren Blick von mir ab und ich kam ins Taumeln. Mit Schwindel in den Knien und einem geübten, strahlenden Lächeln verbeugte ich mich vor einem imaginären Publikum – Blick zur Kaiserloge! – und stellte mich zurück an den Spiegel – Haltung! Zum Anlehnen haben Tänzerinnen nur ihr eigenes Skelett.

Die Burschen bekamen zwei Kombinationen, ein Solo und einen kurzen Pas de Deux mit einer Hebefigur. Je weniger Mädchen noch vortanzen mussten, desto lauter wurde das Getuschel in der Spiegelreihe, desto strenger blickte Frau Christine und desto unausweichlicher wurde der Gestank. Der erste Junge tanzte vor, ich erinnere mich heute nicht mehr an seinen Namen, aber er hinterließ Dellen in der Luft, so stark waren seine Bewegungen. Er schien die Luft verprügelt zurückzulassen. Als er das erste Mädchen in der Reihe hochhob, riss er sie förmlich vom Boden weg. Er war keine Stütze, gab keine Leitung. Er agierte wie ein Flaschenzug oder ein Turbo-Wagenheber. Wer nach ihm kam, konnte nur sanfter wirken oder riskieren, ihn zu überholen.

Bei keinem Jungen war das Getuschel so laut, der Blick der Lehrerin so streng, wie bei Jean. Wir fühlten den Moment wie ein Gewitter aufziehen, das uns Kinder am Zwerchfell kitzelte. Jede Sekunde würden wir angesichts seiner schmalen Schultern, den dünnen Fingern, der Angst in seinen hellen Augen zu lachen anfangen. Jean war mein Tanzpartner.

Jean, dachte ich mir. Gib ihnen keinen Grund. Flieg!

Und Jean flog. Zu schnell, zu zappelig war er, aber er hob weich vom Boden ab, seine Füße schienen ihm zu gehorchen, auch wenn sie ihm stellenweise einen halben Takt voraus waren, gierig danach, es hinter sich zu bringen. Beim Paartanz spürte ich seine Finger an meiner Hüfte zittern, als er mich hochhob, viel zu niedrig zudem, er hätte die Hände fester um meine Taille legen müssen. Genau bei der letzten Figur, einer einfachen Drehung, bei der seine Kinderhände endlich die richtige Stelle fanden, durchzuckte mich ein Krampf. Mein Becken sackte weg, ich stolperte Jean aus den Händen und riss ihn mit mir zu Boden.

Das Kichern der anderen wurde von den Spiegeln hin- und hergeworfen, es bauschte sich auf zu einem Dröhnen, in das ich einstimmte, sobald ich mich wieder gefangen hatte. Frau Christine drehte die Musik ab, mit ihr verstummte das Lachen. Dankeschön, sagte sie und es war wie ein Donnerschlag. Die Gruppe zerstreute sich, Anna kam mit großen Augen auf mich zu, besorgt wanderte ihr Blick zwischen Jean und mir hin und her.

Ich ignorierte die Hand, die Jean mir entgegenstreckte, um mir aufzuhelfen, und mied seinen Blick. Ich war irritiert, hauptsächlich von mir selbst, aber ließ mit meinem Gesichtsausdruck alle wissen, dass nicht ich daran schuld war. Das konnte nur gut für mich sein.

Später in der Umkleidekabine blieb ich länger als nötig. Meine Mutter würde mich abholen, sagte ich zu Anna, aber sie käme zu spät. Ob ich sicher war, dass ich mich vorhin nicht verletzt hatte, fragte Anna und ich versicherte ihr, dass alles in Ordnung sei. Ich wollte die Toilette für mich haben.

Das Ratschen der Binde, die ich aus meinem Slip riss, kam mir so laut vor wie ein Hustenanfall in der Kirche. Das Klappern des Mistkübeldeckels klang, als hätte ich ein ganzes Geschirrregal umgeworfen. Die Krämpfe tobten weiter in mir, als ich meine löchrige Skinny Jeans über die verschwitzten Beine zog, mein T-Shirt über den klebrigen Rücken.

Am Waschbecken löste ich meine Haare. Konnte man meinem Gesicht die Veränderung ansehen? Meine Haut war wie immer blass und rot gefleckt nach einer Probe, keine Anzeichen von Metamorphose erkennbar. Kurz flammte Jeans Gesicht im Spiegel neben mir auf, daneben Annas erschrockener Blick, doch ich schob den Gedanken beiseite. Hätte er mich halt aufgefangen.

Ich packte meinen Rucksack, schloss den Reißverschluss über einer Wolke aus Deodorant und Fußschweiß, öffnete die Tür und sah plötzlich in ein paar helle, müde Augen. Jean kam gerade aus der Toilette. Er wischte sich mit einer Hand über den Mund und wandte die Augen ab.

‹Es tut mir leid.

Ich hätte es sagen sollen, aber es kam stattdessen aus seinem Mund, zusammen mit dem säuerlichen Geruch von Erbrochenem. Was hätte ich denn tun sollen? Ich schämte mich dafür, ihn verraten zu haben, doch die Scham vor meinem eigenen Körper war größer. Niemand durfte erfahren, was wirklich passiert war. Ich ging, ohne seine Entschuldigung zu erwidern. Lieber hätte ich mir eine Hand abgehackt, als zu so einer Witzfigur zu werden wie er.

‹Ich habe mich damals auch übergeben.

‹Wann?

‹Zuhause, noch am selben Abend.

‹Warum haben Sie das getan?

‹Ich wollte sehen, ob das einfach so geht. Also hab ich mir den Finger in den Hals gesteckt. Es hat nicht gleich funktioniert, aber dann doch.

‹Und was wollten Sie damit erreichen?

‹Na ja, ich dachte, er hat das vielleicht nur gemacht, um Aufmerksamkeit zu bekommen. Damit ich ihn bemitleide. Ich wollte sehen, ob man einfach so kotzen kann, wenn man sich nur genug anstrengt.

Die Gutachterin rückt ihre Brille zurecht und streicht etwas auf ihrem Klemmbrett durch, auf dem sie sich Notizen macht. So sieht es aus, wenn jemand ein Seufzen denkt.

‹Das kommt Ihnen plausibel vor, dass Sie sich deshalb übergeben haben? Es könnte auch einen anderen Grund haben. Erbrechen ist auch eine Form von selbstverletzendem Verhalten. Wurde bei Ihnen je eine Essstörung diagnostiziert, Karmen?

‹Er war halt der arme, kleine Jean. Mit diesem weirden Namen. Wenn er Bulimie gehabt hätte, hätte das erklärt, warum er immer so dürr ausgeschaut hat.

‹Das war's? Sie wollen nicht meine Frage beantworten?

‹Er hat ein paar Monate danach die Schule gewechselt. Angeblich hat er einer Lehrerin erzählt, dass seine Mutter einen neuen Job in der Stadt gefunden hat. Dass sie deswegen umgezogen sind. Das konnte aber niemand so richtig glauben. Bis er dann weg war, ist er immer kleiner geworden. Es fiel mir gar nicht auf, als er dann endgültig nicht mehr da war.

‹Sie brauchen sich nicht dafür zu schämen, falls es so ist. Essstörungen kommen bei Tänzerinnen häufiger vor.

‹Dieser Blick von ihm geht mir nicht aus dem Kopf. Wenn ich an ihn denke, ist er immer noch der kleine Jean, auf dem alle rumtrampeln.

‹Darüber denken Sie immer noch nach? Wie lange ist das jetzt her, zehn Jahre?

‹In etwa.

Die Gutachterin macht sich eine neue Notiz auf ihrem Klemmbrett. Das scheint wohl wichtig zu sein.

‹Lassen Sie mich das kurz zusammenfassen. Sie denken ein Jahrzehnt, nachdem Sie einen Fehler gemacht haben – nachdem Sie einem Schulkollegen die Schuld in die Schuhe geschoben haben für etwas, das nicht einmal wirklich Ihre Schuld war –, noch darüber nach? Quält Sie das so sehr, Karmen?

## Wichtige Dokumente

Dem Anwalt würde ich das gern alles erzählen. Wie sehr mich das alles quält. Wir sitzen in seinem Büro, im zweiten Stock eines Altbaus in der Innenstadt. Beim Hereinkommen lässt er mich aus dem Fenster direkt auf den Stadtpark blicken, dann bringt er mir eine Tasse mit schwarzem Kaffee und ein Glasl Wasser. Auf dem Tisch steht eine Vase mit kurz geschnittenen roten Tulpen. Beim Hinsetzen öffnet er den Knopf seines Jacketts und knipst die Tischlampe an. Der Schreibtisch ist aus dunklem Holz und sieht aus, als hätte es meine ganze Familie gebraucht, um ihn zu tragen.

‹Lassen Sie uns zuerst einiges feststellen. Ihr voller Name ist Karmen Anger?

Geburtstag 29. März 1997?

Sie sind Kindergärtnerin im 21. Bezirk?

Ich sage zu allem Ja.

‹Ich würde ja nie nach Transdanubien ziehen. Was gibt es denn dort überhaupt?

Haben Sie einen Freund?

Eine Freundin?

Sind Sie sich da etwa unsicher?

Ich verneine.

Er legt ein paar Papiere auf die Glasplatte, die den kostbaren Schreibtisch vor Kaffeeflecken schützt, faltet die Hände und sieht nicht mich an, sondern auf einen Punkt oberhalb meiner rechten Schulter. Es ist nicht mehr der Röntgenblick, mit dem er bei der Begrüßung meine Handtasche, Strumpfhose und meine Frisur (ein hoher Pferdeschwanz, die Babyhaare vom übermäßigen Bürsten elektrisiert senkrechtstehend) beäugt hatte. Er blickt milde konzentriert ins Leere, als hinge da in der Luft ein Standardvertrag.

‹Frau Anger. Sie müssen sich bewusst sein, dass dieser Fall ein sehr medienwirksamer ist. Nun, was meine ich mit medienwirksam? Medienwirksam bedeutet, dass die Öffentlichkeit – die Medien …

Hier lässt er seine Hand durch den Raum schweifen, als säßen dort die Medien.

‹… dieses Landes und möglicherweise des Umlandes sich diesem Fall annehmen werden, wie auch ich mich diesem Fall annehme – mit finanziellem Interesse. Doch im Gegensatz zu denen liegt mein Interesse auf Ihrer Seite. Ich möchte, dass Sie gewinnen. Dass wir Sie da rausholen. Wie Sie auch. Die Medien wollen Auflage. Und Auflage bringt, was Ihnen schadet. Was Sie den Fall verlieren lässt. Ein skandalöser Geliebter, Drogenmissbrauch, Abtreibungen – all diese Dinge können Ihnen hier schaden. Apropos Drogensucht: Sie sind Kindergärtnerin, aber erfüllen diesen Raum mit Zigarettengestank. Auf solche Dinge werden wir achten müssen. Sie sollten nicht nach Rauch riechen, wenn jemand von der Presse – oder jemand, der mit der Presse sprechen könnte – in Ihrer Nähe ist. Sie sollten außerdem nicht trinken oder handgreiflich werden, wenn jemand eine Kamera auf Sie richtet, egal, ob direkt vor Ihrer Nase oder aus einem Gebüsch hervor. Wobei ich Sie beruhigen darf: So motiviert anstandslos wie bei den Medien manch anderer Länder geht es hier nur in den seltensten Fällen zu.

Ich habe inzwischen meinen Kaffee ausgetrunken. Sauer, bitter und dünn. Ausgebrannt. Der Anwalt bemerkt die leere Tasse, entschuldigt sich, steht auf, bringt sie aus dem Raum. Wenig später kommt er mit einer gefüllten, dampfenden Tasse wieder. Ein frisches Häferl, nehme ich an. Er tut das, ohne dabei ein Wort zu verlieren. Das gibt mir Zeit, sein Gesicht zu betrachten, das sich auf der Glasplatte des Schreibtischs spiegelt, wie auch der Stuck an der Decke und der Kronleuchter. Er hat ein waches, aber ansonsten ausdrucksloses Gesicht mit leicht hängenden Wangen. Keine Brille. Kontaktlinsen?

‹Nun, Frau Anger. Was ist denn passiert? Lassen Sie nichts aus, es könnte Ihnen später helfen. Dann werden wir sehen, was zu tun ist. Wissen Sie, man kann so einiges reparieren.

Er sieht mich ernst und väterlich an. Ich kann nicht anders, als zu seufzen. Dann beginne ich, zu erzählen.

Erst nahm mich die Polizei widerstandslos mit. Sie setzten mich in einen fensterlosen, kleinen Raum, der aus zwei Ecken von Kameras überwacht wurde. Ein Beamter fragte mich, ob ich Tee oder Kaffee wollte. Nichts, sagte ich, und bekam ein Glas Wasser, das nahe der Kante des grauen Tisches abgestellt wurde, als gehörte es niemandem. Der gemusterte Teppichboden schluckte die Schritte der zwei Beamten, die mich befragten. Ich erzählte stockend und chronologieverwirrt meinen Tag nach. Immer wieder versteckte ich mein in stummem Weinen verzerrtes Gesicht hinter meinen Händen.

Ein Beamter tippte während meiner Aussage hektisch auf einem Laptop, während sein Kollege sich lose Notizen auf einem Spiralblock machte. Er schrieb alles in Blockbuchstaben und ließ große Abstände zwischen den Zeilen, sodass er schnell mehrere Seiten füllte. Kein einziges Mal hatten wir Augenkontakt in den ? Stunden, die ich brauchte, um das Gefühl zu haben, mich an alles erinnert zu haben – und ich wollte mich an alles erinnern, wollte ihnen nichts vorenthalten. Irgendwo in der Erzählung des Unfalls musste die Lösung liegen, die Erklärung für das, was passiert war und in der Erklärung lag sicherlich meine Rettung und außerdem das Happy End. Es war alles, konnte alles, nur ein Albtraum sein.

Die Beamten schrieben zwar mit, blickten aber stur überallhin, nur nicht zu mir, und nach kurzer Zeit dämmerte mir, dass sie diese Lösung gar nicht hören wollten, dass sie meine Erzählung nicht hören wollten. Sie wollten selbst lieber gar nicht vor Ort sein.

‹Haben S' einen Ausweis dabei?

… war die letzte Frage, die sie mir stellten, bevor sie Zeichen für Zeichen meine Daten in ihre Papierstapel überführten.

‹Halten Sie sich für weitere Fragen bereit. Der Gerichtstermin wird Ihnen mitgeteilt.

… war das Letzte, was sie mir sagten, bevor ich auf der anderen Seite der schweren Tür stand, durch die sie mich zuvor gebracht hatten.

Ich kannte die Gasse nicht, in der sich die Polizeistation befand, und ging ziellos herum. Irgendwann entdeckte ich eine Kirche, von der Nachmittagssonne golden ausgeleuchtet, und setzte mich zu ihren Füßen an einen Brunnen. Um mich herum saßen Leute mit Kaffeebechern, Eistüten, allein mit ihren Handys. Es war laut, selbst für einen so weitläufigen Platz, als befände er sich unter einer mit Musik und Gesprächen gefüllten Glasglocke. Mein Magen grummelte, mir war schlecht. Mir fiel plötzlich ein, dass meine Mutter noch gar nichts davon wusste, was passiert war, seit wir am Morgen telefoniert hatten. Fünf (5) Anrufe in Abwesenheit erschienen auf dem Display.

‹Mama.

‹Kind! Karmen, warum hebst du denn nicht ab? Was war denn vorhin los? Hab ich was gesagt? Es geht Mina eh wieder gut, bald, glauben sie. Sie müssen ihr zwar alles abnehmen, aber wenn der Krebs erst mal weg ist, sollte eine Ruh sein.

‹Mama.

‹Ist alles okay? Du klingst total komisch. Bist du müde?

‹Oh, ja.

‹Dann leg dich halt ein bisschen hin, Kind. Was meinst? Hast du heute noch viel zu tun?

‹Mama. Ich hatte einen Unfall.

Und schon ging die Schneeschmelze los. Ich schmolz, ich troff und rotzte haltlos, meine Hand verkrampfte sich um das Telefon.

‹Mit dem Auto. Ich habe ein Kind angefahren. Ich bin in die Arbeit gefahren und einmal um den Block, weil ich war spät dran und es gab keine Parkplätze mehr. Ich habe sie nicht gesehen. Plötzlich war da dieses Geräusch und ich bin raus aus dem Auto.

‹Ist dir was passiert?

‹Nein.

Ich schüttelte den Kopf, obwohl sie mich nicht sehen konnte.

‹Was ist passiert?

‹Sie ist gestorben.

Wie gerne hätte ich das Gesagte zurückgenommen. Scherz! Hab mich nur verplappert. Ein erschütterndes Schluchzen verschloss mir die Kehle, am anderen Ende der Leitung war es still.

‹Was ist dann passiert? War die Rettung da?

‹Ich kann dir hier nicht alles erzählen, glaube ich.

‹Wie meinst du? Wo bist du?

‹Ich weiß nicht. Irgendwo bei einer Kirche im Einundzwanzigsten. Ich war da in der Nähe bei der Polizei.

‹Bei der Polizei? Ich hol dich ab.

‹Nein! Nein, nicht nötig.

Scham ließ mein Gesicht brennen und ich hörte schlagartig auf zu weinen. Ich wollte noch nicht das Gefühl loslassen, diese Situation unter Kontrolle zu haben, dabei überstieg das hier alle Zustände, die ich mir jemals ausgemalt hatte, durchleben zu müssen.

‹Blödsinn. Schick mir deinen Standort. Warte da.

‹Mama.

‹Ich bin im Büro, ich komme gleich.

In der Zwischenzeit versuchte ich, mich zusammenzureißen. Dass meine Mutter mich weinen sehen könnte, passte nicht mehr in meine Lebensrealität.

Ich hatte Kopfschmerzen, elendige. Kleine Wunden von dem Asphalt, auf dem ich zuvor gekauert hatte, sprenkelten meine Knie. Die Stellen waren voller Dreck und brannten. Schmerzen breiteten sich von meinem Hals über die Brust bis in Zehen- und Fingerspitzen aus. Mein Körper sperrte sich gegen jegliche Regung, als hätte man ihn mit einer Eisenstange verprügelt. Ich legte den Kopf auf die Knie und verschränkte die Arme darüber. Meine Haare fielen rechts und links von meinem Gesicht herab und bildeten eine Höhle, in der ich nach Luft rang.

‹Ich wusste nicht, was du willst.

Meine Mutter legte plötzlich ihre Hand auf meinen Rücken. Ich zog laut die Nase hoch und wischte, was ich konnte, in die Schulter meines T-Shirts.

Sie sah mich alarmiert an, wie ein Kind, das aus einem Baum gefallen war und nicht sagen konnte, wo es weh tat. Sie hielt ihr Handy in der freien Hand, als hätte sie auf den nächsten Anruf mit schlechten Nachrichten gewartet. Ihre – meine – braunen Haare lagen weich um ihr Gesicht, die Handtasche hatte sie achtlos auf den Boden gelegt. Sie hatte sich neben mich an den Rand des Brunnens gesetzt, auf dem Schoß balancierte sie vier Pappbecher in einem Getränkehalter aus Karton.

‹Ich wusste nicht mehr, ob du noch eine Kaffeetrinkerin bist und wie du ihn trinkst. Dann dachte ich, dass Tee wahrscheinlich besser passt in so einer Situation. Oder ein Kakao vielleicht. Du hast wahrscheinlich wieder den ganzen Tag nichts gegessen – eh klar. Jetzt nimm.

Sie zog ihre Hand von meiner Schulter und reichte mir einen der Becher. Ich hielt ihn untätig in beiden Händen. Er war zu heiß, meine Handflächen brannten und kribbelten, doch ich ließ nicht los.

‹Was passiert jetzt?

‹Ich weiß nicht. Es wird wohl vor Gericht gehen, aber mehr haben sie nicht gesagt.

Meine Stimme kam als ein Flüstern heraus, ein Krächzen.

‹Es wäre komisch, wenn es keinen Prozess geben würde. Oder?

Meine Mutter nickte und legte ihren Arm um meine Schultern. Dann kramte sie aus ihrem überfüllten Portemonnaie eine Visitenkarte heraus und rief den Anwalt an. Ich trank einen Schluck. Es war Kakao, und ich begann zu schwitzen.

‹Der wird dich da schon rausholen.

Die zweite Tasse Kaffee vom Anwalt rühre ich nicht an. Mein Kopf befindet sich im Taumeln, seit ich die erste geleert habe und der Anwalt zu sprechen begonnen hat.

‹Wenn Sie dann im Gerichtssaal sind …

Sofort schieben sich Bilder in meinen Kopf von imposanten Gemäuern, Marmorsäulen, einer Waage, auf der mein Herz auf der einen Seite liegt, eine Feder auf der anderen. Ein Pult, auf den ein hölzerner Hammer niedersaust. Handschellen. Lebenslänglich. Einzelhaft. Kalter Schweiß.

‹… das muss ich Ihnen sagen, denn – glauben Sie es, oder nicht – viele meiner Klienten halten sich nicht daran. Hier ist, was ich Ihnen rate, eindringlichst: Sie haben nur zu sprechen, wenn Sie gefragt werden. Glauben Sie mir, das ist nicht so einfach, wie es klingt. Unzählige meiner Klienten haben es sich mit dem Gericht verscherzt, weil sie ihre Stimme in vollkommen unpassenden Situationen erhoben haben. Unschicklich, so etwas. Damit vermasseln Sie es sich von vorn bis hinten, entschuldigen Sie meine Ausdrucksweise. Sie sind bereit für den zweiten Teil dieser Unterredung. Trinken Sie Ihren Kaffee, nur zu. Möchten Sie noch einen? Er ist ja nicht vergiftet. Frau Anger, ich werde Sie nun über die weiteren Schritte aufklären.

‹Sie können ruhig Karmen zu mir sagen.

‹Der erste Schritt ist, eine Liste zu erstellen. Führen Sie Listen? Wie eine Einkaufsliste, nur dass Sie bitte auflisten, was in Ihrem Leben bis zum heutigen Tag, wie man sagt, schiefgelaufen ist.

‹Wie bitte?

‹Wie war Ihre Kindheit? Was für Drogen hat man Ihnen als Jugendliche zugesteckt? Warum wohnen Sie noch in einer WG, wenn Sie doch Vollzeit arbeiten und sich eine eigene Wohnung leisten können sollten? Wo ist eigentlich Ihr Vater? Wir erstellen eine Liste von allem, was für die Öffentlichkeit – und damit für das Gericht – von Interesse sein könnte.

‹Und was soll das bringen? Das geht doch niemanden was an.

‹Ich sage Ihnen, was das bringt. Das bringt, dass wir wissen, was die Presse vielleicht über Sie hervorstierdln wird. Die sind wie Maulwürfe. Wir müssen ihnen immer einen Schritt voraus sein. Den Maulwürfen.

Die letzten Worte akzentuiert er, indem er mit dem Zeigefinger auf das Glas der Tischplatte tippt. Fast sofort zieht er ein Stofftaschentuch aus der Innentasche des Jacketts und poliert die Fingerabdrücke wieder weg.

‹Das bringt außerdem, dass wir diese Dinge nicht nur strategisch verstecken, sondern auch strategisch nutzen können. Sie müssen wissen, dass das Gericht Ihnen wesentlich milder gegenüber entscheiden könnte, ich sage könnte, wenn wir, Sie oder ich, meine ich, zu strategisch gewählten Zeitpunkten biografische Details aus Ihrer Vergangenheit bekanntmachen. Diese müssen natürlich einwandfrei sein.

So entstand der Ordner. Während der Anwalt in seinem Büro die kontrollierte Abwehr einer Schmutzkübelkampagne gegen mich schmiedete, sammelte ich alles, was ich in meinem Zimmer von mir finden konnte, und stopfte es in einen schwarzen Ordner, der seit meinem Abschluss ausgeleert im Abstellkammerl stand, nur für den Fall, dass ich noch einmal eine Rechnung oder einen Laborbefund aufheben wollen würde. Ich füllte den Ordner mit Kopien meiner Geburtsurkunde, dem Staatsbürgerschaftsnachweis, dem Meldezettel. Dann Zeugnisse, das Diplom, mein Hirn. Dann Postkarten, Briefe. Was man halt alles so aufhebt, für den Fall. Mein letztes Blutbild. Den händisch geschriebenen Kaufvertrag von meinem gebraucht gekauften Auto. Die Rechnung meiner Kleiderstange, die ich aufheben wollte, bis sie zusammenbrach oder ich sie wiederverkaufte. Meinen Handyvertrag. Ein paar der Glückwunschkarten, die ich mich nie traute, wegzuschmeißen. Da war ich drin, alles von mir, durch einen Papierfilter gedrückt. Der Ordner enthielt jeden Fetzen, den ich in meinem Zimmer auftreiben konnte, und wog ungefähr zwei Kilo. Ich stopfte ihn für den Prozess in meine größte Handtasche, an deren Boden ich mich klammerte, um die Henkel vor dem Reißen zu bewahren, um mich vor dem Zerreißen zu bewahren.

‹Wir kommen nun zum letzten Teil der Unterredung. Sie sind bereit dafür, nicht?

Ich habe seit mehreren Minuten kein Wort gesprochen. Der Kaffee am Tisch ist kalt und ich finde keine bequeme

Art mehr, meine Beine zu überschlagen. Die Schulglocke lässt auf sich warten.

‹Was tun wir, wenn der Prozess nicht so verlaufen sollte, wie wir uns das wünschen, Frau Anger? Wenn man Ihnen tatsächlich anlasten möchte, ein Kind übersehen zu haben, das im falschen Moment auf die Straße gerannt ist. Was unternehmen wir in diesem Fall? Haben Sie keine Idee? Haben Sie sich noch nichts überlegt? Gar nichts? Nun gut, ich werde es Ihnen sagen. Dann wird der Prozess anders ausgehen. Es wird überhaupt ein ganz anderer Prozess sein. Es wird in diesem Prozess dann nicht mehr darum gehen, ob Sie dieses Kind nun fahrlässig getötet haben, ob Sie dabei grob fahrlässig oder nur fahrlässig waren. Es wird darum gehen, ob Sie überhaupt dessen fähig waren. Sie können mir folgen. Dann wird es jemand anders gewesen sein. Ein Sündenbock. Ihr Vater, der Sie geschlagen haben könnte, weswegen Sie durchgedreht sind. Die Stimmen, die es Ihnen befohlen haben. Kurzum: Nicht Sie direkt, aber jemand in Ihrer Umgebung, auf den oder die wir die Schuld schlussendlich schieben können. Sie können mir folgen. Wir sollten bald mit der Liste beginnen. Fangen Sie zu Hause einfach irgendwo an, sie machen einmal eine grobe Skizze und füllen dann die Zwischenräume mit ein paar Details, die Sie gerne erfinden dürfen, Sie kennen sich selbst ja möglicherweise am besten.

## Erster Prozesstag

Niemand zieht mich frühmorgens aus dem Bett. Niemand isst mein Frühstück vor meinen Augen auf. Am Morgen des ersten Prozesstages stehe ich aus eigener Kraft auf und putze mir die Zähne. Ich hatte die ganze Nacht wachgelegen, während die Zimmerdecke sich höhnisch lachend über mir drehte. Das Gefühl kannte ich von ein paar zu vielen getrunkenen Jägermeisterfläschchen, ein Relikt von Partys aus der Studienzeit. Doch anders als sonst fand ich den Ausschaltknopf nicht, das Deckenkarussell drehte sich einfach weiter. Wenn ich die Augen schloss, spürte ich den Ruck immer wieder, der durch mich durchgegangen war, in dem Moment, in dem ich wusste, dass da etwas passiert ist, das nicht wiedergutzumachen ist. Ich sah den Anwalt vor mir, der all diese Erwartungen daran hatte, wie der Prozess verlaufen könnte, sollte. Ich war nur ein Platzhalter für irgendeine Klientin, eine Person, der er eine Rechnung ausstellt. Der Blick meiner Mutter war da, der Halt an mir suchte, Halt, den sie eigentlich mir geben wollte. Die Gewissheit, dass das nur ein dummer Fehler war, leicht wieder zu beheben. Ein Ausrutscher.

Das einzige Gesicht, das ich nicht sehen kann, ist das des Kindes. Wenn meine Gedanken in seine Richtung wandern, zucke ich zurück wie an einer heißen Herdplatte verbrannt. So schwer liegt es auf meiner Brust, dass ich mir nicht sicher bin, ob da noch mehr Platz ist auf der Welt für eine weitere Person, die leidet.

Als der Wecker läutet, richte ich mich sofort im Bett auf, mein Hirn plötzlich gespenstisch stumm. Nicht einmal ein Aber fällt mir ein. Es würde von meinen Lippen wie ein Kieselstein ins Wasser fallen, Wellen schlagen und dann zu den anderen Ungesehenen ins Flussbett sinken.

Ich greife in die oberste Schublade meiner Kommode, hinter das Gewühl aus bunter Unterwäsche, suche nach

einem kleinen, glatten Knäuel. Strumpfhosen sind wohl angemessen für so einen Tag. Ich rolle die Strumpfhose auf und streife sie nacheinander über meine Beine. Angemessen will man doch aussehen. Unauffällig. Man will nicht, dass ein Radiomoderator später sagt, sie sah stylish aus in ihrem schwarzen Slim-Fit-Hosenanzug. Wen sie damit wohl beeindrucken wollte?
Durch das Anziehen bekommt der vor mir liegende Tag eine neue Unausweichlichkeit. Jetzt gibt es kein Zurück mehr. Mein Kopf füllt sich zum Bersten. Nach dem Termin mit dem Anwalt hatte ich versucht, eine Liste anzulegen, mich zu ordnen. Das Stück Papier war leer geblieben.
Es klingelt. Das muss das Taxi sein.
Ob ich Polizeischutz brauchen würde, hatte mich der Anwalt gefragt. Es kam mir zuerst komisch vor, aber die Drohungen, die ich schon jetzt online erhielt, die Kommentare, die nicht an mich gerichtet waren und doch über mich sprachen, setzen mir zu. Der Anwalt hat mich gefragt und ich habe gesagt, nein, nein, ich werde mir ein Taxi rufen. Dass das schon vor dem Prozess nötig ist, liegt daran, dass man Fotos von mir gefunden hat. Urlaubsfotos, Selfies, mein Name im Internet und die Annahme, dass ich wohl kaum Zeit und Nerven hätte, alle zu verklagen.
Für das Recht auf mein eigenes Bild bin ich derzeit zu schwach. Bitte probieren Sie es zu einem späteren Zeitpunkt noch einmal.
Nachdem mein Auto von der Polizei aus allen Winkeln fotografiert und dokumentiert worden war, hatten sie mir den Führerschein abgenommen, Standardprozedur, hatten sie gesagt. Ich musste meine Mutter bitten, das Auto vom Kindergarten abzuholen und vor meinem Haus zu parken. Sie erledigte die Aufgabe zügig und ohne mir das Gefühl geben zu wollen, sie damit zu traumatisieren – ich schämte mich trotzdem in Grund und Boden. Das

Gefühl mischte sich unter all die anderen, ein grausiger Cocktail.
Die Taxifahrerin wechselt kein einziges überflüssiges Wort mit mir. Ihr Gesicht ist seltsam gerührt, als würde sie versuchen, bösartige Bemerkungen hinunterzuschlucken, weil es sie ja nichts angeht, warum sie mich zum Gericht bringt, und doch sieht sie im Rückspiegel, wie ich immer wieder meine Finger knacken lasse, hört, wie ich immer wieder scharf einatme. Sie ist mir so nah in diesem weißen Hybrid wie sonst niemand. Als ich aussteige, steigt sie auch aus. Für einen kurzen Moment sehen wir uns über das Autodach hinweg in die Augen, doch sie schaut schnell wieder weg, zündet sich eine Zigarette an. Ich habe das Gefühl, dass sie reflexartig mit mir ausgestiegen ist, weil uns dieser Moment verbindet, eine seltsame Verletzlichkeit, hervorgerufen von der Nähe und meinem Gemütszustand. Der Moment hat sie aussteigen lassen, die Zigarette, die sie zwischen den Fingern hält, ist nur ein Vorwand. Als ich den Eingang des Gerichtsgebäudes erreiche, meine ich, ihren Blick im Rücken zu spüren.
Zwei Reihen von Menschen mit Mikrofonen und Kameras säumen den Eingang des Gerichtsgebäudes. Ich komme nicht ungesehen an ihnen vorbei, egal wie fest ich den Blick am Boden halte.
Das Tor, das ich aufdrücke, bleibt offen stehen. Hinter mir ist alles live. Der Lärm der Medien, die versuchen, sich gegenseitig zu übertönen, folgt mir bis zum Eingang des Gerichtssaals. Eine Frau mit stimmloser Miene am Empfangsschalter führt mich dorthin. Der Saal wird von zwei Polizisten flankiert, in einer graueren Version der Uniform, die ich von Straßenecken und Kontrollen kenne. Sie starren geradeaus, während meine Begleiterin etwas zu vehement die Tür aufstößt, die schwerer aussieht, als sie ist. Vielleicht hat auch sie ein Zentner wiegendes Tor aus Gestein erwartet, statt eines aus diesem leichten Holz.

Im Saal murren und rumoren zehn voll besetzte Sitzbänke auf beiden Seiten. Die Geräusche erinnern mich gleichzeitig an eine Sommernacht irgendwo am Land, wo die Grillen unaufhaltsam laut sind, und die Minuten, bevor der rote Vorhang hochgeht und das Orchester seine Instrumente stimmt. Vor dem Orchester sitzt die Richterin. Ich habe mir ihren Namen eingeprägt, der Anwalt hat ihn mir vor der Anhörung mitgeteilt. Ekaterina. Ekaterina Tsvetok.

Ich habe sie ausgiebig gegoogelt. Sie ist 62 Jahre alt und schon fast so lange Richterin, wie ich am Leben bin. Ihr Name taucht ab und zu in den Nachrichten auf, in Artikeln über Unfälle mit Fahrerflucht, Unfälle, bei denen die Beifahrerin gestorben ist, Unfälle, bei denen ein Radfahrer verunglückt ist. Mein Fall ist nur einer von unzähligen.

Das Gemurmel im Saal verstummt erst, nachdem Ekaterina Tsvetok sich geräuspert hat. Ich nehme meinen Platz neben dem Anwalt ein, der mir zur Begrüßung flüchtig die Hand reicht. Die Richterin lächelt ganz leicht, wie eine Person, die oft sagt, sie würde ja nicht beißen. Ich sitze mit dem Rücken zum Publikum, das mich so gut im Blick hat.

Für ein paar Sekunden ist das einzige Geräusch im Saal Kameraklicken und das Kritzeln von Kugelschreibern auf Notizblöcken. Ich kann nichts dagegen tun, dass alles, was in diesem Raum passieren wird, in den Nachrichten erscheint, in Bildern und in Worten verewigt. Alle werden Bescheid wissen, was ich getan habe. Mein Leben wird Unterhaltung, Gesprächsstoff. Ich werde Inhalt.

Wie einen Gelsendippel drücke ich nachher mit einem Fingernagel Halbmonde in das Zeitungspapier, auf das die Fotos des ersten Prozesstages gedruckt wurden. Die Wände sind wie frisch gestrichen, der Boden uraltes Parkett aus spitzen Fischgräten. Alle Tische sind ident, die Stühle nicht besonders unbequem oder laut beim Verrücken, das Gebäude hat graue Haare und trägt einen Zwicker auf der Nase. Man hört die Lüftung nicht sirren und auch von draußen gelangt kein Geräusch herein. Es gibt keine Wandpanele, keine Fliesen, keine Luster, in deren Erscheinung man etwas hätte zählen können, um sich die Zeit zu vertreiben. Nichts, woran man sich festhalten, an das man sich erinnern kann. Das Gericht riecht nach Bügeln, nach der Abluft einer chemischen Reinigung. Nach ein paar Minuten merkt man von dem Geruch nichts mehr. Im Hintergrund haben alle die Hände gefaltet oder den Blick gesenkt. Ich bearbeite das Foto so lange, bis es reißt. Ich werfe nichts weg.

Hätte ich bei dem Termin im Büro des Anwalts bereits verstanden, was er meint, hätte ich ihn vermutlich ernst genommen. Sein Verhalten kam mir anstößig vor. Ich konnte mir nicht vorstellen, dass die Medien den Unfall so stark ausschlachten würden – passierten Unfälle nicht andauernd? Mit seiner Warnung berührte der Anwalt meine Angst davor, dass alle erfahren würden, was ich getan hatte. Diese Konsequenz war eigentlich unausweichlich, ich konnte es mir in seinem Büro aber noch nicht vorstellen, weil der Gedanke daran zu schmerzhaft war. Der Anwalt ergriff meine Angst und versprach mir, einen Plan zu haben. Mir blieb nichts anderes übrig, als ihm zu glauben.

Ekaterina Tsvetok unterhält sich leise mit der Staatsanwaltschaft und meinem Anwalt. Die Staatsanwaltschaft besteht aus einer Frau mit sehr breiten Schultern. Ihre Hände sehen aus, als bräuchte sie nur eine einzige, um eine Sitzbank aus dem Gerichtssaal davonzutragen oder mich damit zu erwürgen, ohne dabei von ihren Notizen aufzublicken. Wären ihre Bewegungen nicht so langsam, und hätte sie nicht ihre Brille an so einer Kette, ich würde sie auf dreißig schätzen, doch vermutlich ist sie so alt wie meine Mutter.

Ich versuche, hochkonzentriert zu wirken, aber es gelingt mir nicht. Ich unterdrücke mit Mühe den nervösen Rhythmus, den mein Fuß in den Boden pflastert, strecke mal ein Bein nach vorne, dann das andere. Es ist unmöglich, bequem zu sitzen. Auch zu Hause, in den Öffis, auf Sofas, Bänken, Fauteuils, Bettkanten und Toiletten findet mein Körper nicht die richtige Haltung, die es mir erlaubt, ruhig zu sitzen. Vielleicht habe ich das Ruhen verlernt. Oder ich bin eingerostet und man muss mich quietschend in die richtige Position ziehen wie einen uralten Klappstuhl, den man in der Gartenhütte gefunden hat. Ich schiebe meine Füße vor und zurück, überschlage sie, vorne, hinten, erst der eine oben, dann der andere. Ich kann nicht breitbeinig dasitzen, das würde vielleicht den falschen Eindruck erwecken. Ich probiere, meine Füße rechts von mir abzustellen, nahe dem Anwalt, da höre ich es. Ein Knirschen. Erschrocken blicke ich zum Boden, wo meine Füße auf Bröseln stehen. Ich richte mich wieder auf, aber kann mich nicht davon abhalten, ein paar Mal mit dem Fuß über die trockenen Brösel zu rollen, mich zu vergewissern, dass sie wirklich da sind, denn wo kommen die auf einmal her? Stopp. Konzentrier dich, Karmen. Hoffentlich hat die Richterin mein Gezappel nicht bemerkt.

‹Das Hohe Gericht ist nicht zum Narren zu halten.

Diese Worte notierte mir der Anwalt quer über eine Adressbuchseite aus seinem spiralisierten Terminplaner. Dafür benutzte er einen violetten Fineliner, farblich passend zu seinem Einstecktuch. Er reichte mir den Zettel geschäftig, legte ihn auf die Glasplatte des Schreibtischs und schob ihn den halben Weg zu mir.

> ‹Das sollten Sie sich merken. Wissen Sie, die Formalitäten dessen, was innerhalb der heiligen Hallen des Gerichtssaals passiert, werden Ihnen mitunter eigenartig vorkommen. Sie werden sich wundern, warum beispielsweise das Gericht Ihnen – und um Sie geht

es schließlich – nicht gar so viel Aufmerksamkeit schenkt, wie Sie sich vielleicht erhofft haben.

‹Ich habe mir keine …

‹Nicht. Sprechen Sie diesen Satz nicht zu Ende, natürlich erhoffen Sie sich Aufmerksamkeit, Sie wollen sich ja herausreden.

‹Mich herausreden? Ich will doch nur …

‹Nicht. Lügen können Sie vor Gericht, aber nicht mir gegenüber. Sie wollen diesen Prozess gewinnen, das ist Fakt.

Gewinnen? Ich konnte mir beim besten Willen nicht vorstellen, was es bedeuten würde, den Prozess zu gewinnen. Der einzige Gewinn für mich wäre, die Zeit zurückdrehen zu können, am besten um ein paar Jahre, dann würde ich gleich noch ein paar andere Fehler korrigieren können. Aber es hatte keinen Zweck, das dem Anwalt zu sagen.
Er atmete tief durch, als hätte ich ihn furchtbar aus der Fassung gebracht, lehnte sich zurück und verschränkte die Finger vor seinem Bauch.

‹Sehen Sie, was Sie da machen, wenn Sie lügen? Sie halten mich zum Narren. Verschwenden meine Zeit. Schauen Sie nicht so. So können Sie jedenfalls vor dem Gericht nicht auftreten. Die Richterin würde denken, Sie würden sie für dumm verkaufen, wenn Sie ihr sagen würden, dass Sie nicht gewinnen wollen. Und, glauben Sie mir, das Ergebnis eines solchen Fehltrittes wollen Sie und ich nicht erleben. Ich bin der Anwalt!

Bei den letzten Worten fuchtelte er mit seinem Zeigefinger in der Luft zwischen uns herum. Die Hand zuckte zu seiner Brusttasche, als würde sie nach einer Zigarettenschachtel suchen, doch er hatte wohl aufgehört zu rauchen. In der Tasche befand sich nur das lila Einstecktuch. Ich bin nicht vorbereitet. Weder inhaltlich noch mental. Ich weiß nur, was ich gesehen habe. Was ich gefühlt habe. Kieselsteine an den Knien, Magensäure in der Kehle.

Die Richterin Tsvetok ruft mich auf.

‹Die Angeklagte möchte bitte erzählen, was sie am vierten Juni getan hat.

Kloß im Hals. Ich … Wie beginnt man?

‹Ich bin mit dem Auto zur Arbeit gefahren.

‹Wo arbeiten Sie?

‹Im Kindergarten in der Baumstraße.

‹Wie lange arbeiten Sie schon dort?

‹Etwa vier Jahre.

Ich weiß nicht, warum sie das interessiert. Vielleicht will sie es einfach wissen, vielleicht wird meine Aussage später mit den Akten abgeglichen. Vielleicht will Ekaterina Tsvetok einfach sehen, wie ich aussehe, wenn ich die Wahrheit sage.

‹War der vierte Juni ein gewöhnlicher Morgen für Sie?

‹Ähm … also, ja. Ich meine, ich war ziemlich spät dran. Das bin ich normalerweise nicht.

‹Warum, glauben Sie, waren Sie an diesem Morgen spät dran?

‹Ich hatte meine Wasserflasche in der Wohnung vergessen.

Ich werde rot. Was für ein banales Detail.

‹Also bin ich nochmal raufgegangen, hab die Flasche geholt und bin losgefahren.

‹Alice Mohnberger wurde um sieben Uhr zweiunddreißig von Ihrem Auto getroffen. Fünfundvierzig Minuten nachdem Sie laut Ihrer Aussage bei der Erstvernehmung gegenüber der Exekutive mit der Arbeit hätten beginnen sollen. Warum waren Sie so spät dran?

Da ist der Name. Den ich kenne, aus einer Liste von Namen, die ich aufrufe und die einen Geburtstag haben. Eine Liste von Tieraufklebern an den Garderobenhaken und Zeckenimpfungen. Der Name rollt Ekaterina Tsvetok so einfach von der Zunge. In meinen Gehirnwindungen bleibt er stecken.

Tsvetok sieht mich prüfend an, als hätte sie mein Zögern vor der Antwort nicht nur bemerkt, sondern richtig interpretiert als kalte Panik. Ich erinnere mich an eine Bemerkung, die der Anwalt während seiner Tirade hatte fallen lassen. Sie sollte wohl beruhigend wirken.

‹Das Gericht möchte lediglich die ganze Geschichte hören. Dafür ist sie ja da, die Justiz. Jedem seine Stimme – jedem seine Anhörung. Also?

‹Na ja … Es war viel Verkehr. In der Früh.

‹Um sieben Uhr morgens am Gürtel?

‹Ja.

‹Ist da nicht generell viel Verkehr?

‹Ja, das stimmt.

‹Sie arbeiten seit vier Jahren am selben Ort, fahren dort an jedem Wochentag um dieselbe Zeit mit dem Auto hin und wissen nicht, dass der Gürtel um diese Zeit – eigentlich zu jeder Zeit – von Autos verstopft wird?

Ich merke, wie sich mein Mund automatisch öffnet, um mich zu rechtfertigen, doch die Richterin ist schneller.

‹War jemand bei Ihnen im Auto, als Sie Alice Mohnberger angefahren haben?

‹Ich war allein.

‹Sie haben in Ihrer Erstvernehmung angegeben, in diesem Moment telefoniert zu haben. Stimmt das?

‹Das stimmt.

‹Sie waren also abgelenkt und haben Alice Mohnberger deswegen nicht gesehen, richtig?

Ich mache eine Pause, lege die Stirn in Falten. Vielleicht wirkt das ja bedacht, wenn ich eigentlich nur nicht sagen will, was ich ihr, hätte sie mich nur wenige Dezibel lauter gefragt, sofort unter Tränen gestanden hätte.

Die Wahrheit war, dass ich geträumt hatte, an diesem Morgen. Ich hatte sie nicht abschütteln können. Sie lässt mich seit Jahren nicht los, nicht, seit wir klein waren, auch wenn wir nie direkt voneinander hören. Sie saß plötzlich neben mir auf dem Beifahrersitz, dem Tod potenziell ganz nahe, eine grottige Beifahrerin und doch nur Mina, die Brustkrebs hat oder hatte, die wichtig genug ist, dass meine Mutter mich wegen ihr anruft. Ich sollte weinen, demütig den Kopf senken, dann hätte die Richterin vielleicht keine Fragen mehr zu stellen.

Ekaterina Tsvetok prüft jedes meiner Worte und jede Pause mit ihren funkelnden Augen, die eingerahmt werden von einer Lesebrille, die sie manchmal mit den Händen auf ihrem Kopf sucht, obwohl sie sie bereits trägt. Darüber befinden sich fast unsichtbare Augenbrauen und braun gefärbte Haare in einer wolkenartigen Kurzhaarfrisur. Wenn ihr ein Gerichtsdiener eine Akte reicht, bedankt sie sich ausgesprochen höflich, zumindest in Worten, sehr freundlich, herzlichen Dank, ohne ihn jedoch dabei anzusehen. Die Geste, mit der sie die Akte annimmt, wirkt, als wollte sie den Überbringer wegscheuchen, jaja, ich weiß eh, lassen Sie mich denken. Ihre Hände tragen Altersflecken. Ich weiß das, weil ich ihrem gnadenlos prüfenden Blick auszuweichen versuche und lieber mit ihren Händen spreche.

‹Sie ist auf die Straße gelaufen. Ich bin gerade auf die Bremse getreten, vor der Kurve. Ich habe sie nicht gesehen.

‹Sie haben in diesem Moment telefoniert, was die Auswertung Ihres Smartphones bestätigt hat. Mit Ihrer Mutter, wie es scheint. Ist Ihre Mutter anwesend?

***Mutter mutmaßlicher Mörderin erscheint vor Gericht***

Mama?

Meine Mutter sitzt hinter mir. Beim Betreten des Saals haben wir einander kurz angesehen. Ich wollte für sie zuversichtlich wirken, doch ich bin müde vom andauernden Zittern, das mich wachgehalten hat in den letzten Tagen.

Ich wünschte, sie könnte mir ein Schlaflied vorsummen, doch ihr würden sicher die Noten im Hals steckenbleiben. Immer wieder habe ich die Frage herumgewälzt, was am Ende bei meinem Namen – der auch ihr Name ist – stehen soll.

Eine Wahrscheinlichkeit.

Eine Wahrscheinlichkeit, die angibt, ob man mir anlasten kann, ein Kind nicht gesehen zu haben, das niedriger ist als meine Autotür, und mir vor die Stoßstange lief. Eine Wahrscheinlichkeit, die angibt, wie oft ich noch davon träumen werde, dass ein kleines Mädchen ihr Gesicht durch das Fenster in meinem Zimmer steckt, als wäre es nicht aus Glas, als wäre ich aus Glas, und nach meiner Hand greift – ihre ist feucht und warm, meine eiskalt und leichenstarr.

Es wird eine Zahl geben, die abschätzt, was mein Aufenthalt im Gefängnis den Staat kosten wird, was meine vollständige und unbedingte Kinderlosigkeit einsparen wird. Mir wird angelastet, zu wissen, was ich getan habe und was die Konsequenzen sind. Dabei bin ich mir nicht einmal sicher, überhaupt gehandelt zu haben.

Es wird am Ende des Prozesses eine Wahrscheinlichkeit geben, die angibt, ob ich ein Leben genommen habe, oder ob es mir schlicht unter die Räder gefallen ist. Eine Wahrscheinlichkeit, die in einem Ultimatum mündet. Eingesperrt oder auf freiem Fuß? Schuldig oder nur schuldbewusst? Die Prämisse ist immer dieselbe. Ich habe ein Kind getötet.

Die Frage, die über all dem wie eine Glocke hängt, ist, ob es für mein Leid, das nie das von den Hinterbliebenen erreichen wird, einen Platz gibt. Doch bloß an diese Frage zu denken, verknotet mir die Eingeweide.

Anmaßend ist sie.

Der Prozess hat am Montag um zehn Uhr begonnen, man entlässt mich noch vor dem Mittagessen. Ich habe gerade erst angefangen, zu erzählen, doch man schubst mich mitten in meinem Zeugenbericht, in meinem Geständnis – was auch immer es genau ist – auf den Gang. Die Tür trennt den Tag auf wie eine Naht. Diesmal wartet kein Taxi auf mich und unsicher, was ich tun soll, stehe ich plötzlich inmitten eines Mikrofonkreises. Menschen rufen mir Fragen zu, doch sie halten keinen Moment inne, um meine Antwort abzuwarten, zu sehr bemüht, die Fragen der anderen zu übertönen. Ein Käfig im Käfig, in dem die Insassinnen schreien und mit den Knöcheln gegen die Gitterstäbe schlagen, bis sie klatschmohnrot sind. Nur mehr das Zuhalten der Ohren ist tragbar. Der Mob ist nicht wütend, doch bewaffnet mit Kameras, Notizblöcken und Smartphones, mich aus allen Winkeln aufzeichnend.

‹Frau A. …

‹… haben Sie …

‹… geben Sie …

‹… sind Sie …

‹… ein Interview?

Ich entschuldige mich hunderte Male, dann habe ich mich endlich durch die Menge gekämpft. Jedes der Medienfragmente hat meinem Drängeln eisern standgehalten, überzeugt davon, einen Platz zu haben, wo meiner ist.

Ich halte Ausschau nach meiner Mutter – vielleicht kann sie mich ja nach Hause fahren –, aber sehe sie nicht. Es gab eine Zeit, da bestand sie darauf, mich überall hinzufahren. Das kam öfter vor, nachdem ich den Mopedführerschein gemacht hatte und fast täglich zu Freundinnen in den umliegenden Dörfern fuhr, zum See oder heimlich nach der Schule über Schleichwege in die Hauptstadt, Ausflüge, von denen ich erst spät am nächsten Tag zurückkehrte. Sie bestand darauf, mich von Partys abzuholen, vor Mitternacht, sodass ich oft die Erste war, die ging. Ich stahl mich

heimlich davon, damit niemand bemerkte, dass ich vor meiner Mutter kuschte. Jetzt sehne ich mich nach der Zeit, in der sie vorfahren und mich durch das Fenster hindurch ansehen würde. Leg den Rucksack zwischen deine Füße, Kind. Du bist ja ganz nass.
Die Wand aus Mikrofonen und Gesichtern hinter mir entsperre ich mein Handy, das mir einen verpassten Anruf meiner Mutter anzeigt, außerdem einige Nachrichten von Anna. Mein Redebedürfnis ist eingeschränkt. Ich marschiere hastig zwei Haltestellen weiter, um nicht in der Nähe des Gerichtsgebäudes angehalten zu werden.

***Kindergarten-Mörderin fährt mit Bim nach Hause***

***Nahverkehr-Chef:***
***„Können Mitfahrt nicht verbieten"***

***In der Straßenbahn:***
***Ist Ihre Sitznachbarin eine Mörderin?***

Hinter der Wohnungstür streife ich meine flachen Lederschuhe ab. Gedankenverloren tragen mich meine Füße durch die Küche in mein Zimmer, wo ich die mittlerweile bleischwere Handtasche auf meinem Schreibtisch ablege. Als hätte ich damit kein Gewicht abgesetzt, sondern aufgenommen, fühlen sich meine Beine auf einmal wie Blei an. Ich spüre die Magenschmerzen, die ich unterdrückt habe, und befreie mich so schnell ich kann aus der Strumpfhose, renne ins Bad und entlasse meine Angst auf der Toilette. Erschöpfung, als wäre ich den ganzen Tag durch die Stadt gerannt. Den Kopf in die Hände gestützt, sitze ich da, bis beide Füße eingeschlafen sind und ich das Kribbeln nicht mehr aushalte. Ich schleppe meinen Körper, diese schwere Hülle, zum Waschbecken. Im Spiegel eine müde, zusammengefaltete Frau, deren Make-up in schwarzen Schlieren

auf ihren Wangen klebt. Das hatte ich gar nicht bemerkt. Möglicherweise hat es schon in der Straßenbahn begonnen. Vermutlich nicht im Gerichtssaal, das hätte die Richterin sicherlich kommentiert.
In der Realität angekommen, streife ich augenblicklich all meine Hüllen ab und suche Unterschlupf unter meiner Bettdecke, die nach dem Schweiß einer unbestimmbaren Zeitspanne riecht.
Nach einer Weile juckt mein Hirn und will gekratzt werden. Ich öffne meinen Laptop und muss nicht lange suchen, um mich zu finden.

***Startschuss für Prozess um Kindergärtnerin***

***Mutmaßliche Mörderin verweigert Kommentar***

***Aussage von Angeklagter in Kindergarten-Prozess wirft neues Licht auf Unfall***

Ein grausamer Strudel beginnt, der mich anekelt und mir zeitgleich ein Gefühl von Erleichterung bereitet. Da ist ein Narrativ, das mir erzählt wird. Es ist meines, und doch fühlt es sich unecht an wie ein Krimi. Bevor ich vergesse, wo ich bin, rufe ich eine Zukunftsvorsorge für die nächsten Stunden an. Eine, die wahrscheinlich keine schwierigen Fragen stellt.

‹Hey, Karmen! Ich hab gerade davon gehört. Geht's dir gut?

‹Hi, Fabs. Stör ich?

‹… alles gut bei mir. Was gibt's denn?

‹Ich dachte, du magst vielleicht mal wieder vorbeikommen. Wir haben uns ja ewig nicht mehr gesehen. Wann war das? Nach der Silvesterparty?

‹Stimmt, das ist ja echt total lang her. Klar, ich hab heute nichts mehr zu tun. Was schwebt dir vor?

In diesem Moment schwebt mir ein Geist vor Augen. Ein Klostergeist, um genau zu sein. Oder ein Himbeergeist. Gemischt mit Colafantasprite. Ich bin aus auf ein bisschen Schwimmen, gefolgt von einem Absturz und scheintotem Schlaf. Bis Fabiola mit ihren Geisterhänden auftaucht, versinke ich in meinem Laptopfeed, unterbreche nur für Toilettenpausen. Ab und zu schaue ich zur Abwechslung stattdessen auf meinen Handybildschirm. Ich trete über die Klippe und scrolle frei in ein Meer aus meinem Gesicht hinein. Manchmal schaue ich auf die Uhr, aber erkenne nichts, als ständen da nur Zahlen und Striche.
Erst liest man ihren Namen nirgendwo. Sie ist ein Mädchen, eine 4-Jährige, ein Kindergartenkind, eine Tochter. Wenig später benutzt eine Tageszeitung ihren Vornamen und auf einmal ist ihre Identität Fair Game. Ich öffne die Tür zum Unfall in Gedanken einen winzigen Spalt. Alice' Name entkommt. Ich schiebe ihn in meinem Kopf hin und her.
Eine Weile später klingelt es. Fabiola steht leicht verschwitzt und außer Atem vor der Tür, die Träger eines klimpernden Rucksacks um die Schultern geschlungen.

‹Jetzt erzähl mal.

Sagt sie, überkreuzt die Beine vor dem Küchentisch sitzend und nippt an ihrem Glas.

‹Nicht viel Neues bei mir. Ich überlege, im August allein ein paar Tage wegzufahren. Vielleicht nach Prag.

Fabiola nickt und tut weiterhin so, als wäre das hier ein gewöhnliches Gespräch. Nicht nur das, sie scheint sich brennend für meine unmöglichen Urlaubspläne zu interessieren. Wie man einem Kind zuhört, das erst etwa fünfzig Wörter kennt und von seinem Tag im Zoo erzählt. Amüsiert, aber orientierungslos ob des Gestammels, aus dem man konkrete Informationen herauszufiltern versucht.

‹Und wie geht es dir jetzt damit?

Fabiolas Augen sind dunkelbraun, fast schwarz. Wenn sie mich fragt, wie es mir geht, werden ihre Pupillen größer, ihre Augen noch dunkler. Gute Frage. Ich überlege kurz und verwerfe den Gedanken wieder. Es geht mir nicht gut, aber davon brauche ich ja nichts zu wissen.

‹Ich glaube, ich suche mir einen anderen Job.

Die doppelten Flügel der Altbaufenster schlagen leicht aneinander.

‹Sag Bescheid, falls du wen kennst, der mich einstellen könnte.

Wind kommt auf und irgendwo regnet es schon.

‹Vielleicht was im Produktmanagement.

‹Meine Tante sucht wen für ihren Buchladen. Sie will aber, dass man gleich den ganzen Laden übernimmt, weil sie keine Lust mehr darauf hat.

Der Laden von Fabiolas Tante hat den Schwerpunkt Geschenkbücher. Fabiolas Tante hat den Schwerpunkt Esoterik. Geschenkbücher sind nett, Esoterik weniger. Ich überlege es mir, denke ich, aber sage erstmal nichts. In der Ferne Donnergrollen. Ich sichere die Flügel des Küchenfensters, damit sie nicht zerbrechen, wenn uns der Sturm erreicht. Fabiola wechselt das Thema.

‹Schon fast acht! Magst du rübergehen und Bachelor schauen?

Manchmal vergesse ich, wie unterschiedlich wir zwei sind. Wir kennen uns von einer Dating-App, die Fabiola früher oft benutzte, wenn sie neunzig Minuten lang mit der Bahn zu ihrem Praktikum in der Nähe meines Heimatorts pendelte. Wir trafen uns dort zum ersten Mal, als ich gerade meine Mutter in unserem alten Haus besuchte, gingen auf ein Eis im Nebenort. Fabiolas Selbstbewusstsein gefiel mir, sie wirkte in diesem verschlafenen Kaff wie ein glitzernder Promi. Immer hatte sie irgendwas zu sagen, immer kannte sie irgendjemanden, der jemanden kannte, dem etwas passiert war. Ihr war nie langweilig – wenn ich ihr

aus meinem Leben erzählte, hörte sie zu und fand in absolut allem etwas, das uns beide verbindet.
Ich dachte mir damals, dass ihre Energie reichen würde, um ein ganzes Atomkraftwerk zu ersetzen, wenn man eine Möglichkeit finden würde, sie anzuschließen. Jetzt wo ich nicht mehr reden will, trägt sie zwei Weinflaschen am Hals in mein Zimmer und lässt sich vor meinem Bett auf den Teppich sinken.

‹Hast du das von Mina gehört?
Sie spricht es über das Intro der Serie hinweg, also kann ich so tun, als ob ich die Frage nicht gehört hätte. Ich bin noch nicht bereit, über sie nachzudenken. Dass sich die beiden kennen, hatte ich verdrängt. Es lässt sich nicht vermeiden, wenn man in derselben Stadt datet. Danach lässt Fabiola mich in Ruhe, schweigend schauen wir die Serie. Irgendwann legt sie ihren Arm um mich, ich drücke mein Gesicht in ihre Haare. Fabiola und ich brauchen einander etwa zwei Mal im Jahr, wenn nichts passiert.

## Zweiter Prozesstag

‹Worauf sollte ich vorbereitet sein?

Diese Frage stelle ich mir immer wieder auf dem Weg zu meinem zweiten Tag vor Gericht. Die Stimme des Anwalts antwortet mir.

‹Darauf, dass Sie sich verteidigen müssen. *Wirklich* verteidigen. Sonst können Sie gleich die Zähne in den Ring spucken, bevor das Match noch begonnen hat.

Erwartet man das von mir? Dass ich mich verteidige, wenn es kaum etwas zu verteidigen gibt, und ich mir nicht sicher bin, dass ich es überhaupt verdient habe, verteidigt zu werden?

Nichts scheint sich zu bewegen. Kein Windhauch zieht durch den Saal, und doch fühle ich mich, als würde man mich am Genick festhalten und beuteln.

Ekaterina Tsvetok ruft mich auf.

‹Berichten Sie uns, was Sie am Morgen des vierten Junis getan haben.

Ich sehe sie mit großen Augen an. Nach ein paar Sekunden macht sie eine ausholende Bewegung mit der Hand, um mich zum Sprechen aufzufordern, Ungeduld in ihrer Stimme.

‹Sie sind zur Arbeit gefahren, richtig? Lassen Sie nichts aus, ja?

Ihrer Aufforderung folgen verwirrte Blicke, fragendes Gemurmel, doch niemand traut sich, ihr zu widersprechen und zu sagen, dass ich bereits alles erzählt habe, wozu sollte man mich erneut quälen, alle Lügen, die ich vielleicht schon von mir gegeben hatte, waren bereits vernommen und weggekarrt. Unglaublich, dass ich das alles noch einmal erzählen sollte, wenn es doch bereits im Protokoll steht.

Erst ist meine Stimme zögerlich, dann wird sie fester, als ich mich versichert habe, dass die Richterin wirklich alles

erneut hören möchte und dass kein Missverständnis vorliegt.
Beim zweiten Mal ist es leichter, das Chaos in meinem Kopf schon vorsortiert. Mein stockendes Gestammel von der ersten Anhörung hatte mich nachts wachgehalten. Ich bin froh über eine zweite Chance, auch wenn es nichts an der Geschichte ändert, kann ich sie so zumindest etwas glätten. Als ich an dem Punkt ankomme, wo ich davon erzähle, dass viel Verkehr war und ich meine Wasserflasche vergessen hatte – einen Teil, den ich eigentlich gerne gestrafft hätte, doch das würde sich wie lügen anfühlen –, werden die dunklen Augen von Ekaterina Tsvetok plötzlich glasig, als würde sie nichts mehr sehen, nur noch schauen. Sie setzt an, um mich zu unterbrechen, doch dann winkt sie ab, als hätte sie es sich anders überlegt. Sie überkreuzt ihre Arme vor der Brust und starrt mich noch eindringlicher an als zuvor, ungeduldig, mich endlich meine Erzählung zum zweiten Mal beenden zu lassen. An der exakt gleichen Stelle wie am Vortag unterbricht mich die Richterin.

‹Sie wissen schon, dass sich Ihre Geschichte im Sand verläuft, richtig?

‹Entschuldigung?

‹Das ist doch kein Ende!

Hilfesuchend sehe ich zum Anwalt, doch der ist in Gekrakel auf einem Dokument vertieft.

‹Wir werden mehr brauchen als das, was Sie zu erzählen haben. Da ist nicht viel dran. Bitte weisen Sie den Ordner vor.

‹Meinen Ordner?

‹Den Ordner, den die Angeklagte unter dem Tisch versteckt hält.

‹Sie möchten den Ordner jetzt schon sehen?

‹Ich muss feststellen, dass die Angeklagte das Gericht in Frage stellt.

‹Ich stelle nichts, ich will nur wissen, warum –

‹Ich muss festhalten, dass die Angeklagte das Gericht immer noch in Frage stellt, nachdem sie eindeutig dazu aufgefordert wurde, dies zu unterlassen.

‹Ich wurde zu nichts –

‹Was erlauben Sie sich!

Mein Anwalt bleibt ruhig während dieses Wortwechsels zwischen mir und der Richterin. Später sehe ich online Fotos von diesem Moment, von mir, wie ich einfältig den Mund aufreiße, während der Anwalt Papiere durchsieht, sein Mund zu einem Strich gefaltet, als würde ihn das alles zwar nichts angehen, er wolle aber dennoch zur Kenntnis bringen lassen, dass er es nicht gutheißt.

Der Ordner, den der Anwalt mich vorbereiten ließ, liegt auf meinem Schoß wie ein Lehrbuch, in dem ich heimlich nachschlagen kann, falls die Lehrerin mir eine Frage stellt, auf die ich keine Antwort weiß. Meinen Schummler kann ich ihr doch nicht zeigen.

‹Ich würde Sie gerne etwas wissen lassen.

‹Ich habe der Angeklagten keine Frage gestellt.

‹Ich würde das Gericht gerne darin unterrichten, dass –

‹Das Gericht muss nicht unterrichtet werden.

‹Müssen nicht. Aber bitte. Hören Sie mir kurz –

Von diesem Moment habe ich kein Foto gefunden, dabei wünschte ich, es gäbe eines. Ich konnte nicht anders, als vor Verzweiflung zu lachen, so seltsam war dieser Moment. Ekaterina Tsvetok hatte eine Augenbraue ihrer zerfurchten Steinmiene angehoben, der Saal hielt den Atem an. Oder vielleicht war nur mein Herz stehen geblieben, hatte meine Lunge den Betrieb eingestellt, mein Hirn aufgehört, elektrisch zu prickeln.

Ich ergreife die Vorderkante des schwarzen Ordners auf meinem Schoß mit beiden Händen und ziehe ihn zu mir, als ob ich ihn durch meinen Bauch in meinen Uterus drücken könnte. Schließlich händige ich aber doch mein

Baby aus, übergebe mein Innerstes in die Hände eines Gerichtsdieners, oder wie die heißen. Ein Haar, das langsam ausgerissen wird.

Nervös sehe ich zu, wie seine Hand unter dem Gewicht meines Ramschordners nach unten sackt. Er ergreift ihn mit beiden Händen und schiebt ihn auf Ekaterina Tsvetoks Pult, wo sie ihn lange betrachtet, ohne ihn zu öffnen. Nach einer Weile schlägt sie den Deckel auf, in dem Wissen, dass sämtliche Augenpaare im Raum auf ihr ruhen, auf sie warten. Ihre Augen hingegen erblicken die oberste Klarsichthülle, die, wenn mich meine Erinnerung nicht täuscht, Kalenderseiten enthält, die ich ausgerissen habe, um den Rest des Taschenkalenders als Notizbuch zu verwenden. Sie enthalten keine Geheimnisse, nur jedes Wochenende mindestens ein, zwei Namen, die ich bereits vergessen habe. Verabredungen, eine wie die andere. Kein Prince Charming dabei, im besten Fall zumindest kein Shrek.

Ekaterina Tsvetok runzelt die Stirn über die linierten Seiten mit den krakeligen Beschriftungen und blättert um. Was sieht sie diesmal? Glückwunschkarten? Handyrechnungen? Was auch immer es ist, sie blättert rasch weiter und weiter und weiter. Ungeduldig schlägt sie den Ordner wieder zu und schiebt ihn beiseite.

‹Das werden wir wohl auf seine Qualität als Beweismaterial prüfen müssen.

Ich wende mich an den Anwalt. Darf sie das, möchte ich trotzig fragen.

‹Der Inhalt dieses Ordners dürfte von großem Interesse für das Gericht sein. Als potenzielles Beweisstück könnte es helfen, den Prozess zu beschleunigen und damit diesen Fall rascher aufzuklären. Das ist in unser aller Interesse. Passen Sie auf Ihren Ton auf.

Sie winkt den Gerichtsdiener her, der den Ordner wieder vom Tisch zieht, er wird ganz oben auf einen schwankenden Turm aus Papieren balanciert. Der Anwalt betrachtet den Stapel, der sich im Wind zu neigen scheint, und macht sich daraufhin hastig Notizen, das borstige Kinn nach unten gedrückt, die Stirn gerunzelt.

‹Ich verstehe nicht.

Der Anwalt zischt mir eine Antwort zu.

‹Sie sind keine Juristin. Sie sind Angeklagte. Finden Sie sich damit ab.

Ich hatte nicht gemerkt, dass ich laut protestiert hatte. Ekaterina Tsvetok sieht mich über den Rand ihrer Brille hinweg an, streicht irgendetwas von einem vor sich liegenden Blatt Papier und geht wieder zur Tagesordnung über.

Mein Ordner hätte mein Schutzschild sein sollen, nun ist er Beweismaterial, potenziell zu meinem Nachteil. So war das alles nicht geplant gewesen. Aber was ist denn noch planbar, überhaupt. Alles, was ich dachte, über das Rechtssystem zu wissen, scheint redundant, als hätte man das Strafgesetz genommen, die Seiten mit „Alice im Wunderland" vermischt und das Ergebnis als neue Gesetzgebungsgrundlage verwendet. Aus der Reaktion des Anwalts kann ich auch nur ablesen, dass alles, wenn auch nicht planmäßig, dann zumindest mit rechten Dingen zugeht.

‹Das Gericht wird die Befragung am nächsten Prozesstag fortführen. Dieser findet kommenden Montag statt. Ich fordere die Staatsanwaltschaft dazu auf, die Befragung von diversen Zeuginnen und Zeugen vorzubereiten. Keine weiteren Fragen an dieser Stelle.

Es ist gerade einmal Mittag. Der Anwalt dreht sich zu mir.

‹Nehmen Sie etwas zu sich. Sind Sie etwa krank? Sie sehen kränklich aus.

Dann packt er seine Sachen zusammen und stürzt davon, ohne auf mich zu warten. Ich sitze wie erschlagen auf dem Sessel, habe Angst davor, was vor dem Gerichtssaal auf mich wartet. Heugabeln und Fackeln kommen meiner Vorstellung schon recht nahe.

Ich lasse mir Zeit auf dem Weg den Gang entlang zur zentnerschweren Tür, die sich diesmal automatisch öffnet.

Ein Standventilator surrt gleichmäßig neben mir. Das quadratische Fenster steht auf Kipp, zwischen der Gutachterin und mir ein niedriges Tischchen mit einer Box Taschentücher und einem Glas Wasser für mich. Sie macht sich Notizen auf einem Klemmbrett. Scheinbar schreibt sie nur mit, wenn ich etwas Relevantes sage, ein paar wichtige Eckdaten zu meinem Leben, meiner Situation, meinem Zustand. Die Sitzungen mit ihr wurden vor einer dreiwöchigen Prozesspause angeordnet, etwa eine Woche nach der Episode mit dem Ordner. Ich erzähle den Prozess nach, auch dass ich alles zwei Mal erzählen musste. Als ich frage, ob das normal sei, dass die Richterin sich das nicht von einem Tag zum nächsten merkt, zieht die Gutachterin die Augenbrauen hoch, weicht meinem fragenden Blick aus, räuspert sich, wechselt das Thema.

‹Sie haben diesen Ordner extra mitgebracht, um ihn herzuzeigen?

‹Ja.

‹Warum denken Sie, war es so schwer für Sie, der Richterin den Ordner zu übergeben, den Sie zu diesem Zweck mitgenommen haben?

‹Es war nicht der richtige Moment.

‹Wann wäre der denn gewesen?

‹Ich hatte das nicht geplant. Aber es hätte sich dann schon ergeben. Aber nein! Nichts ist in diesem Prozess zum richtigen Zeitpunkt passiert. Auf nichts konnte ich mich verlassen! Ich hab ja versucht, mitzuspielen, aber mir hat niemand die Regeln erklärt. Der Anwalt hat mich komplett im Stich gelassen, also habe ich den Kopf eingezogen. Und wo sitze ich jetzt?

‹Bei mir.

‹Bei Ihnen.

‹Verstehen Sie, warum Sie hier sitzen?

‹Sie erstellen ein Gutachten. Damit ich hier raus darf.

‹Das kann ich nicht entscheiden. Ich soll nur Ihren Zustand beschreiben und eine Empfehlung ausstellen. Und was damit gemacht wird …

‹Das weiß niemand.

‹Das entscheidet die Richterin.

‹Gibt es eigentlich eine Möglichkeit, nach der letzten angeordneten Sitzung mit Ihnen noch ein paar zu vereinbaren? Ich habe das Gefühl, es tut mir gut.

‹So sehr Sie sicher von Psychotherapie profitieren würden, nach dem Trauma, das Sie durch den Unfall erlitten haben – das hier ist keine Therapie. Diese Sitzungen sind dazu da, ein psychologisches Gutachten über Sie zu erstellen. Damit soll die Frage beantwortet werden, ob Ihr Geisteszustand beim Unfall eine Rolle gespielt haben könnte und wenn ja, ob Ihnen das eine mildere Strafe verschaffen sollte. Es wäre förderlich für diesen Prozess, wenn Sie also einfach meine Fragen beantworten würden. Zum Beispiel diese hier, um zurück zum Thema zu kommen: Wurde bei Ihnen schon einmal eine Psychose oder etwas Ähnliches festgestellt?

‹Wissen Sie, ich weiß nicht, ob uns das weiterbringt.

‹Karmen, Sie geben nur ausweichende Antworten.

‹Ich gebe nur ausweichende Antworten?

‹Wenn Sie mir nicht gerade irgendeine Geschichte aus Ihrem Leben erzählen.

‹Aber sollten Sie das nicht hören wollen? Ich dachte, so funktioniert das hier.

‹Das hängt davon ab, ob diese Geschichten mir irgendetwas über Sie erzählen. Ob sie mir erzählen, wie es dazu kam, dass Sie das Mädchen angefahren haben. Jetzt reden wir endlich über Sie und schon wringen Sie die Hände. Ist das etwa Reue, Karmen?

‹Reue? Wie kommen Sie da drauf?

‹Ja, für mich und für das Gericht ist es wichtig zu erfahren, ob Sie Reue empfinden.

Stille, in der ich hektisch nach einer Antwort krame. Der Drang, mich zwischen Sitzkissen und Lehne des Fauteuils zu verstecken, ist mächtig.

‹Warum sollte ich nicht bereuen, was passiert ist?

‹Das müssen Sie mir sagen. Es würde die Umstände ändern.

‹Welche Umstände? Die Umstände sind, was sie sind.

‹Es würde ändern, wie mit den Verbliebenen umgegangen wird. Damit sind auch Sie gemeint.

Die Verbliebenen. Eine Möglichkeit, zu kontrollieren, was noch zu kontrollieren ist. Vielleicht die Möglichkeit, zu erhalten, was noch zu erhalten ist, der Welt den Anschein einer sinnvollen Hierarchie der Akteurinnen und der Handlung einzuschreiben. Im Drehbuch dieser Geschichte hatte man mich mit Textmarker markiert, alles fokussiert sich auf mich. Natürlich, weil auf wen sonst? Die Tote war ja nicht mehr hier. Und die Überlebende führt Monologe.

Bei all diesem Spannungsaufbau um den Ordner mit all meinen Dingen könnte man meinen, er hätte später eine größere Rolle gespielt. Tat er aber nicht. Man informierte mich während des folgenden Verfahrens darüber, dass eine erste Prüfung keine für den Prozess relevanten Informationen produziert hätte. Lange nach Ende des Prozesses sagte man mir, ich könnte ihn mir in der Landespolizeidirektion abholen, ich müsste mir vorher einen Termin vereinbaren. Die Warteliste war lang, man wollte eine Reihe an Dokumenten von mir – Kopien davon befanden sich im Ordner, die Originale in einer einzelnen Klarsichthülle, die ich zwischen Tastatur und Bildschirm meines Laptops aufbewahrte, als wäre sie ein Lesezeichen und mein Computer ein Buch. Meldezettel, Staatsbürgerschaftsnachweis, Ausweise, Arbeitgeberbestätigung, Leumundszeugnis. Die letzten beiden mittlerweile redundant geworden. Sie verlangten auch von mir, diverse neue Dokumente auszufüllen mit meinen Daten, Kreuzchen zu machen mit meinen Intentionen, meiner Tinte. Am Ende war meine Patrone leer, mein Drucker genau so müde wie ich, und ich beschloss, aufzugeben. Ich hatte die Dinge in diesem Ordner nicht vermisst, wozu also die Mühe? In Wahrheit überkam mich ein Hauch diebischer Freude bei dem Gedanken, dass Steuergelder für die Verwaltung meines Mülls draufgingen, bis in unbestimmte Zukunft draufgehen würden, da sie Beweismaterial nicht einfach entsorgen dürfen. Meine gepressten Blumen und nie abgeschickten Postkarten aus Kreta und Klagenfurt werden für lange Zeit in einer Box vor sich hin modern. Dieser Teil von mir ist für immer verloren. Es wird den Staat Mühe kosten, ihn aufzuheben. Sie sollen sich ruhig plagen.

## Tsvetok

In der Wohnung ist es still. Aus Gregors Zimmer dringt kein Piep, nur der Kühlschrank brummt wie immer zyklisch. Die verschwitzten Haare kleben mir im Nacken, meine Bluse ist feucht und es juckt da, wo sie unter den Achseln zu eng sitzt.

Ich lasse das Wasser laufen, bis es eiskalt ist, fülle ein Glas damit und trinke es in der Küche an die Theke gelehnt. Mein Arm wird sofort müde von der Anstrengung, das Glas in der Luft zu halten. Der ängstliche Dauerzustand, in dem ich mich befinde, hat mich endlich ausgewrungen. Ich bin zu erschöpft, um an die Richterin oder den Anwalt oder Alice oder meine Mutter zu denken. Ich bin zu müde, um an irgendetwas zu denken.

Reflexartig öffne ich den Kühlschrank. Er ist beinahe leer, bis auf eine verschlossene Packung gebratener Nudeln, die Gregor übriggelassen haben muss. Ich öffne den Karton, befinde die Nudeln für gerade noch essbar und lasse mich mit meiner ersten Mahlzeit des Tages auf den Boden sinken, mit dem Rücken an einen Küchenschrank gelehnt. Das Essen funktioniert automatisch. Der vertraute Geschmack von Bratöl und süß-saurer Sauce hat eine einschläfernde Wirkung auf mich.

Als ich aufwache, sitze ich in einer Pfütze. Mein Hosenboden ist durchnässt. In der Dämmerung sieht die Pfütze, die sich um mich gebildet hat, nicht wie Wasser aus, dafür ist sie zu dunkel. Es riecht … metallisch. Ich weiß nicht, wieso, aber ich will die Flüssigkeit berühren – meine Finger tauchen in etwas Warmes, Dickflüssiges –

Die Realisierung lässt mich aufspringen und zum Lichtschalter stürzen. Ich blinzle hektisch gegen den Schlaf und das grelle Licht an, doch da ist kein Blut, nur dreckiges Wasser. Man kann grüne Fetzen darin erkennen, wie von Petersilie, und weiße, aufgequollene Reiskörner. Gegen alles gewappnet öffne ich mit immer noch rasendem Herzen die Tür unter der Spüle, aus der das Wasser austritt. Das Abflussrohr ist undicht. Der Gestank ist bestialisch. Ich will gar nicht darüber nachdenken, wie lange die Essensreste schon im Rohr vor sich hingegammelt haben. Die Putzmittel unterhalb der Spüle sind voll mit diesem Gatsch, auch die Gummihandschuhe sind tropfnass. Mit angehaltenem Atem werfe ich alles, was von dem Dreckwasser getränkt wurde, in den Mistkübel.

Gregor glaubt nicht an so etwas wie Küchenrolle, also suche ich alle Geschirrhangerl, die ich finden kann, und breite sie unter dem Abflussrohr aus, damit sie das viele Wasser aufsaugen können. Vorsichtig drehe ich am Wasserhahn, um herauszufinden, wo sich das Leck befindet. Es dauert eine Minute, bis ich erkenne, dass das Wasser nicht nur aus dem Rohr direkt unter dem Waschbecken tritt, sondern auch aus dem Teil, der in der Wand verschwindet, wo ein Wasserfleck mit jeder Sekunde zu wachsen scheint. Fluchend drehe ich das Wasser wieder ab und stehe auf. Mit verschränkten Armen starre ich auf die Sauerei, den Wasserschaden, in diesem Moment das kleinste Problem, das ich habe, und nicht einmal das kann ich lösen.

Ich beschließe, ein Fenster zu öffnen, gegen den Gestank – vielleicht geht es mir ja besser mit frischer Luft, Lüften ist ja Allheilmittel gegen alles von Müdigkeit bis Lungenkrebs, gegen diese Schmerzen in meiner Brust muss es also auf jeden Fall helfen, auch dagegen, dass plötzlich die ganze Luft aus dem Raum verschwunden ist, nur noch dieser faulige Geruch ist da, der mir auf die Lunge drückt und aufs Herz. Sicher hilft das Lüften auch gegen die Tränen, die ich nicht habe kommen spüren, gar nichts kann ich spüren, nur noch diese Kopfschmerzen, ein riesiger Nagel hinter meinem linken Auge, und die Übelkeit, die muss man doch weglüften können.

Wie ferngesteuert marschiere ich in mein Zimmer, um

mich zu verstecken, oder auch nur, um zumindest an einem schöneren Ort als der verdreckten Küche zu ersticken. Eine Naturgewalt zwingt mich in die Knie und ich schluchze, weine haltlos um alles, was schwierig ist.

Irgendwie muss ich es in mein Bett geschafft haben. Der Wecker meines Handys fährt als Erdbeben durch mich durch. Ich wische über den Bildschirm und ignoriere die Benachrichtigungen, die aufmerksamkeitsheischend blinken. Es ist Samstag, heute muss ich nicht in den Gerichtssaal. Erleichterung mischt sich mit Ungeduld – ich zehre von der Illusion, den Prozess einfach nur so schnell wie möglich hinter mich bringen zu müssen, dann könnte ich vielleicht an etwas anderes denken.

Im Bad schaue ich in den Spiegel, sehe meine vom Weinen fast zugeschwollenen Augen. Es stimmt nicht, was man sagt – eine Nacht drüber schlafen hilft nicht. Es löst rein gar nichts, außer dass damit die Zeit schneller vergeht, bis man sich seinen Problemen wieder stellen muss. Das plätschernde Wasser erinnert mich an etwas. Ich schicke Gregor, der auf der anderen Seite der Wand schläft oder Serien schaut oder was weiß ich was macht, eine Nachricht. Es ist seine Wohnung. Soll er sich doch um den Wasserschaden kümmern.

Ich lege mich direkt wieder ins Bett, in der Hoffnung, dass ich immer noch erschöpft genug bin, um das Wochenende zu verschlafen – dieser Zeitraum, der mich jede Sekunde in ein Vakuum zu stoßen droht. Doch mein verräterischer Körper hält mich wach. Ich traue mich nicht, auf mein Handy zu sehen, weil mich dort ja doch nur die durch das Internet gefilterte Realität erwartet. Mein eigenes Gesicht, der Kindergarten, das Absperrband der Einsatzkräfte. Noch habe ich keine Fotos von mir gesehen, wie ich neben dem Auto stehe, wie ich in die Knie gehe, mich nicht traue, sie zu berühren. Hoffentlich hat niemand den Moment festgehalten – es reicht, wenn er mich nicht loslässt.

Als ich meinen Zustand nicht mehr aushalte, beschließe ich, rauszugehen, um irgendetwas zu machen, egal was. Hauptsache, nicht Herumliegen. Hauptsache, mich fühlen, als hätte ich etwas zu tun außer Warten. Ich schäle mich aus der verschwitzten Kleidung von gestern, die ich nicht geschafft hatte, auszuziehen. Unter der Dusche unterdrückt das Rauschen des Wassers kurz meine Gedanken, doch sie brechen danach gleich wieder über mich herein. Immer wieder geht dieser grauenvolle Ruck durch mich durch. Dieses wenige Kilogramm schwere Hindernis, das mein Auto mit Leichtigkeit umgestoßen hat. Die Stille danach. Dann das Geschrei.

Sobald ich mich angezogen habe, setze ich meine Kopfhörer auf, außerdem Kappe und Sonnenbrille. Das Versteckspielen kommt mir lächerlich vor, aber ich traue mir nicht zu, es auszuhalten, wenn mich jemand auf der Straße erkennen würde. Ich drehe die Musik laut auf und singe stumm mit, damit mein Hirn keine Gedanken ausformulieren kann.

Mein erstes Ziel ist der Zigarettenautomat gegenüber. Ich gehe einen kleinen Umweg, um nicht an meinem geparkten Auto vorbeigehen zu müssen – ich bin noch nicht bereit dafür, es wieder als normalen Gegenstand anzusehen, als praktisches Transportmittel.

Als nächstes marschiere ich ohne konkretes Ziel Richtung Innenstadt. Ich überquere den Gürtel an einer Stelle, wo keine Ampel ist, nur einen hastigen Blick über die Schulter werfend, und bin schon fast auf dem Grünstreifen auf der anderen Seite, als ich merke, dass die Autos deutlich näher waren, als ich dachte. Ich hatte sie nur nicht gehört. Im Blindflug gehe ich einfach immer weiter, immer weiter geradeaus, bis ich auf einen Supermarkt treffe.

Auf der Suche nach irgendetwas zum Beißen, aber ohne

richtigen Appetit, ziehe ich langsame Kreise durch die Gänge. Ab und zu greife ich mir ein zufällig ausgewähltes Produkt aus dem Regal und studiere das Etikett, um mir das Gefühl zu geben, mir etwas gut zu überlegen – die Illusion von Kontrolle beruhigt mich. Zusammen mit der Klimaanlage fühle ich mich in diesem Supermarkt fast wie in einem Spa.

Als ich vor der Feinkosttheke um die Ecke biege, sehe ich sie. Außerhalb des Gerichtssaals erkenne ich sie nicht sofort. Sie wirkt kleiner. Gebückt geht sie am Stock. Doch, sie muss es sein – braunes, zu einer eleganten Welle geföhntes Haar, ein bisschen zu große Perlen-Clipohrringe. Der Finger, mit dem sie in die Auslage zeigt, ist knöchriger, als er im Gerichtssaal ausgesehen hat. Doch das Gefühl, das ich beim Anblick von Ekaterina Tsvetok erhalte, ist dasselbe, egal ob wir uns im Gerichtssaal gegenübersitzen oder ob sie gerade Edamer kauft.

Bevor mein Hirn versteht, was passiert, dreht sich mein Körper um und flieht. Ich lasse das Gurkenglas, das ich in der Hand gehalten hatte, in irgendeinem Regal zurück und trete um Luft und Haltung ringend durch die automatischen Schiebetüren, wo ich mich umsehe, als würde ich erwarten, dass noch mehr Charaktere aus dem Gerichtssaal plötzlich auftauchen, um mich zu malträtieren, doch da ist nur ein kleiner, angebundener Hund, der geduldig wartet.

Im Schatten eines Hauseinganges auf der anderen Straßenseite hole ich mein Handy heraus und scrolle durch die Playlist, die ich gerade höre, immer wieder rauf und runter. Aus dem Augenwinkel beobachte ich den Supermarkt gegenüber. Ich will einfach wissen, ob sie es wirklich ist, ob ich halluziniere oder ob ich diese Gegend in Zukunft meiden muss. Außerdem will ich etwas in Tsvetok erkennen, das dem Monster seinen Schrecken nimmt. Sie ist sicher nur ein normaler Mensch. Ihre Macht, die sie im Gerichts-

saal über mich hat, erstreckt sich nicht darüber hinaus. Und wenn ich das alles glauben kann, dann stimmt es vielleicht auch.
Endlich sehe ich sie durch die Tür treten, einen Einkaufstrolley hinter sich herziehend. Trotz der Hitze trägt sie eine dünne, beige Steppjacke. Über den Rand meiner Sonnenbrille spähend sehe ich, wie sie sich bückt, den Rücken zu mir, um die Leine des Hundes zu entknoten. Der Hund wedelt mit dem Schwanz und springt an ihr hoch. Aus ihrem Trolley ragt ein Blumenstrauß neben einer Packung Toilettenpapier. Irgendetwas an diesem Bild stimmt nicht.
Sie dreht sich um und ich wende schnell den Blick ab, damit sie mich nicht erkennt. Als ich wieder von meinem Handy aufsehe, ist sie verschwunden. Ich haste ihr hinterher, zwischen den Kopfhörern spüre ich mein Herz pochen.
Da biegt sie um die nächste Ecke, den Hund brav bei Fuß. Wieder kommt mir mein Körper zuvor. Er geht los und holt sie fast ein, als sie gerade an der nächsten Ampel wartet, die mageren Finger um die Hundeleine geschlungen. Ich komme wenige Meter von ihr entfernt zum Stehen, starre auf ihren Hinterkopf, an dem ich aus der Nähe den grauen Haaransatz erkennen kann. Ich überlege fieberhaft, was ich zu ihr sagen könnte, wenn sie mich erkennen würde, doch bevor ich damit fertig bin, hat sie sich schon umgedreht. Ihr missbilligender Blick trifft mich eiskalt, doch da ist nichts mehr übrig von der Tsvetok, die mich von ihrem Pult aus mustert, da ist nur eine Fremde, eine ganz normale, ältere Frau auf dem Weg nach Hause, die mich flüchtig mustert, mich nicht kennt und die Straße überquert, so schnell es ihr unsicherer Gang erlaubt.

## Vertagung

Den Rest des Wochenendes verbringe ich im Bett mit meinem Laptop. Nur wenn meine Augen vor Müdigkeit brennen, verschließe ich sie vor dem endlosen Nachrichtenfeed, auf dem immer wieder mein Gesicht auftaucht, und schlafe ein. Ich überlege, Fabiola einzuladen oder sogar Anna, die mir beinahe täglich besorgte Nachrichten schreibt, aber mein Zustand ist nicht zumutbar, das endlose Band an wirren Gedanken in meinem Kopf reißt nicht ab, an eine normale Unterhaltung ist nicht zu denken. Meine Mutter schreibt mir, ob sie mir was vorbeibringen kann, ich antworte ihr, dass das nicht nötig sei.

Montags sitze ich wieder im Gerichtssaal auf meinen schwitzenden Händen, das Phantomgewicht des Ordners auf meinem Schoß.

Ich hatte gehofft, dass der Anblick vom Gesicht der Richterin aus nächster Nähe meine Zweifel, wen ich da im Supermarkt gesehen hatte, vertreiben würde, doch der erwartete Effekt tritt nicht ein. Ekaterina Tsvetok trägt dieselbe Frisur wie die Frau vor der Feinkosttheke. Ihre Hände kommen mir heute knöchriger vor als noch in der vorigen Woche.

Wenn sie es tatsächlich gewesen ist und mich erkannt hat, so lässt sie es sich nicht anmerken. Sie mustert mich, als würde sie mich auch jetzt nicht wiedererkennen. Geschäftig schlägt sie einen vor sich liegenden Aktenordner auf und richtet das Wort an die Staatsanwaltschaft.

‹Das Gericht ruft die Mutter der Toten, Saskia Mohnberger, in den Zeugenstand.

‹Frau Mohnberger ist nicht anwesend.

‹Weshalb?

‹Sie lässt sich entschuldigen.

Ein Raunen geht durch den Bienenstock. Die fleißigen Arbeitstierchen haben viel aufzuschreiben, einzusprechen, auszutragen. Es sind viele Larven zu füttern mit den Ereignissen. Die Richterin nickt, schlägt den Aktenordner vor sich zu, kontrolliert ihre Armbanduhr. Der Prozess hat vor fünf Minuten begonnen.

‹In diesem Fall hat es keinen Zweck, den Prozess heute fortzusetzen. Er wird verta…

‹Entschuldigen Sie, sehr verehrtes Hohes Gericht.

Die Staatsanwaltschaft unterbricht die Richterin, die sich schon mit einer Hand auf dem Pult abgestützt hat, um sich zu erheben, aber in der Bewegung einfriert.

‹Frau Mohnberger kann zwar heute nicht vor Gericht erscheinen, lässt allerdings ausrichten, dass sie morgen zum nächsten Termin erscheinen wird. Inzwischen …

Die Richterin setzt an, um die Staatsanwältin zu unterbrechen, doch die redet einfach weiter. Es geht ihr wohl auch zu langsam, diese Angelegenheit.

‹Inzwischen liegt der Staatsanwaltschaft jedoch eine verschriftlichte Einvernahme von Frau Saskia Mohnberger vor. Frau Mohnberger sagt zum Unfallhergang Folgendes, und ich zitiere: Einvernahme von Frau Saskia Mohnberger vom achten Juni, 17:12 Uhr, die zum ehestmöglichen Zeitpunkt aufgenommen wurde, nachdem Frau Saskia Mohnberger sich psychisch genug von den Geschehnissen erholt hatte, um befragt zu werden: Ich habe alles gesehen. Mein Kind. Sie lag einfach da. Nicht einmal beim Schlafen hat sie so ruhig ausgeschaut. Sie war – das ist nicht zu glauben. Ich kann nicht – es fühlt sich gar nicht real an.

Der Anwalt schaltet sich so vehement ein, dass ich zusammenzucke.

‹Hohes Gericht, ist diese Vorlesestunde wirklich notwendig für die Aufklärung des Unfallbestandes?

‹Ruhe! Fahren Sie fort. Ein bisschen lauter, ich bitte Sie.

‹Ich hab sie hingebracht. Wie jeden Tag. Sie wollte schon reinlaufen. In der Früh wird ja immer getanzt im Kindergarten, das liebt sie. Aber ich hab ihre Gummistiefel im Auto vergessen. Es hätte an dem Nachmittag ja regnen sollen, also bin ich zurück. Ich hab ihr noch zugerufen: „Bleib stehen, warte, warte auf deine alte Mama.“ Danach habe ich sie nicht mehr gesehen. Also – wo sie war. Ich habe einen Rumms gehört, aber dabei denkt man sich ja nicht gleich was. Dann hab ich es gesehen. Sie. Also. Meine Tochter. Sie lag da.

Es ist eine Weile still, was die Staatsanwaltschaft, die mit monotoner Stimme vorgelesen hat, stehen lässt. Als die Stille zu dicht wird, bricht man sie auf. Man hört erleichternde Nasenschnäuzer, das Klicken von Kameras, den Mörser von Kugelschreibern auf Notizblöcken. Ein ganzer Brocken an Notizen wird sich aus dem heutigen Tag herausfiltern und zu Texten zusammenmischen lassen.

‹Vielen Dank für Ihren Mut, Frau Mohnberger.

Die Richterin nickt der Staatsanwaltschaft zu, als säße dort wirklich Alice’ Mutter. Raunen im Saal, der Anwalt setzt an, um zu sprechen, doch Ekaterina Tsvetok schüttelt den Kopf, kneift die Augen zusammen, hält einen Finger hoch, um ihn zu stoppen.

‹Ich meine, vielen Dank … für die Aussage. Wir werden diese im Detail zum nächstmöglichen Zeitpunkt besprechen.

Die Richterin vertagt den Prozess erneut auf morgen. Beim Verlassen ihres Pults hält sie sich die Hand an die Stirn und geht gebückt, als hätte sie starke Kopfschmerzen. Den Gerichtsdiener, der wie ein Lakai zu ihr eilt, wimmelt sie ab.

Ich lege den Kopf auf den Tisch, die Platte drückt kühl gegen meine Stirn. Ich wünschte, ich könnte so im Sitzen einschlafen, bis der Prozess weitergeht. Dann müsste ich nicht durch die Medien hindurch. Ich müsste nicht durch die Küche, die immer noch unter Wasser steht, zu meinem Zimmer gelangen.

Am nächsten Tag erscheint Alice' Mutter vor Gericht, vermutlich durch Zureden der Staatsanwaltschaft. Die Medien munkeln, dass die vorgelesene Einvernahme die Richterin nicht überzeugt haben dürfte.
Wir sitzen beide in der ersten Reihe, Alice' Mutter neben der Staatsanwältin. Uns trennt der Mittelgang zwischen den Sesselreihen. Sie sieht mich nicht an, doch ich glaube, ihre Blicke auf mir zu spüren. In meinem Rücken. In meinem Nacken. An meinen Fersen. Ein Tropfen Harz an meiner Fußsohle, der die Feuerameisen anlockt. Immer wieder werfe ich Blicke zu ihr hinüber, um sicherzugehen, dass sie weiterhin vorgibt, ich wäre nicht da. Ihre Befragung beginnt, die Kameras klicken.
Alice' Mutter weint nicht im Zeugenstand, sie weint nicht bei Interviews im Radio oder Fernsehen, sie weint nicht, weil ihre Tochter das nicht hätte sehen wollen, fügt sie dann immer erklärend hinzu. Alice war ein fröhliches Kind, aber empfindsam. Weinte jemand, musste sie auch unweigerlich weinen. Sie wollte sich keine Filme ansehen, in denen ein Tier stirbt. Sie weinte, wenn es regnete, weil die Leute draußen nass wurden, und sie weinte im Winter, weil die Leute draußen erfroren. Deswegen wollte Saskia Mohnberger nicht weinen, sagte sie, während man ihr ein Mikrofon unter die Augen hält, die nass sind, aber nicht nachgeben. Sie muss auch nicht weinen, das tue ich schon genug unter den Worten der Frau, deren Kind ich auf dem Gewissen habe. Die Schuld steckt mir im Hals, zersetzt langsam alle meine Membranen wie Säure.

Die Staatsanwältin befragt sie zügig. Saskia Mohnberger ist nur eine von vielen, die ihr Kind in einem Unfall verloren hat, die diesen Gerichtssaal braucht, um zu trauern.

‹Sie haben die Angeklagte am Tatort gesehen?

Der Anwalt schaltet sich polternd ein.

‹Einspruch! Tatort impliziert, dass eine Tat begangen wurde, wenn es sich doch eigentlich um einen Unfallort handelt.

‹Formalitäten, Formalitäten! Natürlich stattgegeben.

‹Ja, ich habe sie dort gesehen.

‹Was hat die Angeklagte getan?

‹Ich habe versucht, meine Tochter wiederzubeleben. Ich habe nicht auf das Auto geachtet. Irgendwann ist sie aber ausgestiegen. Hat ganz schön lange gedauert, glaube ich. Ich hab erst gar nicht daran gedacht, dass jemand aussteigen wird. Dass sich jemand verantwortlich zeigt. Für eine Ewigkeit hat es so ausgesehen, als würde sie einfach wegfahren. Ich könnte schwören. Sie war ganz kurz davor.

Wieder das Raunen im Bienenstock, das Kameraklicken, die Mörser auf Papier.

‹Kannten Sie die Angeklagte schon vor dem Unfall?

‹Nicht besonders gut. Wir haben manchmal miteinander gesprochen, beim Abholen, aber immer nur ganz kurz.

‹Sie können also nichts weiter über die Angeklagte erzählen?

Alice' Mutter starrt Brandlöcher in die Luft über meinem Kopf. Sie sieht mich nicht direkt an, aber das braucht sie auch nicht, damit ich alles spüre, was sie mir gerne ins Gesicht schreien würde. Verbittert beendet sie ihre Aussage.

‹Nein. Das ist alles, was ich erzählen kann.

‹Die Staatsanwaltschaft hat keine weiteren Fragen an die Zeugin Saskia Mohnberger.

‹Einspruch!

Die Richterin weist den Anwalt zurecht.

‹Rufen Sie nicht so oft Einspruch! Das macht man nur im Film.

‹Entschuldigen Sie bitte, Frau Richterin.

Der Anwalt hüstelt, steht auf, knöpft sein Sakko zu, hebt die Stimme.

‹Frau Mohnberger. Sie haben also Ihre Tochter in den Kindergarten gebracht. Diese ist vorausgelaufen, in Richtung des Kindergartens, wobei sie die Straße überqueren musste. Korrekt?

Alice' Mutter betrachtet eingehend ihre Hände. Mit gesenktem Blick beantwortet sie die Fragen des Anwalts.

‹Das stimmt. Sie weiß eigentlich, dass man schaut, bevor man über die Straße geht.

‹Und dennoch hat sie es nicht getan. Kinder unter sieben Jahren sind vom Verkehr überfordert, sie können die Gefahr nicht richtig einschätzen. Deswegen hätten Sie …

– er beschreibt Alice' Mutter mit einer flüchtigen Handbewegung –

‹… besser aufpassen müssen. Als Aufsichtsperson tragen Sie die volle Verantwortung dafür, wenn Ihr Kind in den Straßenverkehr läuft. Das müssen Sie doch sicher zugeben, Frau Mohnberger?

Gerne würde ich den Anwalt zurückhalten, damit er damit aufhört. Alice' Mutter wird immer kleiner auf ihrem Sitz, immer blasser.

‹Ich habe mich nur ganz kurz umgedreht, um ihre Sachen aus dem Auto zu holen. Sie weiß ja, dass sie nicht einfach loslaufen darf.

‹Keine weiteren Fragen an die Zeugin Saskia Mohnberger.

Die Richterin belegt den Anwalt mit einem kalten Blick, bevor sie direkt zu Alice' Mutter spricht.

‹Wie bereits von der Verteidigung erwähnt, war Ihr

Kind erst vier Jahre alt, konnte also den Verkehr noch nicht richtig einschätzen. Zudem handelt es sich bei dem kurzen Weg vom Parkplatz zum Kindergarten um einen Weg, den Ihr Kind gut kannte, richtig?

Alice' Mutter nickt heftig, mit Tränen in den Augen.

‹Da Ihre Tochter eigentlich wusste, wie man eine Straße richtig überquert, auch wenn sie es an jenem Tag nicht getan hat – wer weiß, was sie da abgelenkt haben könnte –, so sehe ich den Tatbestand der Aufsichtspflichtverletzung hier nicht erfüllt.

Dieser seltene, sanfte Moment zwischen der Richterin und einer anderen Person ist vorbei, so schnell er begonnen hat. Ohne Umschweife ruft sie zur Pauseneinnehmung auf. Der Geist von Alice' Mutter erhebt sich von ihrem Sessel, wobei sie noch mehr zu schrumpfen scheint. Wie ferngesteuert verlässt sie den Raum als Dokument und verschwindet in einer Aktentasche.

Ich gehe zur Toilette, weil mir zumindest dorthin niemand folgt. Immer noch kein Blut. Vierzehn Tage zu spät. Ich schicke ein Stoßgebet an meinen Uterus und nehme wieder im Gerichtssaal Platz.

Am nächsten Tag sehe ich Fotos in einer Zeitung auf einem U-Bahn-Sitz liegen, auf denen Alice' Mutter sich vor dem Gerichtsgebäude eine Zigarette dreht.

***Suchtmittel-Mama sagt nun vor Gericht aus***

***Ist Mutter von totem Mädchen drogenabhängig?***

***Marihuana-Vorwürfe gegen Mutter***

‹Als Nächstes bittet die Staatsanwaltschaft Susanne Bauer in den Zeugenstand. Sie ist eine ehemalige Kollegin von Karmen Anger und die Leiterin des Kindergartens in der Baumstraße.

Susi setzt sich behäbig auf den ihr zugewiesenen Sitzplatz. Sie hat sich Zeit ihres Lebens nicht stressen lassen, sie wird es auch heute nicht tun. Bevor sie Platz nimmt, wickelt sie ihre Strickjacke enger um sich. Ich kann es von hier aus nicht hören, aber ich weiß, dass sie ächzt, wenn sie sich setzt – der Rücken macht Probleme nach drei Jahrzehnten der Arbeit in Räumen, in denen alles die richtige Größe für kleine Kinder hat, nicht aber für sie.

‹Frau Susanne Bauer.

‹Bayer.

‹Wie bitte?

‹Ich hab geheiratet.

‹Hier in den Unterlagen steht, dass Sie Bauer heißen. Sie selbst haben diese Unterlagen unterschrieben.

‹Das mit dem Namen ändern hat ein bissi gedauert.

‹Sie sind also nun Frau Susanne Bayer?

‹Frau Mag. Susanne Bayer.

‹Verzeihung. Nun. Frau Mag. Bayer. Wo waren Sie zum Tatzeitpunkt?

‹Einspruch! Es handelt sich um den Unfallzeitpunkt.

‹Überkorrekt. Wo waren Sie zu dem Zeitpunkt, als der Unfall passiert ist?

‹Ich war drinnen im Haus, die Jause vorbereiten.

‹Wie haben Sie den Unfall mitbekommen?

‹Da war ein Riesengeschrei. Vor allem von den Kindern. Das klingt furchtbar, müssen Sie wissen. So viel Kindergeschrei. Vor allem, wenn es dieser Horror ist, wegen dem geschrien wird.

‹Was haben Sie dann getan? Nachdem Sie das Geschrei gehört haben.

‹Zuerst denkt man sich ja nichts bei sowas. Kinder schreien ständig. Außerdem hab ich mich gerade geschnitten gehabt, beim Jause-Machen, und hab ein Pflaster gesucht.

Susi hält die linke Hand hoch, an der kein Pflaster mehr zu sehen ist.

‹Ich hab erst gar nicht richtig überrissen, dass was Arges passiert ist. Dann hab ich ein bisschen später die Sirenen gehört. Dann bin ich nach draußen, hab alles stehen und liegen lassen. Einfach in meinen Schlapfen bin ich raus, stellen Sie sich das vor.

‹Was haben Sie vor dem Gebäude gesehen?

‹Lauter Menschen waren draußen, die haben ausgeschaut, als wollten sie lieber reingehen, als könnten sie aber nicht. Ich bin um sie herum, um zu sehen, warum die denn da stehen, hab mich ganz schön gewundert.

‹Haben Sie die Angeklagte am Ort des Geschehens gesehen?

Susi nickt betroffen.

‹Ja, ja. Hab ich. Sie hat am Boden gesessen und so mit ihren Händen herumgetan. Ich dachte schon, die reißt sich die Finger aus. Ihren Blick werd ich nie vergessen. Da ist's mir ganz kalt geworden.

‹Was war das für ein Blick?

‹Frau Richterin Tsvetok! Das ist doch nicht relevant.

‹Sprechen Sie weiter, Frau Bayer.

‹Den Blick von der Karmen kann ich gar nicht beschreiben. Wahnsinnig hat sie ausgeschaut. Die war kurz vorm Durchdrehen.

‹Gibt es noch etwas, das für den Fall relevant sein könnte?

Susis Stimme wird fester, als sie das Publikum adressiert.

‹Ich wollte nur noch gesagt haben, was die Alice für ein liebes Mäderl gewesen ist. Vielleicht manchmal ein bisschen laut, aber das sind mir die liebsten, aus denen wird mal was. Sie hat Glück, eine so tolle Mama zu haben, das muss man wirklich sagen. Dass sie sich hier vor die Welt stellt und für ihr Engerl kämpft, das kann man sich ja nur wünschen. Das war mir noch wichtig zu sagen.

‹Kennen Sie Frau Saskia Mohnberger persönlich?

‹Nicht sehr gut, wie man die Eltern halt so kennt. Aber bei so einem g'scheiten Mäderl. Das kommt nur von einem guten Elternhaus.

Susi verschränkt die Finger vor ihrer Strickjacke und bleibt nach getaner Arbeit sitzen, als würde sie erwarten, den Prozess von ihrem Sitzplatz im Zeugenstand aus weiter beobachten zu können.

Etwas stockt in mir. Ich löse meine verschränkten Arme und sehe Susi plötzlich scharfgezeichnet. Alice' Mutter tauchte selten zu Elternabenden auf, zum Sommer- oder zum Laternenfest. Alice wurde früh gebracht und spät abgeholt. Morgens stand sie manchmal schon vor der Tür, wenn wir aufsperrten, allein. Nachmittags half sie beim Wegräumen, wenn alle anderen schon abgeholt worden waren, und erzählte von ihrem Tag, als wären wir nicht dabei gewesen. Sie rannte immer so schnell sie konnte in den Kindergarten, den blauen Rucksack in der Hand statt um die Schultern, und trottete nachmittags wieder hinaus, als würde niemand auf sie warten.

Der Anwalt hat diesmal keine Fragen. Stattdessen ergeht er sich in einer Tirade, deren Punkt er nach mehreren Minuten erreicht: Susi sei keine Zeugin, da sie nichts gesehen habe, daher sei ihre Aussage auch nicht von Relevanz, sie sei aus dem Protokoll zu streichen. Erwartungsvoll sieht er die Richterin an. Die, nach einer kurzen Pause der Abwägung, in der sie auf ihrem Kopf nach der Brille sucht, die bereits auf ihrer Nase sitzt, erklärt, man werde das noch prüfen müssen, der Prozess sei für heute beendet.

Am darauffolgenden Sonntag erscheint ein Interview mit Susi. Obwohl die Zeitung nicht den besten Ruf hat, zitieren alle anderen Medien sie.

> *Wie haben Sie Karmen A. als Kollegin erlebt?*
> Sie müssen verstehen, die Karmen war nie ganz die Richtige. Nicht für unseren Kindergarten. Aber wir finden ja niemanden, der die Arbeit noch machen will. Die Gruppen sind eh schon am Limit.
>
> *Warum war Frau A. nicht die Richtige für den Job?*
> Als Pädagogin, und vor allem in der Elementarpädagogik, muss man zurückstecken können. Das hat die Karmen nicht geschafft. Sie war immer total fertig, hat eine Miene gehabt, da wird's den Kindern ja richtig bang. Und dann hat sie immer so viel über sich geredet, auch vor den Kindern. Über Sachen, die verstehen die gar nicht und über die redet man auch einfach nicht.
>
> *Was waren das für Sachen, über die Frau A. vor den Kindern gesprochen hat?*
> Ihr Privatleben. Und das ist nicht schön, so viel kann ich Ihnen schon sagen. Aber mehr sag ich nicht dazu.

Es ist nicht das Interview, das mich so aufregt. Es ist die Titelseite.

***So ist Karmen A. wirklich: Kollegin packt aus***

Darunter ist ein Foto zu sehen, das mich beim letzten Sommerfest zeigt. Ich überquere, Alice an der Hand, den Spielplatz in Richtung des Kindergartens. Im Vordergrund

sind abgeschnittene Kinderfiguren bei einem Ballspiel zu sehen. Das Foto ist körnig und verschwommen, als hätte man es mehrmals vergrößert.
Susi muss das Bild extra für die Presse herausgekramt haben, es kann gar nicht anders sein. Sie wusste genau, in welchem Ordner auf ihrem Computer sie ein Foto finden würde. Der nette Journalist hatte sie darum gebeten, man bräuchte ja ein Foto zur Geschichte, sonst könne man sich den Text gleich sparen, die viele Arbeit, es ging ja um die Sache, die Öffentlichkeit habe ein Recht, zu wissen. Sie hat mit ruhiger Hand durch die Fotos gescrollt, eines ausgewählt, es dem lieben Journalisten geschickt.

*Foto: Privat.*

Wie kam es zu dieser Selbstverständlichkeit, mit der sie das Bild von Alice und mir ausgesucht hatte? Ein charmanter Journalist war nicht genug, um Susi zu so etwas zu bringen. Da musste mehr dahintergesteckt haben. Vielleicht war das Interview sogar ihre Idee gewesen. Ich hatte sie immer als gutmütig eingeschätzt. Eine geduldige Vorgesetzte, die nichts mehr aus der Ruhe bringen konnte. Großzügig, wenn es um die Kinder ging, wenn auch nicht besonders tiefgründig. Weit gefehlt.
Nach dem Interview in der Zeitung sehe ich sie klarer. Ihre Blicke fallen mir ein, stumme Blicke über ihren Brillenrand hinweg, mit hochgezogenen Augenbrauen, betont von mir abgewandt, auf ihre Hände, was auch immer sie gerade taten. Abgewandte Blicke und nicht mehr als ein Hallo am Morgen. Sie hatte unendlich viele Worte und Augenmomente für alle, nur nie für mich. Mich duldete sie nur, weil sie sonst niemanden fanden. Sie hatte schon immer gewusst, dass irgendetwas mit mir nicht stimmt, und jetzt hat sie den Beweis, jetzt kann sie es allen zeigen.

Nach der Aussage meiner Ex-Chefin hatte Ekaterina Tsvetok die Vertagung des Prozesses ausgerufen. Drei Wochen Pause wird es diesmal geben, während das Gericht die Informationen aus dem Prozess ordnet und bewertet, die Staatsanwaltschaft sollte inzwischen neue Zeuginnen und Zeugen suchen. Der Anwalt hatte entnervt seine Aktentasche zugeschlagen – für ihn könnte dieser Prozess schon längst erledigt sein. Nachdem die Richterin die Vertagung verkündet hatte, rannte die Staatsanwaltschaft zu ihrem Pult, einen Papierstapel in der Hand, redete auf sie ein. Sie ist gut vorbereitet. Auch für sie hätte dieser Prozess schon vorbei sein können, doch Ekaterina Tsvetok ließ nicht mit sich reden.
Ich weiß nicht, ob ich das gut finden soll. Nach vier intensiven, wenn auch sehr kurzen Tagen im Gerichtssaal: drei Wochen kein Prozess, keine Mikros, die mir stur vor die Nase gehalten werden, keine Ekaterina Tsvetok, die mich missbilligend mustert, dafür drei leere Wochen, in denen ich ausharren muss, in denen sich nichts bewegt, oder fast nichts.
In der Zeit soll außerdem ein psychologisches Gutachten erstellt werden. Das Subjekt bin ich. Gnädigerweise wurde die Erstellung des Gutachtens nicht schon vorher im Gerichtssaal verkündet, wo die Medien diesen leckeren Informationshappen aufsammeln hätten können. So bleibt mir eine Galgenfrist.
Der Anwalt hinterlässt mir eine Sprachnachricht, die ich mich erst zu öffnen traue, als meine Zimmertür hinter mir ins Schloss gefallen ist. Im Hintergrund höre ich Kindergeschrei und Plantschgeräusche, wie in einem Freibad.

‹Das Hohe Gericht hat veranlasst, dass eine psychologische Gutachterin sich mit Ihnen auseinandersetzen soll. Ich muss Ihnen nicht erklären, dass das eine Chance für Sie und damit für diesen Fall sein kann.

Wenn das Gutachten bestätigt, dass Sie nicht zurechnungsfähig sind, können Sie mit einer verkürzten Strafe im Maßnahmenvollzug rechnen, also bei den geistig abnormen Kriminellen. Das ist wirklich ein ausgezeichnetes Angebot, wenn man alles bedenkt. Da stimmen Sie doch auch zu. Sie verstehen. Das kann ich Ihnen wirklich nur ans Herz legen. Außerdem warte ich immer noch auf die Liste, über die wir gesprochen haben. Es wäre gut, wenn Sie sich damit nicht mehr allzu viel Zeit lassen würden.

## Gutachten, Teil III

Die Gutachterin geht nicht gerade wohlwollend mit mir um. Streng hält sie die Lupe in der Hand, mit der sie mich genauestens betrachtet.
In der ersten Sitzung soll ich ihr davon erzählen, wie mein Leben bis jetzt so ausgesehen hat. Vielleicht erklärt das den Vorfall, vielleicht malt es ihn auch nur weiter aus. Vielleicht bin ich doch ganz nett, wenn man mich erstmal kennenlernt.
Ich bin in einem Dorf unweit einer mittelkleinen Stadt und deren Tanzstudio aufgewachsen, im Limbus. Es gibt dort einen See, Pfadfinder, eine Mittelschule. Blockflötenunterricht, Reisfleisch im Hort und eine Drogerie gab es einmal. Die Zukunftsaussichten sind eingeschränkt, wenn man dort bleibt. Man arbeitet nach der Hotelfachschule im Wirtshaus, als Lehrling in der Metzgerei oder man übernimmt die Kindertagesgruppe und später das Pfarrblatt.
Ich folgte dem Plan, den ich geschmiedet hatte, der mir unfehlbar erschien: Ich ging in die Stadt, machte die Ausbildung, fand den Job. Als Pädagogin könnte ich jederzeit zurückkommen und im Heimatdorf arbeiten, so verkaufte ich mir und auch meiner Mutter die Ausbildung auf der weit entfernten Hochschule. Die Möglichkeit, jederzeit zurückkehren zu können, fühlte sich gut an und sicher. Dass da noch jemand war, der auf mich wartete, wenn es mir in der Stadt doch nicht gefallen sollte. Doch irgendwann fand auch meine Mutter einen besseren Job in der Stadt, zog in eine neue Wohnung und fuhr nur noch manchmal raus. Ich tröstete mich damit, dass ich das Haus übernehmen würde, wenn der richtige Zeitpunkt gekommen war, doch die Aussicht auf eine Wohnung, die ich mir alleine leisten könnte, war beflügelnd. Ich nahm den ersten Job an, den ich kriegen konnte. Um Geld für die Kaution

und neue Möbel zu sparen, zog ich dann doch in Gregors WG ein, vorrübergehend, sagte ich ihm. Er akzeptierte das, weil er mich vermutlich sofort durchschaut hatte – ich spielte auf Zeit, in der Hoffnung, dass man mir die Entscheidung abnehmen und mich wieder nach Hause holen würde, doch das wurde immer unwahrscheinlicher. Die Arbeit als Pädagogin war anstrengender als alles, worauf man uns vorbereitet hatte. Die Weiterbildung in konfliktfreier Kommunikation bringt leider nichts, wenn man ein Kind hat, das alle beißt, die sich ihm auf einen Meter nähern. An manchen Tagen kam ich nach Hause und musste einfach weinen, ohne konkreten Grund. Als ich nach drei Jahren beim Trennen von zwei raufenden Mädchen im Gatsch hinfiel, wobei mir die Kniescheibe schmerzhaft rausrutschte, war mir klar, dass ich das nicht bis zur Pension durchhalten würde.

Mein Plan drohte, im Nichts zu verlaufen.

Ich blieb in der Stadt, ich blieb bei meinem Job. Vielleicht würde sich ja irgendetwas ergeben. In der Stadt fällt es leichter, zu verstecken, dass man keinen Plan dafür hat, was man mit der eigenen Zukunft anstellen will. Meistens interessiert es ohnehin niemanden, man kann es für sich behalten und so tun, als ob. Hier fällt es auch nicht auf, wie oft du Gras rauchst oder trinkst – eigentlich fällt es eher auf, wenn du nicht wenigstens eins von beidem tust.

Die Gutachterin späht durch die Lupe, kneift die Augen zusammen, sucht nach einem Zugang.

Was soll ich ihr sagen?

Dass ich mich irgendwo zwischen Wurzeln und Blühen verloren habe?

Ich war auf der Suche nach etwas, von dem ich nicht genau wusste, was es war. Ich fühlte mich nicht verloren, noch nicht. Doch immer öfter wunderte ich mich, ob ich es, wenn ich es fände, auch erkennen würde.

Was soll ich sagen? Ich lese nicht so viel.

Ich habe den Verdacht, dass es nicht nur mir so geht. Dass niemand eigentlich weiß, wo das alles enden soll. Und was noch schlimmer ist: Mir kommt der Verdacht, dass die Gutachterin diesen Gedankengang schon tausendfach gehört hat, von anderen Angeklagten auf ihrer Couch.
Ich fühle mich schlecht dabei, sie zu langweilen. Mehr noch: Ich fühle mich schlecht bei dem Gedanken, dass sie mich genau betrachten und schlussendlich nichts vorfinden würde. Vielleicht sollte ich sie einmal fragen, wie es ihr geht oder ob sie schon auf Urlaub war, das mögen die Leute für gewöhnlich. Ich beschließe, ihr etwas zu geben, ein paar Brösel, damit sie sich ein Bild von mir machen kann, das nicht so schlimm ist, wie das, was sie vermutlich offenbaren würde, wenn sie statt der Lupe ein Mikroskop zur Hand hätte. Ich habe Angst davor, was sie dabei vielleicht erkennen könnte. Dass die Lichter im Haus zwar an sind, dass das Haus aber droht, in sich zusammenzufallen.
Ich legte ein Sparkonto an. Keine Ahnung, wofür. Aber sparen ist wichtig, sparen ist sinnvoll, alle sparen. Alle, die schlau sind, die etwas vorhaben, und ich wollte wirklich dringend auch eine Person sein, die etwas vorhat. Ich pflanzte ein paar Samen, die ich in meinem Gras fand, und vergaß ständig, sie zu gießen. Ich daddelte herum, eine Person mit einem Job, den sie sich besser vorgestellt hatte, ohne Hobbys und Freundinnen, denen sie einen tieferen Blick unter ihre Oberfläche zumuten würde. So weit, so normal. Jahre vergingen.
Dann plötzlich live vor mir: Ein Krater.
Ich stürzte hinein, mein Leben nahm exponentiell an Geschwindigkeit zu und fühlte sich gleichzeitig so zäh an, wie noch nie, nicht einmal so zäh wie in den Sommerferien, wenn das Dorf ausgestorben war und ich unsere Straße auf- und abradelte, während mein Schatten immer länger wurde.

Der Gutachterin das alles zu erzählen, tut weh. Immer wieder kommen mir die Tränen und ich muss eine kurze Pause einlegen, weil mir die Stimme versagt. Sie wartet dann geduldig, damit ich weiterrede. Ich habe das alles vorher noch nie durchgedacht, noch nie ausformuliert. Ich erzähle der Gutachterin, dass ich mich bessern will, damit sie einen Grund hat, mich noch nicht vollends aufzugeben. Ich erzähle ihr, dass ich einen Plan für die Zukunft habe, und das ist nur halb gelogen. Mir ist egal, was der Anwalt sagt. Ich bin zurechnungsfähig.

Wenn ich es nicht mehr aushalte, an meine Zukunft zu denken und dabei nur ein schwarzes Loch zu sehen, gehe ich in die Planung über. Ich klemme mir einen Stift hinter das Ohr, setze mich an den Schreibtisch und tue so, als müsste ich nur ein paar Bewerbungen verfassen, dann würde schon alles gut werden. Ich speichere mir alles ab, was mir nur im Entferntesten liegen könnte: Saisonarbeiterin in einem Skigebiet, Assistentin der Geschäftsleitung, Backoffice-Heldin. Trotz meiner vagen Suchkriterien ist die Ausbeute überschaubar, das gebotene Gehalt ernüchternd. Ich würde gerne meinen Freundinnen von der Hochschule schreiben, das hier blüht euch, wenn ihr es irgendwann nicht mehr im Kindergarten aushaltet, aber wir kennen uns nicht mehr gut genug, als dass ich ihnen einfach schreiben könnte. Und dann ist da ja auch noch der Umstand, dass ich gerade wegen fahrlässiger Tötung vor Gericht stehe. Als nächstes schaue ich mir Wohnungen an, lieber wäre mir ein Haus mit Pool und Garten.

Ich stelle mir vor, wie ich am Wochenende mit den Kindern aufs Land fahre und ich sage, wir machen das, damit sie etwas über die Natur lernen, aber eigentlich fahre ich nur weg, weil ich mich für etwas Besseres halte, ich habe ja schließlich das Geld dafür.

Ich speichere alle Wohnungen und Häuser ab, die ich mir nie werde leisten können, mit dem Geld von dem Job, den ich nie haben werde. Zum Glück fragt mich niemand, wo ich mich in fünf Jahren sehe. Immer wieder während der ersten Prozesstage habe ich mir diese Frage gestellt, die man von jedem Bewerbungsgespräch erwartet. Die Antwort wird immer verschwommener, je länger ich sie betrachte.

Wie ich wirklich über meine Zukunft denke, kann ich der Gutachterin nicht sagen. Wenn ich Glück habe, hat mich das Gefängnis in drei Jahren schon wieder ausgespuckt – ein Tumor, den es gedauert hat, heraufzuhusten.

Ich bekomme vielleicht wieder einen Job in einem Mangelberuf, dann reiche ich um Frühpension ein wegen meiner angeknacksten Psyche. Vielleicht bekomme ich ja Invalidenrente, wenn ich es richtig anstelle. Wenn es gut läuft, kann ich mich dann mit Menschen anfreunden, die ihr Geld in steile Dopaminspitzen stecken, in Spielautomaten oder Fußballtickets. Wenn ich Glück habe, werde ich eine von denen sein, die irgendeinen heiraten und dann werde ich ihn hassen, weil uns das nirgendwohin geführt hat, außer in getrennte Betten, aber zumindest ist man nicht allein.

Ich frage mich, ob die Richterin das auch sieht. Ob sie sieht, was passiert, nachdem sie aus meinem Leben getreten sein wird. Ich meine das, ohne ihr die Schuld zuschieben zu wollen. Aber ich frage mich doch, ob sie sieht, was mir bevorsteht, ob es sie interessiert. Worauf nur Statistiken und Elizabeth Spira mit dem Finger zeigen. Was von mir übrig bleibt, nachdem mich das Leben durch den Wolf gedreht und als Faschiertes auf den Boden hat klatschen lassen.

Ich frage mich, ob Ekaterina Tsvetok mich ansieht. Und wenn ja, wen sie dabei sieht. Eine Person, einen Namen, eine Nummer. Oder sieht sie ein Kind, das nie mehr nach Hause zurückkehren wird. Die Familie, die nie aufhören wird, auf das Kind zu warten. Eine Diebin, die das Wert-

vollste auf der Welt gestohlen hat, nur um es von einer Klippe hinunterzuwerfen.
Oder sieht sie gar nichts mehr. Sieht sie nur mehr an mir vorbei. Vorbei an dem Gerichtssaal, an dem Gebäude, der Stadt, dem Land, nimmt sie die Weltkugel nur mehr als verschwommenen Kaffeefleck auf einer oft gewaschenen Pyjamahose wahr, über den sie manchmal gedankenverloren streicht.

# Der Käfer

Die drei Wochen zwischen dem letzten und dem nächsten Gerichtstermin vergehen nur tropfenweise. Pro Woche eine Sitzung mit der Gutachterin, mehr habe ich nicht zu tun. Immer wieder fange ich damit an, die Liste all meiner Fehler für den Anwalt zu schreiben, doch da kommt nichts, wenn ich das Blatt Papier anstarre. Stattdessen scrolle ich auf meinem Handy.

Die neuesten Fotos von Mina auf ihren Profilen sind vier Jahre alt. Während ich den Unfall und den Prozess gedanklich herumwälze, stelle ich mir Minas Gesicht vor, wie ich ihm alles erzähle. Mina ist meine Therapeutin, die mir in meiner Vorstellung aufmerksam zuhört, nicht um ein Gutachten zu erstellen, sondern weil ich ihr wichtig bin. Sie sitzt immer neben mir, während ich darauf warte und mich davor fürchte, dass der Prozess Fortschritte macht.

Wir haben uns seit Jahren nicht mehr gesehen, und doch saß Mina beim Unfall neben mir auf dem Beifahrersitz. Als Zeugin, die mir in diesem Moment fast hautnah war, muss sie doch Verständnis für mich haben. Und wenn es eine einzige verständnisvolle Person gibt, die mir zuhört, dann kann ich das hier vielleicht. Dann kann ich da durch.

Mina schüttelt den Kopf vor meiner Problemwälzerei.

‹Ob du wieder einen Job findest, ist gerade nicht wichtig. Wichtig ist, dass du hier irgendwie heil wieder rauskommst, Karmen.

‹Wie heil? Sehe ich etwa nicht heil aus?

Mina schaut mich mitleidig an. Meine ungewaschenen Haare und die Tatsache, dass ich in Gedanken mit ihr spreche, weil ich sonst niemanden habe, dem ich mich zumuten will, lässt mich nicht gerade so wirken, als hätte ich sie noch alle. Dass ich der Gutachterin nicht von Mina erzähle, versteht sich von selbst – bei Gutachten gibt es kein Patientengeheimnis.

Ich verbringe viel Zeit auf dem kühlen Parkettboden neben meinem Bett, für den ich schon lange einen Teppich hatte kaufen wollen. Mina sitzt im Schneidersitz auf dem Bett. Den Kopf in die Hand gestützt hört sie mir zu.

‹In letzter Zeit habe ich oft an Tierdokus denken müssen, die ich mir angeschaut habe, wenn ich high war.

‹Hochinteressant. Erzähl mir davon, Karmen.

‹Okay. Aber pass auf, es ist ziemlich barbarisch.

Wir wissen quasi nichts über den freien Willen, wer ihn hat und wer nicht. Solche Fragen können nur anhand von praktischen Beispielen diskutiert werden. Nehmen wir etwa ein kleines Käferchen, das in eine fleischfressende Pflanze gerät. Was denkt es sich dabei? Riecht die Venusfliegenfalle das Getier aus der Ferne und entscheidet sich dazu, es anzulocken? Ist die Pflanze von einem einladenden Flaum überzogen? Gibt sie einen Lockstoff ab, der das Käferchen verzaubert? Oder wartet sie einfach den lieben langen Tag darauf, dass zufällig ein Snack über ihren Schlund krabbelt?

Nicht zaghaft bewegt sich das Tier auf seinen Tod zu, sondern mit der Selbstverständlichkeit, mit der ein hirnloses Insekt auch über meinen Arm krabbeln würde, ohne zu verstehen, welchem Koloss es gerade chancenlos gegenübersteht. Über meine Erdbebenadern, meine Stolperfallenhärchen, meine Lavahaut. Dann schnappt die Pflanze zu. Dabei knickt sie eines der Käferchenbeine, die zwischen ihren Lippen hervorragen, nach oben. Es sieht schmerzhaft aus. Ihre Beute strampelt hektisch gegen die Falle an, doch jegliche Anstrengung bleibt zwecklos. Das Käferchen hat keine Chance gegen die Venusfliegenfalle.

Das letzte Vorderbeinchen ragt auch nach Minuten noch zwischen den Stachelzähnen der Venusfliegenfalle hindurch, das Opfer wackelt sogar noch mit den Fühlern, doch die Pflanze verdaut es gleichgültig.

Ob sie sich enorm wichtig dabei fühlt?

Ein Leben auszulöschen ist eine Sache. Für die Pflanze ist es eine Mahlzeit.

Für das Käferchen ein Leben.

Das plötzlich vorbei ist.

Für das Käferchen ist alles vorbei.

Ihm steht ein langsamer Tod bevor. Fleischfressende Pflanzen speicheln ihre still erhaschte Beute ein, lösen sie langsam auf. Der verflüssigte Chitinpanzer wird aufgeschlürft.

Ich weiß immer weniger, wer ich in diesem Schema bin. Bin ich hungrig oder werde ich aufgefressen? Habe ich das getan, was man nun mal tut, jeden Tag, einfach eine Person sein, ab und zu Fehler machen? Bin ich das Käferchen, das Käferchendinge getan, zufällig einen Todesfall verursacht hat, seinen eigenen Todesfall, und dessen Gedärme jetzt eine Sache ernähren, die größer ist als alles, was es jemals verstehen könnte?

Das Käferchen wusste wahrscheinlich gar nicht, dass solche Pflanzen existieren. Niemand hat ihm in der Schule ein Diagramm gezeigt mit einer Venusfliegenfalle und einem Warnsymbol darauf. Insekten haben nicht wirklich ein Gehirn, von freiem Willen keine Spur, könnte man meinen. Sie sind vollkommen instinktgesteuert. Blätter fressen, Eier legen, Eier hegen, sterben. Riechen sie ein leckeres Blatt, krabbeln sie dafür auch über eine fleischfressende Pflanze.

Kennst du diese Zombiepilze?

Mina schüttelt den Kopf. Meine Brust hebt sich beim Erzählen rasch auf und ab. Mina sagt, ich sollte die Hand auf den Bauch legen und tief ausatmen, nicht so viel an das

Einatmen denken. Sonst würde ich zu hyperventilieren beginnen, eine Fluchtreaktion. Ich atme tief ein und aus. Der Boden fühlt sich immer noch kühl an unter meinen Schulterblättern.

‹Stell dir das vor: Pilzsporen, die, für uns unsichtbar, aerogesteuert auf uns oder via Nahrungsaufnahme in uns landen. Pilze, die nicht einmal ein Hirn haben, nicht einmal in die Kategorie Tier fallen und doch keine Pflanze sind. Pilzsporen, denen man nicht einmal einen handlungsbringenden Instinkt zuschreiben kann, sondern lediglich eine Handlung. Pilze wachsen zum Licht – bilden Myzel – schweben als Spore durch die Luft.

Werden von einer Ameise gefressen. Infizieren das Zentralnervensystem der Ameise. Zwingen sie, nach oben zu klettern, ganz weit nach oben, auf den höchsten Ast des höchsten Baumes. Wachsen der langsam verödenden Zombieameise aus dem Schädel. Pflanzen sich erfolgreich fort. Und wer davon soll ich jetzt sein? Habe ich Stachelzähne, Sporen oder doch einen Panzer, den man leicht verflüssigen kann?

‹Aber ist das die richtige Frage, Karmen?

‹Das kommt darauf an, welche Antwort man hören will.

‹Welche würdest du am liebsten hören?

‹Dass ich nach Hause gehen kann. Nicht nur heute, sondern für immer. Dass ich eine harmlose Pflanze bin. Ein Gänseblümchen.

Mina klappt meinen Laptop auf, googelt „Milchstraße" und öffnet das erste Bild. Ich setze mich auf, um den Bildschirm besser sehen zu können. Es sieht aus, als hätte man ein Ceran-Kochfeld mit Mehl und Glitzer bestäubt.

‹Wow. Wie viele Sterne glaubst du, dass das sind?

‹Nicht so wichtig. Wir können es eh nur schätzen. Aber kannst du die Erde erkennen?

Ich strenge mich an, konzentriere all meine Energie darauf, auf diesem Foto, das auch einfach Staub auf einer Kameralinse sein könnte, das Sonnensystem zu erkennen, mit seinen Ringen, auf denen alle mir bekannten Planeten ordentlich aufgereiht um die Sonne kreisen. Schon nach ein paar Sekunden gibt Mina auf, nimmt mir die Antwort aus dem Mund.

‹Genau. Es geht nicht. Es ist unmöglich, zu erkennen, welcher der Punkte unsere Sonne ist, geschweige denn, welcher die Erde, auf der du gerade sitzt und dich für einen Käfer hälst, der noch millionenfach kleiner ist als du. Verstehst du, was ich meine?

Ich antworte ihr nicht, sondern öffne ein weiteres Bild der Milchstraße. Diesmal sind die Sterne alle irgendwie rötlich, man kann hellere und dunklere Teile eines Gesamtbildes erkennen. Es sind trotzdem zu viele helle Punkte, als dass ich meine Nachbarschaft darin ausmachen könnte.

‹Es wirkt vielleicht so, als wären deine Probleme unendlich groß und wichtig – dabei bist du unendlich klein, Karmen. Du bist schon das, was du dir zu sein wünschst: klein und unwichtig. Du könntest genauso gut ein Käfer sein. Im großen Ganzen ist das alles scheißegal, verstehst du? Du bist im großen Ganzen scheißegal. Genau so wie der Unfall, genau so wie das Gerichtsurteil.

Ich will protestieren, denn wie kann etwas von der Tragweite des Unfalls, der so viele Leben berührt, scheißegal sein? Aber ich hänge mit meinem Blick an den Rändern des rötlichen Fotos der Milchstraße. Sie sind dunkel, düster. Hinter den Rändern geht es immer weiter mit der Leere, die zwischen den Sternen liegt. Irgendwo dort schwebe ich, kriege keine Luft, sterbe den sofortigen Kältetod. Mina streichelt mir fest über den Kopf, wie bei einer Katze.

‹Es wirkt vielleicht so, als könnte dir jemand sagen, wie viel Schuld du zu tragen hast. Aber niemand kann über dich bestimmen. Das Gerichtsurteil sagt dir auch nur, was jemand anderes von dir hält. In Wahrheit zählt am Ende für dich nur, was du selbst von dir hältst und wie du damit umgehst. Dass du hier heil wieder rauskommst.

Ich reiße meinen Blick vom unendlichen Weltall und streiche Mina die Haare aus den Augen, die auf ihren Profilfotos kinnlang und goldbraun sind. Eine zweidimensionale Mina, die mich beruhigt, wie kein echter Mensch es gerade kann. Mein Leben klingt durch ihre Worte – meine Gedanken – gefiltert viel besser, als es ist. Es klingt, als wäre es einfach nicht so wichtig.

‹Siehst du, Karmen? Ich kann auch so eine waache Scheiße labern wie du.

Die Gutachterin hat mir zuletzt eine Denkhausaufgabe gegeben. Ich habe mir auf die Zunge gebissen, denn glaubt sie wirklich, dass ich dieser Tage jemals über etwas anderes nachdenken kann?

‹Wir haben nur drei Termine miteinander. Danach kann ich nichts mehr für Sie tun. Sie sollten sich also bald überlegen, ob Sie nun schuldig gewesen sein wollen oder nicht.

# Alice

Jemand hat einen Schwamm in einen Gummihandschuh gesteckt. Der Handschuh hängt aus einer hölzernen Kuh, in die Susi von oben Milch aus einem Krug einfüllt. Die Kinder kneten den Handschuh, in den mit Nadeln Löcher gepikst wurden, und es kommt Milch heraus, tropft in einen Eimer, wird langsam warm. Im Schatten steht ein aufblasbarer Pool, den noch niemand benutzt hat. Die Kinder haben sich über den Ameisenkuchen und die Apfelschnitze vom Buffet hergemacht, also halten die Eltern sie vom Wasser fern. Gerüchteweise gibt es Läuse, doch niemand hat sich bis jetzt deswegen gemeldet. Ich renne herum, wasche Sand aus Augen und wünsche mir, ich hätte mich krankgestellt, dann würde ich jetzt im Freibad liegen. Der Energydrink, den ich in meiner Handtasche hereingeschmuggelt habe, wird langsam warm, wie die Milch.

Wir sind progressiv. Es gibt keinen Dicksaft. Die Stühlchen und Tischchen, an denen die Kinder ihre Salzteigschnecken wuzeln, sind aus Zirbenholz. Alles ist bio, alles ist essbar, alles wird gegessen, auch die Käfer, bis auf die Karottenstäbchen, die am Buffet austrocknen.

Wir werden nicht Tanten gerufen, sondern mit Vornamen, aber weil kleine Kinder sich das nicht merken, heißen wir manchmal Mama und Papa oder gar nichts, wir passen nur auf, dass keine gröberen Unfälle passieren und reichen wie Geisterhände Taschentücher.

Am Ende des Sommerfests gibt es eine Preisverleihung. Susi verteilt kleine Beutelchen aus Baumwolle an alle Kinder, weil alle ihr Bestes gegeben haben. In den Beutelchen stecken Erdnüsse, Aufkleber und ein kleiner Apfel. Während der Abschlussrede von Susi, in der sie erneut ausdrücklich darauf hinweist, dass das Ferienspiel ein bedeutender Teil der Kindererziehung ist, zähle ich die Kinder routinemäßig durch. Ein Schluchzen unterbricht mich. Ich suche den Spielplatz mit meinen Augen ab. Eines der Kinder habe ich beim Zählen übersehen, es sitzt im Klettergerüst.

‹Alice? Was ist los?

Alice sitzt zusammengekauert am Boden des Häuschens, aus dem eine knallrote Plastikrutsche zum Boden führt. Sie hat ihre Stirn auf den Knien abgelegt. Ihre langen Haare bilden einen Vorhang rechts und links, sodass ihr Gesicht verborgen bleibt. Sie schluchzt leise. Ich sehe sie durch die Öffnung, die von einer Leiter in das Häuschen führt. Ich will nicht, dass das hier länger als nötig dauert, da Sommerfeste zu der Arbeitszeit gehören, die wir nicht bezahlt bekommen, also klettere ich die Leiter hinauf. Von unten sieht alles viel niedriger aus, als es ist. Ich muss mich ducken, um nicht gegen das Dach des Klettergerüsthäuschens zu stoßen.

‹Alice?

Ich flüstere, um keine Aufmerksamkeit auf das weinende Kind zu lenken, das sich vor allen Augen versteckt. So etwas endet meist in Hänseleien und dann muss jemand abgeholt werden.

‹Alice? Was ist denn los? Wer wird denn da weinen?

Alice ignoriert mich. Sie schluchzt weiter, als wäre sie allein.

‹Was ist denn passiert? Hast du dir wehgetan?

Das wäre das Einfachste. Ein verstauchter Knöchel, sie wird eingepackt ins Auto, bekommt einen Gips, auf dem alle unterschreiben können, und ein Eis. Unrealistisch. So wie sie weint, mich hartnäckig nicht ansieht, niemanden zu sehen scheint. Die hat was ausgefressen und Angst, deswegen in Schwierigkeiten zu kommen.

‹Hast du in die Hose gemacht?

Jetzt hebt sie doch den Kopf und wischt sich mit kleinen Händen Wasser und Rotz aus dem rot angelaufenen Gesicht. Ihre feinen Haare kleben ihr an der Stirn. Sie sieht mich an, als hätte ich sie gerade gefragt, wie deppat sie genau ist, auf einer Skala von eins bis zehn.

‹Hab ich nicht!

Ihre Stimme bricht vor Wut und Tränen, weil es sich so anfühlt, als würde niemand sie jemals verstehen können. Ich krabble in das Klettergerüsthäuschen. Es ist plötzlich still. Die Stimmen sind jetzt draußen, wir drinnen. Ich setze mich gegenüber von Alice hin und lehne meinen verspannten Rücken an die Holzwand. Wind pfeift durch das Häuschen und streicht um meine Waden. Ich tue es Alice gleich und ziehe meine Knie bis unters Kinn, lege meine Stirn darauf ab. Schließe die Augen und bin kurz weg. Alice' Schluchzen wird leiser und leiser.

Ich versuche, meinen Kopf zu leeren. Nur zuzuhören. Doch ich bin voll von Gedanken an den Sommer, der wie ein braches Feld vor mir liegt. Meine Mutter hatte sich nicht gemeldet wie sonst, um zu fragen, ob ich ein paar Wochen bei ihr in unserem alten Haus am Land verbringen will. Vermutlich werde ich trotzdem hinfahren und schauen, ob sie da ist. Wenn nicht, könnte ich zurück in die Stadt trampen, einfach weil es aufregender ist, als selbst zu fahren. Mir bleiben noch ein paar Jahre, in denen ich meinem Aussehen zutrauen würde, beim Autostopp und bei Polizeikontrollen die Arbeit für mich zu machen. Morgens strahlte mir die Sonne im Bad die Falten weg, doch bis zum Abend legten sich Schweiß und Schmutz in sie. Ich werde jeden Tag älter. Kein Zurück. Das ist das Gruseligste am Älterwerden. Man entscheidet sich nicht bewusst dafür, man hat beinahe keine andere Wahl, und es gibt keinen Weg zurück in die Vergangenheit, in der einem der Rücken noch nicht wehtat und man ohne Probleme ein paar Tage in der Woche verkatert sein konnte, ohne dass es jemandem auffiel. Mit jedem Geburtstag gehen einem die Lokale für Feiern aus. Dann freut man sich ernsthaft über eine gusseiserne Pfanne zu Weihnachten.

Irgendwann nehme ich eine Bewegung wahr und hebe den Kopf. Alice hat sich aufgesetzt und die Beine verschränkt. Ihre Hände liegen auf den Knien, die Handflächen nach unten. Sie schaut mich erwartungsvoll an, wie ein trauriger, kleiner Buddha. Wir sehen uns in die Augen. Es ist unangenehm für mich, doch ihr macht das nichts aus. So klein ist sie noch, dass sie einem viel größeren Menschen ewig in die Augen starren kann, als würde sie nicht merken, dass zurückgestarrt wird.

‹Willst du was sehen?

Ich nicke, sie steht auf und ich folge ihr, nicht ganz so wendig. Vielleicht hat sie doch was ausgefressen. Sie krabbelt durch die Öffnung im Klettergerüsthäuschen, balanciert über den Mittelsteg, der es mit einem zweiten Türmchen verbindet. Ich folge ihr so rasch ich kann, damit niemand bemerkt, wie ich im Klettergerüst herumturne, während ich eigentlich Spielsachen einsammeln sollte.

Ein Netz unter der Brücke soll mich beruhigen, mir versichern, dass ich nicht falle, wenn ich danebentrete, doch von hier oben sieht alles sehr viel weiter weg aus als von unten. Ich halte mich mit beiden Händen an den dicken Seilen fest, die eine Art Geländer bilden. Sie sind alt und abgegriffen. Ich frage mich, wie alt dieses Gerüst und eigentlich der gesamte Spielplatz ist. Ob man das nicht schon längst hätte austauschen sollen. Spielplatzsicherheit ist nicht mein Metier – wozu auch, Kinder spielen auch mit alten Landminen, wenn man sie lässt. Alice verschwindet durch das Tor in das andere Häuschen.

Hier ist es heller, denn die Wände sind nur halbhoch, oder hüfthoch an mir gemessen. Alice ist mitten im Häuschen stehen geblieben, einen Meter von mir entfernt. Ich hocke auf dem Boden, denn durch das niedrige Tor bin ich nur auf allen Vieren gekommen.

‹Aber sag es niemandem, ja?

Sie macht einen Schritt zur Seite und wendet sich der Ecke mir gegenüber zu. Dort liegt ein Vogelnest, nicht größer als meine Faust.

‹Hast du das hierhergebracht?

‹Es war da oben im Dach.

Alice zeigt mit dem Finger auf das Holzdach über uns, das mit Filzstiften von den größeren Kindern beschmiert wurde. Sie muss auf das Geländer geklettert sein, um dort raufzukommen.

‹Ich wollte mir die Babys ansehen.

Ich krieche an ihr vorbei. Das Nest sieht aus wie ein trockenes kleines Gebüsch, das man zu einer Tischdekoration für Salz- und Pfefferstreuer gedreht hat. Darin liegen mit schwarz- und rosafarbener Haut überzogene Skelette. Ein paar wenige Federansätze ragen wie die Stacheln eines Igels aus ihrer Haut. Sie liegen bewegungslos da, ihre Gliedmaßen verkrampft angewinkelt, in Form gepresst. Als würden sie jede Sekunde furchtbare Schmerzen leiden, als würden sie nur schreien können, bis sie endlich zu fliegen lernen.

Alice ist in die Knie gegangen, blickt über meine Schulter, eine Haarsträhne im Mund, auf der sie oft herumkaut.

‹Glaubst du, die Mama kommt irgendwann wieder?

Wessen Mama?, will ich fragen. Alice wird seit Wochen nur von ihrem Opa abgeholt, manchmal vom Onkel. Aber ich frage nichts. Ich sollte in dieser Situation die Erwachsene sein, die immer eine Antwort mehr hat, als es Fragen gibt.

‹Sollen wir sie zum Tierarzt bringen?

Alice nimmt die Haarsträhne aus dem Mund, dann sammelt ihre Zunge sie wieder ein. Das ist kein sicheres Anzeichen dafür, dass sie einmal Raucherin wird, aber probieren wird sie es garantiert.

Die Stille breitet sich aus, wo Schreie sein sollten. Schreie nach Nahrung, nach Wärme. Schreie nach Anderen. Ich hocke mich hin und traue mich nicht, das Vogelnest, dieses zirkuläre Grab, in die Hand zu nehmen. Stattdessen reiche ich Alice meine Hand, damit wir diesen Ort verlassen können, und gebe ihr einen Ratschlag fürs Leben.

‹Irgendwann werden sie dir ein Haarknäuel aus dem Darm operieren müssen.

## Brief II

Ich habe das Bedürfnis, mich bei Ihnen zu entschuldigen. Das ist vielleicht das Letzte, das Sie erwartet haben. Aber vielleicht haben Sie es sich herbeigesehnt.
Ich habe mich immer für einen empathischen Menschen gehalten. Ich esse ja auch seit Jahrzehnten nichts mehr, was von Tieren kommt. Ich habe noch nie das Lenkrad angerührt, wenn ich davor auch nur einen Tropfen Alkohol getrunken hatte.
Das Problem empathischer Menschen ist, dass sie davon ausgehen, dass jeder Mensch so ist, wie sie. Dazu braucht es vielleicht auch eine Portion Naivität. Ist nicht jeder Mensch vom selben schlechten Gewissen geplagt, wenn er jemandem auf die Zehen gestiegen ist? Ist nicht jeder Mensch traurig, wenn er jemanden weinen sieht? Die Antwort, freilich, lautet nein. Das darf einen nur nicht dazu bringen, die eigene Naivität zu verlieren. Damit habe ich derzeit große Probleme.
Ich spende für alle möglichen Zwecke. Ich habe meinem Mann alles verziehen. Ich bin kein schlechter Mensch. Das glauben Sie vielleicht auch von sich selbst.
Was ich gesehen habe, was ich gehört habe, von Ihnen, hat mich nicht davon überzeugen können, dass Sie kein guter Mensch sind. Was Sie getan haben – und ich möchte nicht sagen, „was passiert ist“, denn Sie haben es ja *getan* – zwingt mich, zu denken, dass Sie vielleicht nur ein Opfer der Umstände waren.
Es ist bedauerlich, dass der Prozess derartig groteske Dimensionen angenommen hat. Am Ende hat er niemandem gutgetan.
Schuld sind dennoch Sie. Sie haben die Umstände, deren Opfer Sie geworden sind, kreiert. Sie haben sich das selbst angetan. Das macht Sie zur Täterin und gleichzeitig zum Opfer. Und deshalb tun Sie mir leid, denn Opfer sind nie

schuld an ihrer Misere, sagt man. Es ist die Täterin in Ihnen, die man ans Schafott führen sollte.

Legen Sie Ihrer Täterin die Schlinge um den Hals. Führen Sie die Klinge an ihr Handgelenk. Stecken Sie ihren Kopf in den Ofen. Es wird Ihnen danach besser gehen.

Glauben Sie ruhig weiterhin daran, ein guter Mensch zu sein. Etwas anderes zählt für Sie am Ende ohnehin nicht.

## Sommerfrische

Ein Kaffee noch, dann sind wir da. Die Landschaft zieht wie ein braunes Gummiband am Autofenster vorbei. Anna zählt mir alle unkontaktierten Völker auf, die jeden sich nähernden Menschen, den sie nicht kennen, mit Pfeilen und Speeren bedrohen. Sie lernt für eine Prüfung, schreibt eine Arbeit, absolviert ihr Studium nicht nur in der Regelstudienzeit, sie setzt neue Maßstäbe für den Gedächtnisschatz der Kultur- und Sozialanthropologie.
Meine Bitte, mich auf dem Weg in ihren Heimatort in meinem abzusetzen, hat sie überrascht. Ich habe mich selbst zu einem unkontaktierten Volk zurückentwickelt, das jeden Anruf, jede Einladung auf ein Bier oder zu Geburtstagen mit unberührtem Schweigen abschmettert. Anna nimmt mich mit, froh, dass sie durch mich die Fahrt zur Vertiefung des Lernstoffes nutzen kann. Ich lese ihr Artikel aus Fachzeitschriften und vollgekritzelten Büchern vor, während ich an eiskaltem, süßem Kaffee aus Dosen nippe, um mir die Zeit zu vertreiben und das Loch in meinem Magen zu füllen.

‹Kannst du da bitte kurz ranfahren? Ich muss aufs Klo.› Anna setzt den Blinker und fährt bei der nächsten Raststation ab. Es ist eines von diesen Kettenrestaurants, die so tun, als wären sie traditionelle Bauernfamilienrestaurants. Die Angestellten tragen Tracht, es gibt ungefähr dreißig verschiedene Fleischgerichte und einen Kinderspielplatz. Die Kabinen sind die von der Sorte, die einen selbstreinigenden Toilettensitz haben, in denen man beim Hinausgehen von einem Touchscreen dazu aufgefordert wird, mit einem von drei Smileys den Besuch zu beurteilen. Die Angestellten in grün-rosa-karierten Dirndln sehen aus wie Silvesterpunschkrapfen mit Kleeblatt. Sie grüßen ohne mich anzusehen, von irgendwo hinten im Lokal dringt Kindergeschrei.

Ich nehme die Treppen hinunter zu den Toiletten, vorbei an Kaugummiautomaten und einem Feuerwehrauto, das sich bewegt und Geräusche macht, wenn man eine Münze hineinsteckt. Die Männertoilette ist leer, bis auf eine Kabine. Ich nehme die daneben. Aus meinem Rucksack fische ich einen alten Kugelschreiber von irgendeinem Wahlkampf. Der Toilettenraum ist sauber, aber ein bisschen heruntergekommen, wie das Lokal oben. Der Boden ist nass, die Wände sind vollgeschmiert mit Kampfgeschrei und Daten, Accountnamen von – ich nehme mal an – Jugendlichen, einem verdrehten Hakenkreuz.

Ich kratze meine Telefonnummer mit dem Kuli neben dem Klopapierhalter an die Wand. Ruf Ekaterina an für eine gute Zeit. Erst danach pinkle ich, verlasse die Toilette, als würde ich immer auf die Männertoilette gehen.

Im Souvenirladen der Raststation überlege ich kurz, Anna das neueste National Geographic zu kaufen, doch das hat sie vermutlich schon. Stattdessen kaufe ich ein Männermagazin, um ihr etwas vorlesen zu können, was sie noch nicht weiß, und eine Packung Kaugummi.

Danach warte ich auf ein langgezogenes Vibrieren meines Handys, das mir sagt, dass ein einsamer LKW-Fahrer, ein gelangweilter Pendler oder ein verwichster Familienvater mich will. Ich überlege, was ich sagen würde, spiele Gesprächsfetzen in meinem Kopf ab.

‹An welchem Punkt bist du eigentlich gerade?

‹Wo?

‹Na, im Prozess?

Anna schiebt sich eine blonde Strähne aus der Stirn. Das Radio hat in dieser Gegend keinen Empfang, die Männerzeitschrift haben wir schon durch. Bis zu diesem Moment hatten wir noch nicht über den Prozess gesprochen. Nicht sicher, ob es ein harmloser oder ein reizbarer Elefant ist, sitzt das Thema auf der Rückbank.

‹Wir müssen nicht darüber reden, wenn du nicht willst.

‹Okay. Ich will nicht, dass irgendjemand darüber reden will.

‹Nein, ist schon okay. Weißt du, ich bin halt neugierig. Wie so was abläuft. Wie es dir geht. Und so.

‹Hast du unter einem Stein gelebt?

Anna beißt sich auf die Lippe.

‹Ja, aber … kann man dem vertrauen? Was sie in den Medien sagen? Manches kommt mir schon komisch vor.

‹Komisch?

‹Ja, als würde sich niemand darauf einigen können, was wirklich stimmt.

‹Das versuchen sie ja herauszufinden. Was *wirklich* passiert ist. Die Fakten halt.

‹Es schaut aber nicht so aus. Verstehst du, was ich meine? Man wir das Gefühl nicht los, dass da irgendetwas nicht stimmt.

‹Erinnerst du dich noch an Jean? Der auch im Ballett war?

Anna schüttelt irritiert den Kopf.

‹Ich hab nie wirklich mit dem gesprochen. Der hat doch recht bald die Schule gewechselt, oder?

Ich nicke.

‹Genau der. Weißt du noch beim Vortanzen, als er mich fallen gelassen hat?

‹Nein, keine Ahnung. Er hat dich echt fallen lassen?

‹Kurz danach hat er die Schule gewechselt.

Stille. Anna schält den Blick von der Straße ab, sieht mich von der Seite an.

‹Du glaubst nicht, dass das deine Schuld war, oder?

‹Niemand, der bei Verstand ist, würde sich das selbst anlasten.

Und doch kann ich nicht anders, als immer wieder daran zu denken, dass ich seine mir entgegengestreckte Hand nicht ergriffen habe, als wäre sie giftig, und dass er sich dafür auch noch bei mir entschuldigt hat.

Anna drückt kurz meine Hand mit ihrer, sie ist angenehm kühl. Dann sieht sie wieder auf die Straße, legt eine CD ein – Ezra Furman – und fährt mich schweigend nach Hause.

*Can I sleep in your brain tonight, stranger?*
*Can I rest my bones in your head?*
*I won't make too much noise while I stay here*
*I just need some kind of shelter*

Anna setzt mich am Hauptplatz ab – Kirche, Wirtshaus, ein paar Bänke unter Lindenbäumen – von wo aus ich meinen Rucksack zweihundert Meter entlang der Hauptstraße trage und bei einem der kleinen, hellgelben Häuschen an der Tür läute. Sie haben wohl wieder frisch gestrichen. Meinen alten Hausschlüssel lasse ich immer in der Wohnung, aus Angst, ihn irgendwann zu verlieren und dann nicht einmal mehr das Haus meiner Kindheit betreten zu können. Meine Mutter verbringt nur mehr wenige Wochenenden im Jahr hier, und ich besuche sie nur alle heiligen Zeiten.

Meine Mutter öffnet die Tür und drückt mich hastig an sich – ohne einen Schritt auf mich zuzumachen, sie umarmt mich außerhalb des Hauses. Es ist, als würde ich nur ihre Kleidung umarmen. Ihr Körper war früher groß und weich.

‹Warum sagst du denn nicht, dass du kommst? Ich hätte was gekocht.

‹Ich habe keinen Hunger.

‹Hast du schon gegessen?

Das Vorzimmer ist lang und eng. Rechts davon ist das Bad, in dem es immer kalt ist. Ein Torbogen öffnet den Raum zur Küche, von der ein dumpfes, warmes Licht ausgeht. Meine Mutter setzt trotz der anhaltenden Sommerhitze Wasser für Tee auf. Ich lege mich längs auf das zerkratzte Sofa im Salon.

‹Ich will das alte Sofa eigentlich verkaufen. Aber so, wie

Moni es verunstaltet hat, kann ich das Klumpat nur noch verschrotten.

‹Willst du dir nicht eine neue Katze anschaffen?

Meine Mutter stellt zwei übervolle Häferl auf den Couchtisch und geht gleich zurück in die Küche, auf der Suche nach einem Fetzen.

‹Auf keinen Fall. Die würde mich wahrscheinlich noch überleben.

Der Tee schmeckt scharf und nussig nach Rum. Meine Mutter nippt an ihrem und lässt sich nicht anmerken, dass sie die Tassen vertauscht hat.

‹Zum Glück ist endlich Ruhe. Heute hat den ganzen Tag das Telefon geläutet, ich wollte schon gar nicht mehr rangehen. Zu Mittag war ich mit Traude bei der Pizzeria. Ich kann wirklich nicht verstehen, wie sich die hier hält – der Teig ist trocken und zäh wie alte Pommes.

Ich hebe meine Tasse und proste ihr zu.

‹Auf dich! Happy Birthday, Mama.

Nachdem sie mich damals vor der Kirche aufgelesen hatte wie einen einzelnen Kinderhandschuh, brachte sie mich noch nach Hause. In der Wohnung sah sie aus wie ein Teil einer schlecht geplanten Collage, sie passte da nicht hinein. Da war kein Wohnzimmer, nur mein unaufgeräumtes Zimmer ohne Sitzmöglichkeiten für Gäste. Eine Welle an Scham war über mich gerollt, dass ich so lebte und meine Mutter aus ihrem fertig eingerichteten Erwachsenenzuhause in dieses depressive Teenagerloch gebracht hatte. Ich deutete ihr, mir zu folgen, sich an den Küchentisch zu setzen. Im durch die Fenster hereinfallenden Licht leuchteten ihre einzelnen weißen Haare und die Talfalten um ihren Mund glänzten wie Gletscherschluchten. Von dem Kakao erwärmt wollte ich sie in den Arm nehmen. Alles wird gut, Mama. Halb so wild.

Was ist das Schlimmste, das jetzt passieren kann?

Das war ein Gedankenexperiment, das wir oft gespielt hatten, als ich klein war. Noch kleiner.
Wenn ich eine schlechte Note schrieb, war das Schlimmste, das passieren konnte, dass ich die Klasse wiederholen musste. Na und? Davon stirbt man ja nicht. Ständig müssen irgendwelche Kinder eine Klasse wiederholen.
Wenn ich Angst vor einem Vortanzen hatte, war das Schlimmste, was passieren konnte, dass ich bei dem Stück eine Nebenrolle bekam und kein Solo. Na und?
Wenn ich einen Unfall baute, war das Schlimmste schon passiert. Danach: lebenslänglich. Danach für immer stigmatisiert als Ex-Knacki, als Kindsmörderin, als miserable Autofahrerin, vermutlich Junkie, Alkoholikerin, Sozialschmarotzerin. Verrückte. Selbstmörderin. Tragisches Sinnbild dafür, dass Frauen auch beschissen zu Kindern sein können. Eine Tochter, die nur noch die eigene Mutter lieben kann.
Aus dem zur Hauptstraße geöffneten Fenster dringt die Stille, die man sonst nur hört, wenn man den Kopf unter Wasser steckt. Der Tee ist ausgetrunken, mittlerweile brechreizerregend lauwarm.
Ich glaube, dass meine Mutter schon damals, als sie in meinem WG-Zimmer stand, mit dem Aufgeben begann. Sie rief mich danach täglich an, bis zu dem Tag, an dem ich das erste Mal den Gerichtssaal betrat. Irgendwann kam kein Wort mehr von ihr. Sie hatte mich in die Hände des Staats übergeben, in die Pfoten einer Gewalt, die höher war als die einer Mutter über das Leben ihrer Tochter.
Was ist das Schlimmste, das jetzt noch passieren kann?
Vielleicht wäre das Schlimmste, aufzugeben, Mama.
Sicherlich eine Option, denn was will ich hier verteidigen?
Mein Recht, depperte Fehler zu machen, die Menschenleben kosten? Oder will ich, dass ein Fehler, ein Zufall, den Rest meines Lebens versaut?
Stopp.

Der Fehler hat einen Namen.

Der Fehler hat ein Alter, das sich nicht mehr ändern wird.

Der Fehler war tischkantenhoch, schubste manchmal andere Kinder und reagierte allergisch auf Haselnüsse.

Alice' Eltern haben sie vielleicht auch damit getröstet, dass das Schlimmste, was passieren könnte, nicht das Ende der Welt ist.

Der Kakao von damals klebt unsere kleinstmögliche Familieneinheit auch jetzt an die Sitze der plüschigen Couch, auf der ich damals saß und weinte, weil ich in Deutsch durchfiel. Meine Mutter strich mir über den Rücken und sagte, wenn es mich so aufregen würde, sei es vermutlich den Kummer nicht wert. Ich könnte immer etwas anderes anfangen. Jetzt sitzen wir nebeneinander und kauen unseren Tee, im vollen Bewusstsein, dass mein Leben ruiniert ist und damit das meiner Mutter zumindest überschrieben. Aber hey, wenigstens hat sie noch eine lebendige Tochter.

‹Es gab eine Anfrage.

‹Eine Anfrage?

‹Von einem Sender. Ob ich ein Interview gebe.

‹Welcher Sender?

‹Ich weiß nicht mehr. Ich habe ihnen schon abgesagt.

‹Was wollten die von dir wissen?

‹Sie wollten mich gemeinsam mit der – mit der Mutter interviewen. Es sollte ganz groß werden, eine Stunde lang im Fernsehen.

‹Wie eine Talkshow?

‹So ähnlich. Sie wollten auch, dass ich Fotos von dir mitbringe, von als du noch klein warst. Kinderfotos.

Es klang wie ein großes Ding. Im Abendprogramm. Meine Kinderfotos aufgeblasen auf 4k-Full-HD-LCD-Screen-Größe. Meine Zahnlücken, meine rosa Ballett-trikots, der erste Schultag mit Diddl-Schultüte. Alles Dinge, die sich nicht in meinem Ordner befanden, denn

Kinder haben in einem Gerichtssaal nichts zu suchen, finde ich.
Das Fernsehen sieht das wohl anders. Anscheinend gibt es irgendwo eine Redaktion – und es ist sicherlich nicht die einzige –, die noch ein Kind ungewollt an den Zöpfen in diese Misere hineinzerren will. Die sich denkt, sie würde damit die höchsten Einschaltquoten des Jahres produzieren. Sie würde die Tränen zweier Mütter einfangen, die über den Verlust ihrer Töchter weinen. Die Schuld würden sie meiner Mutter zuschieben, denn vermutlich hatte sie irgendetwas bei meiner Erziehung versemmelt, wodurch ich zu der rauschgiftnehmenden, herumhurenden, ärmlichen Kindsmörderin geworden war, die ich heute bin. Irgendetwas ist schiefgelaufen zwischen den Ballettstunden und der Hochschule. Meine Mutter hatte mich verdorben, hatte es zugelassen, mich zu verlieren, und damit den Verlust eines anderen Kindes verursacht. Sie hätte Alice genauso gut einen Tritt versetzen können. Die Tränen meiner Mutter sollten auf Millionen Bildschirmen glitzern. Allein der Gedanke bricht mir das Herz. Wer hält es schon aus, die eigene Mutter weinen zu sehen? Sollte meine Mutter nicht mich in den Arm nehmen und beruhigende Geräusche machen? Stattdessen wendet sie den Blick von mir ab.
Meine Mutter ist komplett überfordert. Heillos überfordert mit mir, mit der Situation, mit Anfragen von Fernsehsendern. Bei den eigenen Eltern fällt einem erst spät auf, wie sehr sie altern. Dass sie irgendwann einfach nicht mehr mitkommen mit der Geschwindigkeit, die das Mitkommen verlangt, weil es ihnen egal ist oder weil ihnen die Kraft fehlt. Meine Mutter versteckt sich wie ein Einsiedlerkrebs vor dem Stress. Sie flüchtet nicht, sie geht nicht in Kampfhaltung. Sie hat eine bequeme Muschel für sich entdeckt. Sie stellt sich tot und hofft, nicht gefunden zu werden, nicht kämpfen zu müssen, denn der Kampf

ragt wie ein Koloss vor ihr auf, und sie trägt nur ein kleines Holzschwert und einen Schild, den sie mir zuwirft, bevor sie in ihrer Muschel verschwindet. Und so versucht sie, sich rauszuhalten.

‹Was hast du ihnen gesagt?

‹Ich habe ihnen gesagt, dass sie da lieber dich fragen sollen. Dann haben sie noch einmal gefragt. Sie wollten mir Geld geben. Das wollte ich dir noch sagen.

Ich entschuldige mich und gehe ins Badezimmer, wo ich mich auf den nicht mehr flauschigen, weil plattgesessenen, Klodeckelschoner setze. Ich stütze den Kopf in die Hände und schluchze, verziehe den Mund, schiebe die Augenbrauen zusammen, ohne dass eine Träne kommt. Sie wollten das Gesicht meiner Mutter kaufen, und ich bin schuld.

Ich müsste ja jetzt Dankbarkeit zeigen. Dankbarkeit dafür, dass meine Mutter nicht so naiv ist, nicht solche Geldnot leidet, dass sie sich von den Fernsehmenschen hatte verschleppen lassen.

Meine Mutter ist eine Kämpferin, das wusste ich schon als Kind, als sie stolz erzählte, sie würde mich allein großziehen, sie bräuchte keinen Mann dazu. Dass der Mann sich unerwartet aus dem Staub gemacht hatte, wussten alle, doch niemand traute sich, etwas zu sagen, so rigoros erstickte meine Mutter alle Gerüchte im Keim. Ihr Mut kam mir damals grenzenlos vor, doch das hört heute auf. Vom Klo aus höre ich sie sich im Wohnzimmer schnäuzen. Die Grenzen sind hiermit erreicht.

Mein Handy vibriert. Ich hatte sie ganz vergessen, die Außenwelt. Vermutlich sitze ich schon eine halbe Stunde auf der Toilette. Meine Füße kribbeln eingeschlafen, der Raum dreht sich ein wenig, wenn ich zu der manchmal flackernden Leuchtstoffröhre aufsehe, die den Spiegel über dem Waschbecken einrahmt. Mein Kiefer schmerzt verkrampft. Ich habe eine Nachricht.

‹Na, du? heute schon was vor?

Ich antworte sofort. Mein Hirn ist froh über eine Ablenkung, hat Lust darauf, einen altbekannten Dialog durchzuspielen.

‹Nein, ich hab heute frei. Was willst du denn machen?

Die Antwort lässt ein bisschen auf sich warten. Ich starre mein Handy an, dann tauchen die drei Punkte auf und verschwinden wieder, tauchen wieder auf.

‹Oh wow ich hätte nicht gedacht daß hier tatsächlich jemand antwortet

‹Wie heißt du?

Wenn ich mich nicht konzentriere, verschwimmen die blinkenden Punkte vor meinen Augen.

Erzähl mir was von dir, komm schon! Wer sitzt da und schreibt einer fremden Person, deren Nummer er von einer Toilettenwand auf der Autoraststätte hat? Und wer schreibt dass mit ß?

‹Nenn mich Konrad ;)

Würde dich gern treffen …

Hast du zeit ?

Wie heißt du?

Irgendetwas an seiner Antwort sagt mir, dass er auf Dating-Apps nur ein Selfie hochlädt, auf dem er eine Sonnenbrille trägt und im Auto sitzt, von zu weit unten fotografiert. Das mit dem ß lässt ihn altern. Er schreibt immer sehr schnell zurück, zu schnell, seine Frau hat ihn verlassen oder er sie oder beide würden sich gerne trennen. Ich könnte der Katalysator für diese Trennung sein, aber etwas sagt mir, dass ich zu spät zu dieser Party komme.

‹Alex

Ich hab Zeit, was willst du machen?

‹Also ich will dir nicht gleich so kommen aber ich steh auf ganz bestimmte sachen

‹Was denn für Sachen?

Diese Unterhaltung ist jede Unterhaltung, die ich nachts mit Männern auf Dating-Apps geführt habe, während ich traurige Cartoons für Erwachsene schaue.

‹ich bin auf der suche nach was lockerem
du?

‹Also ist Konrad nicht dein richtiger Name, oder was?

‹Und du bist nicht Ekaterina ;)

‹Was würdest du gerne mit mir machen, Konrad? Wenn ich jetzt bei dir wäre?

‹ich bin grad so geil
willst du ihn sehen?

Das geht schneller als gedacht. Dieser Konrad ist wirklich wie jeder Mann.

‹oder kann ich deinen sehen?

Stopp! Dieser Konrad ist nicht wie jeder Mann. Ich muss unwillkürlich lachen. Ich schalte mein Handy auf stumm, stehe vom Klo auf und gehe zum Waschbecken. Der Spiegel ist nicht fleckig, aber staubig. Mein Gesicht wirkt nicht verheult, aber es fühlt sich heiß an. Ich wasche mir kalt das Gesicht und tupfe es mit einem dünngewaschenen Handtuch ab, als wäre die Haut entzündet.

Es ist vollkommen still im Haus. Meine Mutter sitzt im Wohnzimmer und ich im Nebenraum. Die Luft füllt sich mit Rezepten für Medikamente, die wir nie abholen werden. Mit Zigarettenstummeln, die wir nie aus dem Aschenbecher herauslösen werden. Mit Geschirr, das wir nie abspülen werden. Die zähe Luft zwingt mich in die Knie, auf den kalten Fliesenboden. Mein Handy vibriert wieder.

‹Traust dich nicht ;)

Auf meinem Handy sind eine Menge Nacktfotos gespeichert. Nicht von mir, von verschiedenen Gspusis, die nicht darum gebeten haben, dass ich sie lösche. Vermutlich fanden sie den Gedanken tröstlich, dass ich darauf wichsen könnte, aber vielleicht sind sie auch einfach nicht so vorsichtig wie Frauen, weil sie es nie sein mussten. Ich suche das Bild eines sehr großen Penis – was sag ich, eines echten Geräts – und schicke es an Konrad.

Konrad antwortet mit seinem eigenen Pimmel. Er drückt ihn mit der Hand durch seine Boxershorts hindurch. Dabei steht er vor einem Spiegel, der nicht nach dem einer Raststätte aussieht. Vielleicht ein Hotel? Seine Beine sind sehr haarig, der Spiegel reflektiert das Blitzlicht seines Handys, daher schätze ich ihn auf Mitte fünfzig. Vielleicht ein Familienvater, und so, wie er schreibt, ist das nicht seine erste Affäre. Wenn ich es überhaupt so weit kommen lasse. Vermutlich steht er auf Jüngere, Studenten, Kellner, Maurer. Oder hofft er, ich würde, genau wie er, ein Doppelleben führen? Wer sonst würde seine Nummer an eine Raststättenklotür schreiben? Jemand, der ein kleines Abenteuer sucht, um sich von dem großen Ganzen abzulenken, weil er den Überblick verloren hat. Ein Symptom von allem. So jemand.

Irgendetwas an Nachrichten von potenziellen Gspusis wird nie fad. Es hält mich in einem nervösen Zustand, in dem ich das Gefühl habe, handeln zu können. Ich will ein Treffen planen, denn wozu habe ich sonst dieses Gespräch angefangen? Ich möchte ihn nicht enttäuschen und mir gleichzeitig versichern, dass ich gerade nicht meine Zeit verschwendet habe. Das ist ein Zustand der Vorfreude, den ich erhalten will.

Gleichzeitig kann ich ihn auf keinen Fall treffen. Das Resultat wäre bedauernswert. Das hier ist eine dumme Idee, alles war eine dumme Idee, auch dass ich nach Hause gefahren bin. Meine Mutter wollte offensichtlich allein sein oder zumindest nicht in meiner Nähe. Sie wollte sich in einem Funkloch verkriechen, wo sie nicht an jeder Wand mein Gesicht anschauen muss, wie ich ungläubig und ängstlich in einem Gerichtssaal sitze. Meine Mutter will mich aus dem Nest treten, doch ich schaffe es, immer wieder einzubrechen. Was wird sie jetzt tun? Einen Brand legen? Mich einfach ignorieren, bis ich aufgebe und wieder verschwinde? Ich will ihr sagen, dass es mir leidtut, aber wie immer bin ich mein eigener Sargnagel.

‹Wo können wir uns treffen?

Gleich darauf schickt er einen Standort. Wir sind im selben Dorf. Nach der Realisierung, dass das vielleicht genau das Richtige für mich sein könnte, eine Ablenkung, ein bisschen Unfug mit dem Schicksal treiben, das es in letzter Zeit besonders lustig mit mir gemeint hat, sage ich ihm, wir können uns in dem Park neben der Hundezone treffen, dort gibt es ein öffentliches Klo. Er soll ohne Auto kommen und Kondome mitnehmen. Sicherheit geht vor.

‹bis gleich …

Ich erwarte, dass er absagt. Dass er noch die Kinder ins Bett bringen muss, dass seine Frau einen Film mit ihm ansehen will. Gibt es niemanden, der ihn aufhält? Der fragt, wohin er so spät verschwindet?

Was muss ein Mensch tun, um seiner Natur nachzugehen und spät abends das Haus verlassen zu können? Muss er einen Streit anzetteln? Eine Tür eintreten? Als ich noch jünger war, erfand ich einen Übernachtungsbesuch bei einer Freundin, wenn ich auf eine Party mit Burschen wollte – dass es bei Übernachtungen mit Freundinnen auch zu Körperkontakt kommen konnte, hatte damals niemand am Schirm. Ich erfand eine wichtige Prüfung, für die ich unbedingt lernen musste mit Anna, wenn ich am See rauchen und von Julian gefingert werden wollte. Julian war der schärfste Junge auf der ganzen Welt, wenn ich dabei an Amanda Seyfried dachte.

Mutter, ich treffe einen Fremden im Park, der glaubt, ich wäre auch ein Mann. Vielleicht kenne ich ihn vom Sehen, oder seine Frau, und das wird furchtbar unangenehm. Vielleicht hat er seinen Hund dabei. Vielleicht ficken wir trotzdem oder genau deswegen. Mutter, ich tue das, was du mir verboten hast, seit wir ein Modem im Haus haben: Einen Fremden aus dem Internet treffen, und das auch noch, ohne jemandem Bescheid zu geben. Obwohl.

‹Heyyyy Georgia

Ich treff gleich einen Konrad von Tinder

Ich teile meinen Standort mit Georgia, sage, wenn ich in drei Stunden nicht Bescheid gebe, weißt eh.

‹Hahaha du schlampe

Viel spaß!

Mutter, ich treffe jetzt diesen Konrad, und du weißt nicht einmal Bescheid. Das ist etwas, das ich zuhause, in meinem echten Zuhause in der Stadt, ständig tue, ohne dass irgendjemand außer einer nahegelegenen Freundin Bescheid weiß. Das reicht meistens, um mich zu beruhigen, aber heute nicht.

Wie gehe ich also? Ohne etwas zu sagen. Ich schiebe mein Handy in die hintere Hosentasche, klingle mit dem Ersatzschlüssel und schließe die Tür hinter mir, als hätte ich gerade gerufen, dass ich noch schnell den Müll hinausbringen will. Mutter bleibt, wo sie ist. Ich gehe raus in die Dämmerung, niemand folgt mir, nicht einmal mein Schatten. Der hat sich über die vergangenen Wochen von meinen Fußsohlen gelöst und ist mit mir verschmolzen.

Es ist immer erstaunlich still am Land, wenn man eine Zeit lang woanders war. Ich höre Grillen, selten fährt ein Auto an mir vorbei, während ich den schmalen Gehsteig entlanggehe, der ständig abbricht, sodass man auf der Straße gehen muss, aber das ist an einem Ort wie diesem kein Problem. Man könnte hier auf dem Mittelstreifen übernachten und niemanden würde es stören.

Die Hundezone ist neu. Sie besteht aus einem eingezäunten Rechteck mitten auf einem Stück Wiese zwischen einem Spielplatz und noch mehr Wiese und Wald. Der Zaun ist aus dunkelgrünem Metall. Die Tür ist etwas höher und magnetisch verschlossen. Ich setze mich darauf und warte, die Fersen gegen das Gitter gestemmt. Gelsen setzen sich auf meine Füße und aus dem Wald fährt die kühle Luft. Meine Jeans schneidet beim Sitzen ein, in meinem Schritt wird es unangenehm warm. Ich frage mich, ob er wirklich kommt.

Vom Spielplatz klingt leise Musik. Schön zu hören, dass er auch weiterhin von Teenagern beschmust und bespielt wird. Mich befällt eine Nostalgie für eine Zeit, die sich, als ich sie durchlebte, eigentlich beschissen angefühlt hat. Damals hätte ich nie gedacht, dass ich mir eine Zeit mit geklauten Zigaretten zurückwünschen würde, in denen der einzige Ort, an dem man sich treffen konnte, das Fast-Food-Lokal im sogenannten Einkaufszentrum war – zwischen Tiergeschäft und Schuhladen. Dort vertrieben wir uns die Samstage. Wir quiekten und drückten unsere Finger an die Scheiben im Tiergeschäft, die uns von Chinchillas und Hamstern trennten. Wir gaben ihnen Namen und planten ihre Hochzeiten und wo wir sie überall auf unseren Schultern hin mitnehmen würden. Dann holten wir uns Pommes, fuhren zurück ins Dorf und setzten uns auf den Zaun neben dem Kinderspielplatz, wo wir Tauben damit bewarfen. Wenn die Sonne unterging, wechselten wir ins Klettergerüst, spielten Musik von unseren Handys ab und redeten darüber, wer schon wen geküsst hatte und wo.

Georgia erzählte in der Gruppe nichts davon, aber sie traf sich manchmal mit Typen aus dem Internet zu Dates. Sie sagte ihrer Mutter nur, wo sie hinging, aber nicht, mit wem. Später erzählte sie mir davon, dass er aufdringlich gewesen war oder schlecht geküsst hatte, und dann kicherte sie und ich war sauer, dass sie so etwas Dummes tat, aber gleichzeitig stolz darauf, dass sie nur mir davon erzählte. Ich gehe heute davon aus, dass sie noch viel mehr Dates mit Fremden hatte, als sie damals zugeben wollte.

Wenn eine Frau so etwas tut, ist sie leichtsinnig. Wenn ein

Typ so etwas macht, normal, denn wieso sollte er auch irgendjemandem davon erzählen? Und wenn eine Frau so etwas macht, sich aber als jemand ausgibt, der sie nicht ist? Ist sie dann einfach einsam?
Ein Mann mit Hund nähert sich dem Park. Ist er das? Er schaut sich um, ein wenig verloren, der Hund an seiner Leine ist nur ein Vorwand gewesen, um das Haus zu verlassen. Meine Alterseinschätzung dürfte in etwa stimmen. Vielleicht etwas jünger. Er hat die Ärmel seines Jeanshemds hochgekrempelt und die dunklen Haare zusammengebunden. Typ: cooler Sportlehrer mit venenüberzogenen Unterarmen. Ich bleibe still sitzen, er sieht mich vermutlich nicht, und selbst wenn, würde er mich nicht für denjenigen welchen halten. In einem kleinen Dorf kennt man die Leute. Er ist wohl zugezogen.
Die Grillen sind hier sehr laut, kein Auto kommt vorbei und auch der Bus fährt schon lange nicht mehr. Die Brise aus dem Wald spült langsam die Hitze weg und ersetzt sie durch den Geruch der Erde, und irgendwann Tau.
Der Mann macht eine Runde durch den Park, während er eine raucht. Es ist kein entspanntes Rauchen. Das hier ist ein geheimes Treffen, vielleicht sein erstes dieser Art, und er ist schlecht darin, es zu verstecken. Er geht eine weitere Runde, diesmal langsamer. Dann betritt er die öffentliche Toilette. Er zieht die Tür mit Fingerspitzen zu sich heran und hält sie mit dem Ellenbogen auf, späht ums Eck. Das automatische Licht geht an, er dreht sich um, geht wieder raus und lässt die Tür hinter sich zufallen. Dann setzt er sich auf eine Bank, zündet sich die nächste Zigarette an.
Konrad? Wie geht es dir? Wie fühlst du dich? Fühlst du dich sitzengelassen? Kannst du überhaupt noch einen hochkriegen, wo du jetzt so nervös bist?
Ein Junge, der 16 sein könnte oder 20, rollt auf einem Skateboard vorbei, der Kies knirscht unter ihm. Er trägt

Kopfhörer, trotzdem hört man die Musik bis zu mir. Konrad winkt. Er winkt. Er fragt ihn etwas, der Junge nimmt kurz seine Kopfhörer ab, bleibt stehen, einen Fuß auf dem Brett.

‹Was?

‹Ob du Alex bist.

Dann fährt er schneller wieder davon, als er gekommen ist. Konrad sitzt da wie versteinert, dann legt er das Gesicht in die Hände. Seine Schultern bewegen sich erst gar nicht, dann beginnen sie zu zucken. Ich bleibe auf dem Zauntor sitzen und versuche angestrengt, mit dem Hintergrund zu verschmelzen. Konrad zuckt. Ich bilde mir ein, ihn schluchzen zu hören, doch dafür bin ich eigentlich zu weit weg und die Musik vom Spielplatz ist zu laut. Ein Auto fährt vorbei, Konrad schreckt auf, als hätte ihm jemand eine runtergehauen. Er wischt sich über das Gesicht, fährt sich durch die Haare und bleibt vornübergebeugt sitzen, als würde er damit rechnen, sich zu übergeben, ja, als würde er es versuchen.

Das Auto hat sich vor dem Zigarettenautomaten eingeparkt. Durch die offene Tür hört man das Radio. Kurz nach 21 Uhr. Nachrichten.

*In dem Fall des Kindes, das bei einem Autounfall umkam, in den eine Kindergärtnerin verwickelt war, gibt es nichts Neues zu berichten. Der Prozess um die Schuld der Fahrerin wurde pausiert, um ein psychologisches Gutachten der Angeklagten zu erstellen. Die Familie des verstorbenen Kindes wartet immer noch auf ein Urteil. Es steht ihm Raum, dass die Angeklagte aus grober Fahrlässigkeit gehandelt hat.*

Zeit zu gehen. Konrad sieht das auch so. Er stützt sich auf die Knie, um aufzustehen, zieht seinen Pferdeschwanz stramm, marschiert davon. Der Hund, der zu seinen Füßen gelegen hat, bellt freudig. Konrad geht in die entgegengesetzte Richtung, aus der er gekommen ist.

Vielleicht will er noch ein bisschen frische Luft schnappen. Oder es nach einer normalen Spazierrunde aussehen lassen.
Als er ums nächste Eck ist, lasse ich mich von meinem Beobachtungsposten heruntergleiten. Ich spüre das Blut wieder in meine Rückseite fließen. Es prickelt an der Stelle, an der die Kante des Zauntors es mir abgeschnitten hat.

## Zeugen

Wenn ich heute Teenager sehe, die ungefähr fünfzehn Jahre alt sind, kommt es mir unmöglich vor, dass diese engmaschig bezahnspangten Kleinkinder mit Pfirsichhaut mehr wollen, als nach Würmern zu graben. Aber so waren wir damals einfach, heute werden sie nicht anders sein.

Mit fünfzehn hatte ich gerade begonnen, zu rauchen, so wie Georgia auch. Nach der vierten Schulstufe war unsere Klasse plötzlich ausgedünnt, einige hatten eine Lehre begonnen oder zu anderen Schulen gewechselt. Georgia, Anna und ich waren die letzten Mädchen in der Klasse, das schweißte uns zusammen. In der Pause rannten wir die drei Stockwerke hinunter, um auf dem der Schule gegenüberliegenden Gehsteig zu rauchen, wo auch ein paar der Lehrerinnen und Lehrer standen. Anna rauchte nicht, sie begnügte sich damit, ab und zu missbilligend das Gesicht zu verziehen, wenn jemand Rauch in ihre Richtung ausstieß.

Gab es ein Fest, rannte sie trotzdem mit uns um die Zelte herum, auf der Suche nach jemandem, der noch Zigaretten und/oder Feuer hatte. Wir verloren einander und suchten, Namen schreiend, nach denen, die irgendwo kotzten, am Klo bewusstlos waren oder schmusend nichts mehr hörten. Ich wurde gesucht, als ich zum ersten Mal mit Julian schmuste. Er hatte noch keine kratzenden Stoppeln auf der Oberlippe, aber einen Ständer, den er mir in den Schritt drückte.

Julian kannte ich vom Sehen von Fußballspielen. Er fiel mir zuerst beim Perchtenlauf auf, weil er nach einem Wachstumsschub – außerdem betrunkener und lauter als alle anderen – aus der Masse an Burschen, die alle die gleichen Farben anhatten, hervorstach. Beim Maifest sprach ich ihn an, fragte ihn nach dem letzten Fußballspiel, wir schütteten uns ein paar Flaschen Alkopops mit Orangen-

geschmack rein und verschwanden zwischen Zelt und Haselsträuchern.
Beim Küssen suchten seine Hände hinter mir nach dem Saum meines Dirndls. Wenn ich die Lider schloss, drehten sich meine Augen von selbst.
Dass wir zusammen waren (also fix zusammen), sprachen wir nie aus. Am nächsten Montag wusste die ganze Klasse und am Nachmittag die ganze Schule, dass der Wegreiner Julian und ich jetzt ein Paar waren. Wir hatten ja schließlich rumgeschmust und waren dabei gesehen worden.
Meine Erinnerungen an den Abend sind ein Suchbild – Finde den Fehler! –, als Georgia und Anna mich fragten, ob wir es auch getan hätten, kicherte ich mit ihnen. Es war alles furchtbar aufregend, als würde diese Beziehung einen Anfang bedeuten, und ich stand kurz davor, etwas zu werden.
Mein Magen überschlug sich beim Gedanken an Julian und seinen Mund, seine suchenden Hände. Ich spürte ein Kribbeln dort, wo er seinen Schoß hingedrückt hatte. Das also war verliebt sein.
Julian tanzte nicht mit uns in der Ballettschule, er übte den einzigen anderen Sport aus, den es in jedem Dorf gibt, der nicht Curling ist. Ich wusste alles über Fußball von Anna, die einen anderen Burschen im Team mochte. Sie mochte Julians Freund Matthias, doch Matthias hatte nur Augen für die Mannschaft. Da Anna und ihr Schwarm beide zu viele Hobbys hatten, in denen sie die Besten sein wollten, blieb es bei der Schwärmerei.
Mein Wissen über Fußball schien Julian zu gefallen, und mein eigentliches Desinteresse am Sport konnte ich gut verstecken. Wenn ich ihm am Wochenende beim Spielen zuschaute, ließ ich die Choreografien in meinem Kopf durchlaufen.
Mama fand Julian fesch und war froh, dass er keinen Alkohol trank, wegen der Turniere – eine Lüge, natürlich. Un-

sere Beziehung füllte die Lücken zwischen Schulstunden, Proben und Partys. Ich war froh, in einer Beziehung zu sein, denn Beziehungen sind Teil des Erwachsenwerdens, Teil davon, einen Plan zu haben, was man mit diesem Batzen an Zukunft anstellt, der vor einem liegt. Ich glaube, ihm ging es ähnlich.

Erwachsen wurden wir dann doch nicht gemeinsam. Obwohl wir beide zur selben Zeit das Nest verließen, rieselten wir schon im Sommer nach der Matura auseinander. Er ging zum Heer und ich zog in ein Studentenwohnheim, ohne Aussicht auf ein Zusammenleben. Wir trennten uns stillschweigend, irgendwann brach der Kontakt ab, ohne dass einer von uns noch genau sagen könnte, was der Auslöser gewesen war, bis auf die Umstände.

Er schreibt mir heute wieder ab und zu. Seine Nachrichten lassen in mir eine Nostalgie aufkommen wie für Tamagotchis, für eine Zeit, die ich, nachdem ich mich ein paar Schritte von ihr entfernt hatte, als unwichtig abgestempelt und archiviert hatte, die sich aber, je länger der Abstand wurde, immer mehr wie die beste Zeit meines Lebens anfühlt. Seine Nachrichten brachten mich dazu, sie wieder hervorzukramen, ein altes Fotoalbum, in dem nur Momente abgebildet waren, an die man sich ohne Foto nicht erinnern würde. Einer von hunderten Tagen am Badesee, ein Trip zum Einkaufszentrum, eine von vielen Geburtstagsfeiern. Eine planlose Zeit war das, kontrolliertes Chaos mit einem Ziel: Ausbildung abschließen, Arbeit finden. Dass man für den Rest des Lebens auch einen Plan brauchen könnte, wusste ich nicht. Das Leben jenseits Mitte zwanzig konnte ich mir nicht vorstellen.

Julian schrieb mir, er habe jetzt einen Job, er habe jetzt eine Freundin, er habe jetzt keine Freundin mehr und ob ich nicht Lust auf ein Bier hätte. Julian wollte Gras von mir kaufen, er wollte meine Meinung zu guten Bars im neunten Bezirk oder wissen, ob ich ihm eine Serie empfehlen könne. Ich antwortete immer, aber ausweichend.

Heute lösen seine Nachrichten in meinem Magen ein Gefühl von altem, bröselndem Gips aus.

Julian vermisst mich und ich möchte ihn auch gerne vermissen. Über die Jahre hatte sich der Verdacht, ich allein wäre an unseren mürben Gefühlen zueinander schuld, erhärtet und verkalkt, weil ich nie wirklich verliebt in ihn gewesen war, nur verliebt in die Idee, einen Partner zu haben für all das, was vor mir liegt, jemanden, mit dem ich mir einen Plan zurechtlegen kann, der mir manche Entscheidungen sogar abnimmt.

Noch eine Woche bis zum nächsten Termin vor Gericht, bevor ich ein bisschen näher dran bin, zu erfahren, wie meine Zukunft aussehen wird. Ein Treffen mit meinem Ex kann mir jetzt wohl nichts anhaben. Ich denke daran, was Anna oder Georgia davon halten würden, und sage trotzdem zu.

Wir treffen uns in einer Bar, die in seinem Bezirk liegt, die er vorgeschlagen hat. Er trägt ein Band-Shirt und eine verwaschene, löchrige Jeans, die ich glaube, von Fotos wiederzuerkennen. Die Arme, die er zur Begrüßung um mich legt, sind tätowiert mit dicken Ringen, die einmal komplett rundherum gehen, und fotorealistischen Hundeköpfen. Er riecht nach Zigarettenrauch und dem Bier, das er schon angefangen hat, obwohl ich nicht zu spät bin. Nichts ist mehr da von dem Jungen, der auf Fotos seinen dünnen Arm um meine Schultern legt, der immer eine Trainingsjacke trägt und dessen Locken ihm ins Gesicht hängen. Julians Schädel ist kahlrasiert, dafür ist sein Bart, wie alt? Zwei Wochen? Drei? Bis zur Matura hatte er ihn nie so lang wachsen lassen.

Die Bar trägt eine Menschentraube. Sie hängt vor dem Lokal und raucht, am Wuzzler hat sich eine Vierergruppe festgebissen. Julian hat einen Bartisch an einer Bank be-

setzt. Gegenüber von uns hängen Plakate, die für Festivals werben, die schon lange vorbei sind. Die Tisch-Bank-Kombination hat den Effekt, dass wir nebeneinander statt gegenüber sitzen – sehr nah und einander schräg zugewandt, eine unangenehme Kombination, selbst zwischen guten Bekannten. Ich halte meine Lederjacke auf dem Schoß fest, in den Taschen sind meine Wertsachen verstaut – Handy, Zigaretten, Selbstwertgefühl.
Die meiste Zeit habe ich das Gefühl, wir sprechen verschiedene Sprachen. Wir reden über alte Zeiten, versuchen, einen gemeinsamen Nenner in der Gegenwart zu finden, aber da ist nicht mehr viel da. Irgendwann will er mir ein Video von einem Auftritt zeigen – er schreibt jetzt Gedichte, steht damit auf der Bühne. Das ist mir zu intim, ich wehre mich mit einer Frage.

‹Spielst du immer noch Fußball?

‹Nein, der Sport hat mich ziemlich schnell nicht mehr interessiert, nachdem ich dort raus war.

Julian lächelt, als würde er mich an einer großen Neuigkeit teilhaben lassen.

‹Schreiben hat einfach immer mehr meiner Zeit eingenommen. Dafür haben die Leute daheim ja keinen Sinn, fürs Schreiben. Kultur findet *hier* statt. Es läuft echt gut, weißt du. Für den Auftritt nächste Woche zahlen sie mir sogar was! Das ist so eine Veranstaltung für Frauenrechte oder so. Wenn du magst, setz ich dich auf die Gästeliste.

‹Du hast einfach aufgehört mit Fußball? Ich dachte, Sport war dir immer so wichtig.

‹Na ja, so ein Dorf ist eine ziemlich kleine Welt. Was gibt's denn dort sonst noch?

‹Nicht alle Burschen sind Fußball gegangen.

‹Also, die meisten schon.

‹Nicht alle. Erinnerst du dich an Jean?

‹Dieser Knirps?

‹Der war mit mir im Ballett. Der Lukas, der David und der Schönberger Hans ja auch.

‹Im Ballett?

‹Ja, im Tanzstudio. Mit der Frau Christine? Von der Kirchgasse?

‹Echt? Du warst eine Primaballerina? Wie lang hast du das gemacht?

‹Eh bis zur Matura.

‹Wirklich? Hattet ihr auch Aufführungen oder so was?

‹Ja… Immer am Ende vom Semester.

‹Und… tanzt du heute immer noch? Bist du leicht immer noch so gelenkig?

‹Nein, die Tanzkurse hier sind mir zu teuer. Und für die professionellen Schulen war ich nie, also, professionell genug.

***Frau fummelt nervös an Zip ihrer Lederjacke: Erstes letztes Date totaler Reinfall***

‹Und neben der Arbeit hab ich echt keine Zeit.

‹Sollen wir noch eine Runde bestellen?

‹Musst du morgen eigentlich arbeiten? Oder –?

‹Gerade nicht. Und weißt du, wieso? Ich bin ein freier Mann! Vor zwei Monaten hab ich meiner Arschloch-Chefin gesagt, sie kann mich mal. Seitdem zahlt das AMS, solange ich ab und zu diese Kurse für Hirnlose mache.

‹…

‹Wie geht's dir eigentlich seit diesem Unfall? Läuft der Prozess da noch?

Noch eine Woche, bis ich wieder vor Gericht erscheinen muss, bis die Gutachterin ihren Bericht vorstellen wird. Sie werden auch den Obduktionsbericht verlesen und besprechen, hat mich der Anwalt per Sprachnachricht vorgewarnt. Seine gelegentlichen Ansprachen, die er mir auf meinem Handy hinterlässt, ziehen mich jedes Mal wieder an den Ohren zurück in seine Kanzlei. Immer, wenn er mir eine weitere Hiobsbotschaft schickt, muss ich mich nachher heiß duschen, damit das Zittern aufhört. Aber das will ich Julian nicht sagen.

‹Ich hol mir noch was zu trinken. Willst du auch was?
Wodka, direkt. Ohne Puffer fallen wir ins kalte Nass. Julian stürzt sich auf den Bartresen, steckt den Kopf in Flaschenhälse. Wir werden immer lauter und lachen endlich, so wie dieser Abend auch ausgelacht werden sollte. Meine Füße rutschen ständig von der Stange, die an der Bank befestigt ist, meine Beine sind weich und schwer zu halten. Mein Podest fällt in sich zusammen. Die Musik wird lauter, je später es wird. Ich halte mit Julian mit, bis mein Magen sich meldet.

‹Jetzt muss ich aber langsam.

‹Nein! Warte …

Wir gehen nach draußen, er fummelt in seiner Hosentasche nach Zigaretten und hat keine.

‹Komm schon, eine rauchen wir noch! Es ist doch noch …

Doch es ist schon sehr spät. Mein schwimmender Schädel nickt zur Zigarette und meine Hand findet welche in meiner Jackentasche. Ich gebe erst mir Feuer, dann ihm. Danach bleibt die Tschick zwischen seinen Fingern hängen, Asche bröselt auf den Gehsteig.

‹Du bist immer noch voll hübsch, wie damals.

Das hatte ich mir schon gedacht, aber es fühlt sich gut an, es aus seinem Mund zu hören. Wir sind beide so betrunken, dass wir für einander normal sprechen. Wenn man uns von außen betrachten würde, müsste man sich wohl genieren.

‹Gehst du auch heim?

‹Zu dir?

‹Nein … zu dir?

‹Wir gehen zu mir?

‹Wir? Zu – nein …

‹So früh können wir nicht gehen. Komm schon …

Ein Taxi hält vor dem Lokal. Julian öffnet die Tür, zieht an meiner Hand und ich folge ihm stolpernd. Ich erkenne trotz des von Laternen eingestimmten Nachtlichts, das alles gleich aussehen lässt, die Schaufenster meines Heimwegs, die Kastanien und die Trafik gegenüber.

‹Julian …

Er ist eingeschlafen, den Kopf nach hinten über die Genickstütze hängend, die Hand neben mir liegend, offen. Für einen Moment habe ich das Gefühl, es wäre nur fair, ihn schlafen zu lassen. Dem Fahrer zu sagen, er solle ihn nach Hause bringen. Ich kenne zwar nicht seine Adresse, zumindest aber den Bezirk.

‹14,70.

Ich bezahle den Fahrer – womit, weiß ich nicht mehr genau. Dann öffne ich die Tür neben Julian und rüttle sanft an seiner Schulter.

‹Hey …

‹Hey?

‹Wir sind da.

Er blinzelt müde, kneift die Augen zusammen vor dem Straßenlaternenlicht und vielleicht auch vor meiner Präsenz. Dann greift er nach meiner Hand, greift ins Leere, und steigt aus. Julian geht erstaunlich aufrecht vor mir die Treppen hinauf. Mein Gehirn hat Schwierigkeiten, zu verarbeiten, was das bedeutet. Julian. Bei mir zu Hause.

‹Da vorne rechts.

In dem Moment fällt mir auf, dass er seine Jacke vergessen hat, doch ich sage nichts. Ich will nicht, dass er geht, dem Taxi hinterherrennt.

‹Da wären wir.

Ich sperre die Tür auf, was ein bisschen dauert und diesem Moment die Spontanität nimmt, die eine betrunkene Taxifahrt normalerweise einer Nacht verleiht. Julian schaut aus dem Gangfenster in den Innenhof, während er wartet. Ich überlege, ob ich noch Kondome habe, und wenn ja, wo. Oder ob er vorsorglich welche eingesteckt hat. Ob er immer vorsorglich Kondome einsteckt, und wenn ja, wie alt die sind, die er jetzt dabeihat.

Als wir endlich in der Wohnung sind, traue ich mich nicht, das Licht anzudrehen. Wir stolpern über Gregors zwei Paar Schuhe, tapsen so samtfüßig wie möglich in die Küche, wo der Mond uns den Boden hell reflektiert. Julian folgt mir jetzt, in meinem ihm fremden Territorium. So viele hatte ich schon auf ähnliche Art und Weise in diese Zimmer geführt, dass es sich nicht mehr besonders anfühlt, eher wie die Besichtigung einer baufälligen Wohnung, die als Ladenhüterin verstaubt. Ich bin es gewohnt, dass die Menschen die Einrichtung kommentieren, scherzend auf den Stapel ungelesener Gratiszeitungen hinweisen, den ich aufhebe, um mein Geschirr einzupacken, wenn ich einmal ausziehe. Sie sagen für gewöhnlich anerkennende Dinge über die Küchenzeile und den Servierwagen aus dunklem Holz mit den Schnapsflaschen, die anscheinend teure Stücke sind. Ich entstaube sie ab und zu, auch wenn ich nie davon trinke, denn nichts sieht trauriger aus als eingestaubte Schnapsflaschen. Meine Gäste sind für gewöhnlich angetan vom Fliesenboden aus Portugal, vom Luster aus Murano und dem Kühlschrank von Vittorio Bertazzoni. Dann betreten sie mein Zimmer, wo es nichts zu sehen gibt, und plötzlich haben sie nur mehr Augen – Hände – für mich.

Julian macht den Mund nicht auf, bis wir in meinem Zimmer stehen und er mich küsst. Ich lege die Hände um sein Gesicht und halte es fest. Bartstoppeln unter meinen Handflächen haben eine tranceinduzierende Wirkung auf mich, die sich zum Wodka gesellt. Ich führe meine Finger langsam hinunter zu seiner Taille, seiner Hüfte, unter sein

T-Shirt, spüre seine warme Haut, die haariger ist, als ich sie in Erinnerung hatte. Aber was sind meine Erinnerungen an ihn schon? Er riecht nach Rauch und schmeckt säuerlich abgestanden und süßlich nach alten Trauben. Im Dunkeln schließe ich die Augen und alles dreht sich.

‹Karmen …

Ich fahre mit der Hand unter seinem T-Shirt seinen Rücken entlang nach oben, lege sie auf ein Schulterblatt.

‹Karmen?

Ich greife in seinen Nacken, ziehe leicht an den Haaren, die dort verschwitzt feucht sind.

‹Karmen!

Meine andere Hand fühlt sich weich an, ich fahre damit unter seinen Hosenbund, spüre –

‹KARMEN!

In einer windigen Nacht zwischen Zeltwand und Fußballtorpfosten öffne ich die Augen. Ich höre Anna meinen Namen rufen, einmal zu leise, einmal laut, lauter, zu laut, oft genug, damit sich endlich mein oberer vom unteren Wimpernkranz löst, die Lider so schwer wie Eisentore, Julians Hände an meinen Schultern, die mich von sich drücken.

‹Warte …

Ich rieche die Pisse aus dem Gebüsch, in dem wir halb stehen, halb uns aneinander abstützen, oder zumindest hat es sich so angefühlt, damals. Ich habe meine Arme um Julian geschlungen, eine Hand an seinem Nacken, eine im Inbegriff, Unbekanntes zu ertasten. Seine Hände, die ich eben noch an meinem Rücken gespürt habe, hält er nun auf Schulterhöhe, offen, leer, hoch, oder ich schieße!

‹Ka-Karmen?

Ich folge der Stimme, die mich gerufen hat, und sehe in Annas Gesicht, das lacht, aber da ist auch Schock, weil Julian mich wegdrückt und ich es nicht merke, was glaube ich eigentlich, gerade zu tun? Julian ist plötzlich so viel wacher als ich, und nicht nur das. Nervös und ein bisschen ängstlich.

‹Julian?

Mehr als ein Jahrzehnt später steht er wieder vor mir. Ein Junge, der mich hübsch findet, und da stehe ich, die ihm in die Hose greift, ohne zu warten, ohne zu fragen.

Hinter dem Zelt meiner Erinnerung zwischen Gebüsch und Gatsch nestelt Julian am Rocksaum meines Polyesterdirndls herum, spielt damit, ohne je darunter zu greifen. Wir schmusen, als bräuchten wir keinen Sauerstoff. Dann kommt Anna um die Ecke gelaufen, wir springen ertappt auseinander und ich sage zu Julian, wir sehen uns morgen in der Schule. Doch da ist mehr, ein Mehr, das ich verdrängt habe, das wir beide verdrängt haben müssen.

‹Karmen … was machst du da?

Ich ziehe meine Hand zurück, vorsichtig, wie um auf dem Weg nach draußen nichts kaputt zu machen. Löse meinen Griff von Julians Nacken. Julian aus Fleisch und Blut und Schnaps. Eine Aschewolke legt sich auf mich.

Julian setzt sich auf mein Bett, ganz ohne zu wirken, als hätte er selbst diese Entscheidung getroffen. Ich bin starr und fassungslos, mein Gesicht brennt knallrot, meine Hände hängen lose an mir herab. In der folgenden Stille erhebt Julian sich irgendwann wieder und verlässt lautlos die Wohnung.

‹Kennst du dieses Gefühl, wenn … wenn ein Typ dich in der U-Bahn angrapscht? Hast du das schon mal erlebt? Oder dass einem beim Tanzen einer an den Arsch fasst, ohne auch nur Hallo gesagt zu haben? Kennst du das, Karmen?

‹Ja, natürlich. Wer nicht?

‹Glaubst du, Julian ging es so?
‹Ich weiß es nicht. Vielleicht. Aber irgendwie hab ich darüber nicht mehr nachgedacht. Ich wusste nur noch, dass da damals was Komisches passiert ist, dass ich zu viel getrunken hatte. Anna hat mich danach gefragt, wies gelaufen ist, ob uns da vielleicht der Übermut ein bisschen gepackt hat. Ich hab nicht verstanden, was sie gemeint hat. Und dann mach ich das einfach nochmal. Hab überhaupt nichts daraus gelernt. Ich konnte ihm gar nicht mehr in die Augen schauen, ich hab mich so geschämt.
‹Wovor hattest du Angst?
‹Dass er mich jetzt hasst. Dass ich ihm wehgetan habe. Dass er mir Vorwürfe macht und ausspricht, was er denkt, denken muss – dass ich ein furchtbarer Mensch bin.
‹Aber das ist nicht passiert.
‹Nein. Er ist einfach nur eine Weile dagesessen, dann hat er mich kurz angesehen, von meinem Bett aus. Und dann ist er gegangen. Ich bin in die Küche. Ich hab das Fenster aufgemacht und den Kopf rausgehalten, um ein bisschen frische Luft zu kriegen. Ich hab überlegt, mich zu übergeben, aber es kam nichts und dann wurde es total kalt. Also hab ich das Fenster geschlossen und mich an den Küchentisch gesetzt. Aber mir war immer noch kalt.
‹Wie geht es dir heute, wenn du daran denkst?
‹Ich weiß nicht, was ich denken soll. Wäre das nicht passiert, hätte ich vielleicht nie wieder an das von damals gedacht. Und er vielleicht auch nicht.
‹Unsere Erinnerung kann uns leicht eins auswischen.
‹Aber so sehr?
‹Das Gehirn ist ganz gut im Selektieren. Manchmal beschützt unser Körper uns vor schmerzhaften Erinnerungen. Ganze Lebensabschnitte können fehlen.

‹Aber die sind doch nicht einfach gelöscht.

‹Stell dir das vor wie bei einem alten Computer, den du loswerden willst. Du verschiebst alle deine Dateien in den Papierkorb und leerst ihn. Das löscht deine Dateien eigentlich nicht wirklich. Man kann sie wiederfinden, wenn man weiß, wie.

‹Ist das das, was du gerade mit mir machst, Mina? Nach Erinnerungen suchen, die ich verdrängt habe?

Meine zweidimensionale Mina setzt sich aufrechter hin, rückt näher an die Stuhllehne heran, knackt mit den Fingerknöcheln. Ich fange an, alten Lack von meinen Nägeln zu kratzen.

Mit ihr sachlich zu bleiben, ist schwierig nach allem, was uns verbindet. In der Wunde, die der Unfall hinterlassen hat, wuchert es. Das Geschwür pumpt Gift durch meine Adern in jedes Körperteil. Jedes meiner Gefäße, das Knochenmark, die Muskelzellen saugen sich langsam damit voll. Bald werden sich Metastasen bilden und dann wird alles an die Oberfläche treten. Mina richtet eine Lupe auf meine Haut, auf der Suche nach einer Öffnung, durch die sie ins Innere spähen kann. Das Geschwür ist schüchtern.

Sie macht sich Notizen. Manchmal glaube ich, in ihrem Notizbuch Kritzeleien zu erkennen, wie solche, die man in einer Vorlesung beim Zuhören am Blattrand hinterlässt, die einen aber langsam von dem Vortrag abzulenken beginnen. Ich verschwende ihre Zeit, zum Glück hat sie davon immer genug.

Nur noch ein paar Tage, bis ich wieder vor Gericht erscheinen muss. Was sich am Beginn der dreiwöchigen Pause wie eine Ewigkeit angefühlt hatte, kommt mir jetzt viel zu kurz vor. Vielleicht kann ich mir ja noch eine schlimme Erkältung einfangen. Das würde den Prozess hinauszögern und ich hätte mehr Zeit, mir eine Erklärung zu überlegen. Eine, die nicht auf der Hand liegt.

Leider ist der Unfall schnell erklärt. Ich habe nicht aufgepasst. Nur ganz kurz, wie man es ständig macht, ohne dass dabei etwas passiert. Ich war abgelenkt gewesen, von dem Telefonat, von Minas Brustkrebs, vom Zuspätkommen, vom Verkehr, von dem ganz normalen Grauen des Lebens, wenn man wach ist. Das war die Begründung, die ich wieder und wieder im Gerichtssaal durchdachte. Hektisch sortierte ich die Worte, bereit, sie tapfer, gefasst und ein bisschen mitleidheischend vorzutragen, im richtigen Moment. Ich muss hier nur irgendwie heil wieder rauskommen.

Eine andere Erklärung, die durch und durch schwierig ist, ist, dass ich das Kind nicht nur aus Versehen angefahren habe, sondern dass ich es mit Gleichgültigkeit getan habe. Dass ich eine rücksichtslose Fahrerin bin, und nicht nur das, ein rücksichtsloser Mensch im Allgemeinen, schon mein ganzes Leben lang habe ich auf andere und ihre Gefühle geschissen, da meine eigenen Bedürfnisse meine ganze Aufmerksamkeit brauchten.

Ich hatte Jean aus Eitelkeit verletzt und bloßgestellt, seinen Status in der Hackordnung der Schule weiter einzementiert, um mir meinen eigenen zu sichern. Wegen Menschen wie mir hatte er die Schule gewechselt. Ein Mensch, für immer angeknackst. Ich lebte weiter, als wäre nichts gewesen.

Julian wird die Situation in meinem Zimmer vielleicht verdrängen, wie er auch die auf dem Zeltfest damals wahrscheinlich verdrängt hat. Das heißt nicht, dass sie nicht in ihm steckt und immer wieder als flaues Gefühl in seinem Magen aufflammen wird, wenn ihn jemand berührt. Ich hatte ihn überrumpelt, nicht nachgefragt, einen besseren Moment abgewartet. Ich hatte ihn – zwei Mal – sturzbetrunken überfallen. Wäre es bei dem einen Mal geblieben, könnte man es als Versehen entschuldigen. Beim zweiten Mal fällt die Entschuldigung schwer,

vor allem da ich zehn Jahre später auch zehn Jahre weiser sein sollte.
Mit Mina hat die Schuld begonnen, als wir noch klein waren, und mit Mina ist sie jetzt wieder aufgeflammt. Ich hätte mich davor hüten sollen, mich ihr wieder anzunähern, hätte beim ersten Wort meiner Mutter über sie den Anruf abbrechen sollen. Minas und meine Koexistenz sind der Anfang vom Ende, das hätte ich wissen müssen.
Auf meine Mutter hatte ich immer zählen können, als Abholerin und Trösterin, egal was passierte. So muss sie sich auch selbst gesehen haben, als Erwachsene mit Erwachsenenproblemen, mich als Kind mit Kinderproblemen – sie kümmerte sich um das Bezahlen von Rechnungen und die Begräbnisse der Verwandtschaft, außerdem um meine aufgeschürften Knie, ich mich um meine Noten und die korrekte Ausführung von Adagios. Als mittlerweile vollwertige Erwachsene muss ich mich selbst um alle meine Probleme kümmern, egal wie groß sie sind. Ich bekomme keine Noten mehr, dafür aufgeschürfte Knie von einem Autounfall, den ich selbst verursacht habe. Ich wünschte, ich hätte nur mein Fahrrad geschrottet, dann hätte ich mich bei meiner Mutter dafür entschuldigen können. Sie hätte meine Knie verarztet und mir zum nächsten Geburtstag ein neues Fahrrad geschenkt. Doch ihre Kapazitäten für mütterliche Fürsorge reichen nicht einmal ansatzweise aus, um den Umfang des entstandenen Schadens abzudecken. Ihr Kümmern ist endlich geworden.
Der Unfall hat zwar eine Baustelle aus meinem Leben gemacht, aber das ist nichts im Vergleich zu Alice' Familie. Das ist der Gedanke, der am schwersten wiegt, der für mich untragbar und unerreichbar ist. Verlier mal eben dein Kind wegen einer abgelenkten Autofahrerin. Passiert ab und zu. Passiert genau dir.

Diese Baustelle nimmt mein ganzes Leben ein. Meine Tage bestehen aus dem Sitzen (Gehsteige aufgraben) im Gerichtssaal, dem Sitzen (Abwasserrohre neu verlegen) im Büro der Gutachterin und in Gedanken bei Mina, dem Sitzen (auf einen Kran klettern, der nie endet) in meinem Zimmer, das zu einem Warteraum geworden ist. Ob es Alice' Familie auch so geht?

Da hat der Anwalt seine Liste.

‹Hast du dir überlegt, was du tust, wenn der Prozess positiv verläuft?

‹Positiv?

‹Wenn du freigesprochen wirst.

‹Das ist für dich ein positiver Verlauf?

‹Du hast keine Vorstellungen von einer guten Zukunft?

‹Gut in welchem Sinne?

‹Du könntest nach Hause gehen. Zu deinem alten Job zurück, deinen Freundinnen.

‹So viele Freundinnen habe ich nicht.

‹Und dein Job?

‹Ich glaube kaum, dass die mich zurücknehmen.

‹Also glaubst du, der Prozess geht nicht gut für dich aus?

‹Ich glaube, das hat damit nichts zu tun, Mina. Ich bin gebrandmarkt als die Kindsmörderin, die schlechteste Autofahrerin aller Zeiten. Ob mich das Gericht schuldig spricht, macht in dieser Hinsicht keinen großen Unterschied.

‹Aber würde es dir nichts bedeuten, freigesprochen zu werden?

‹Angesichts der Tatsache, dass ich ein Kind getötet habe, ein Kind, das nur ein paar Jahre alt war, dessen Leben sich noch nicht einmal geformt hatte – angesichts dessen weiß ich wirklich nicht, was ich hier gewinnen soll.

In meinem Bauch ein Ziehen, noch ganz leicht, doch ich ahne, was kommt und schlucke in Voraussicht eine Schmerztablette. Zeit dafür wäre es jedenfalls längst, auch wenn ich noch nicht blute. In Gedanken gehe ich meinen Tag durch. Habe ich heute schon gegessen? Ich erinnere mich an keinen bestimmten Geschmack. In meinem Zimmer kein benutztes Geschirr. Es ist Sonntag. Auf dem Boden neben meinem Bett überdaure ich die Zeit, bis ich wieder vor Gericht stehen muss.
Meine Augen fühlen sich an wie festgezurrt. Ich habe Stunden damit verbracht, auf mein Handy zu starren, zu scannen, zu sehen, aber nicht zu verstehen. Irgendwann ist es dunkel geworden, niemand hat mir geschrieben, weder Julian noch Anna noch sonst jemand.
Ein Video über mich ist viral gegangen. Darin beschuldigt ein Mann die Medien, den Tod eines unschuldigen Kindes ins Rampenlicht zu zerren. Seine agitierte Haltung und die verschränkten Hände suggerieren, dass er weiß, wovon er spricht. Ein Screenshot des Videos war heute in der Zeitung.

***Die virale Ehre der Karmen A. –
Wie viel Spektakel braucht eine mutmaßliche
Mörderin?***

Ein Ritual.
Ich lege mich selbst in heißem Wasser ein. Eine Studie der maximalen Hitze, die mir noch nicht die Haut verbrennt. Schließe die Badezimmertür ab, schraube den Deckel mit einem Klicken auf dem Glas fest. Schüttle das Gefäß, Blüten und schimmernde Luftblasen schwirren um mich herum, steigen zur Oberfläche meiner Glitzerzelle. Dampf füllt den leeren Raum. Ich schwitze Stimmen aus mir heraus, reibe Bilder von mir ab wie Rubbeltattoos. Der Duft des Badewassers zieht in meine Poren.

Der Rasierer liegt am Wannenrand. Er hat eine neue Klinge bekommen. Wie alt die letzte war, weiß ich nicht mehr, sie war stumpf und rostfleckig. Das Badeöl hat meine Haut weich und schmierig gemacht. Der Rasierer gleitet träge über meine Beine. An der Seite des linken Unterschenkels bin ich unachtsam, ein feiner Schnitt und kleine Blutstropfen erscheinen auf meiner Haut. Halb so wild. Ich muss vorsichtiger sein.
Das zweite Mal passiert es am rechten Knie. Im Bruchteil einer Sekunde befreie ich mein Knie von einem Stück Haut, so groß wie eine Fünf-Cent-Münze. Erst sieht es aus, als hätte ich bloß die oberste, gebräunte Hautschicht entfernt, doch dann beginnt die gesamte Fläche zu bluten. Erschrocken strecke ich das Bein aus, um es im Wasser zu versenken, das Blut abzuwaschen, doch das duftende Badewasser brennt in meinen offenen Wunden.
Ein Schluchzen entfährt mir, es erschreckt mich mehr als das Blut, das sich nicht real anfühlt, als würde ich es in einem Horrorfilm sehen. Ich stelle das rechte Bein auf, will zu Ende bringen, was ich angefangen habe, und führe den Rasierer hastig über die Seiten der Waden, die Unterseite, die ich nicht sehen kann, das Schienbein. Nach ein paar Sekunden trifft mich der Schmerz. Es brennt, unten, seitlich, an dem von einer dünnen Hautschicht überzogenen Knochen meines Schienbeins wachsen sechs dunkle, rote Streifen. Ich halte einen Moment lang still, aus Angst, noch mehr Schaden anzurichten, sehe mich selbst aus der Vogelperspektive, die Bildränder geschwärzt.
Ich traue mich nicht, die Schnitte wieder mit dem heißen, seifigen Wasser in Berührung kommen zu lassen, lege meine Beine ungelenk über den Wannenrand und öffne das Ablaufventil.
Sobald meine Füße den Badvorleger berühren, sehe ich rote Rinnsale an meinen Beinen entlang nach unten laufen. Mir ist schwummrig, das kommt davon, wenn man

zu schnell aufsteht und außerdem an vielen Stellen blutet. Neben dem Waschbecken hängt ein Schlauch Wattepads, ich fummle eines heraus und drücke es auf den größten Schnitt, der münzgroße an meinem Knie. Die Watte bleibt an ihm hängen wie ein Pflaster. So schnell mich meine zittrigen Finger lassen, bedecke ich meine Beine mit weißer Baumwolle, die sich weichselrot färbt. Wie nackt ich bin, hinter der abgeschlossenen Tür. Ich wickle mich in ein Handtuch, vorsichtig, um es nicht mit meinem Blut einzusauen. Wenn jetzt Sanitäter kämen, sollten sie mich nicht nackt sehen, wie peinlich wäre das denn? Der Vorleger hat es nicht geschafft – Blutsprenkel markieren, wo ich mein sicheres Badeglas verlassen habe.
Blutend und nackt trotz der flauschigen Hülle, die ich mir geschaffen habe, werde ich von einer Welle geschluckt, die mich nicht mehr hergibt. Ich kann mein Schluchzen nicht zurückhalten, aus Angst vor meiner eigenen Ungeschicklichkeit wird Verzweiflung. Mina hämmert von außen an die Tür, ruft meinen Namen. Kaum zu glauben, dass keiner hier ist, um ein Foto davon zu machen.

## Prozessabend

Die Sonne geht am Morgen des letzten Tages der dreiwöchigen Prozesspause ganz normal auf. Die vergangene Nacht habe ich bei Georgia geschlafen. Ich nehme die Straßenbahn von ihrer Wohnung zurück zur WG. Meine Kopfhörer haben keinen Akku, also bin ich gezwungen, meinen eigenen Gedanken zu lauschen.

‹Ist das nicht die?

‹Doch! Das ist die, ganz sicher!

Kinderstimmen vor mir, die zu laut flüstern, als dass ich sie überhören könnte. In der Reihe vor mir sitzen ein Junge und ein Mädchen. Ein Handy taucht über der Lehne auf, verschwindet wieder in allgemeinem Kichern.

‹Schau, ich zeig dir was. Wir machen ein Selfie!

Der Junge hebt das Handy vor ihnen in die Höhe, die Kamera über dem Display ist an. Mein eigenes Gesicht starrt mich an, Haare verwachsen, Stirnfalten verrutscht, Miene steinern. Die Kamera klickt, die Kinder lachen, das Handy verschwindet wieder hinter der Lehne.

Ich widerstehe dem Impuls, danach zu greifen, ihnen ihr deppertes Handy einfach zu entreißen, was fällt euch ein, ihr Scheißkinder, einfach fremde Leute zu fotografieren? Stattdessen flüchte ich von meinem Sitz, lasse das Gelächter hinter mir und steige bei der nächsten Station aus, gehe schwer atmend den Rest zu Fuß.

Nachdem Julian bei mir war, gehe ich nur mehr tagsüber nach Hause, wenn die Wohnung freundlich und hell ist, wenn man vergessen kann, was ich für ein Monster bin. Wenn ich nicht gerade in meinem Zimmer am Boden liege und eine nach der anderen rauche, während ich zum vierten Mal „The Office“ schaue, gehe ich spazieren, mit Sonnenbrille und Musik, die so laut ist, dass ich mich nicht denken hören kann. Abends kriechen die Schatten aus ihren Verstecken, morgens liege ich in fremden Betten, bei Freundinnen. Sie nehmen mich gerne auf, halten mich nachts wach mit ihren Fragen. Sie besorgen Wein und Kakao, kochen eine Unterlage für meinen Kater, fragen mit besorgten Augenbrauen, wie es mir geht. Ob der Prozess bald vorbei sei. Wie ich das durchhalte. Ob ich Albträume hätte. Natürlich ist mir nie zum Reden zumute, egal, wie verständnisvoll sie sich geben, also stelle ich mich schlafend und gehe meist in der nächsten Nacht zu jemand anderem.

In die WG mit Gregor gehe ich hauptsächlich, wenn mir die saubere Kleidung ausgeht. Dann ziehe ich ein Bündel gefleckter Unterhosen und verschwitzter Blusen aus meiner Tasche und schiebe sie unter mein Bett zu den Wollmäusen. Wenn meine Unterwäscheschublade leer wird, kaufe ich einfach neue.

Meine Freundinnen leben ganz andere Leben als ich. Fabiola steht noch im Dunkeln auf, schlüpft in ihre Laufschuhe und kommt einige Zeit später wieder, wenn ich längst wieder eingeschlafen bin. Sie duscht, isst ein Snickers und legt sich wieder ins Bett. Diesen Vorgang wiederholt sie jeden Tag. Ich frage nie, warum sie nicht erst später aufsteht und danach wach bleibt. Ich kann nur vermuten, dass sie versucht, möglichst wenig bei Bewusstsein zu sein, wenn sie ihrem Körper so viel abverlangt, damit er keinen Widerstand leisten kann. Manchmal finde ich bräunliche Streifen auf den Laken, die wir uns in ihrem Doppelbett teilen. Ich vermute das Schlimmste, doch dann sehe ich, dass ihre Fersen voller Pflaster sind.

Eine andere Freundin, ein anderes Bett. Georgia hat einen neuen Job, für den sie ans andere Ende der Stadt fahren muss. Damit sie pünktlich ankommt, steht sie um sechs Uhr auf, verlässt fluchtartig das Haus und frühstückt an ihrem Schreibtisch. Ihre Aufgaben reichen vom Befüllen und Überprüfen von Excel-Tabellen bis hin zur Verteilung der Hauspost. Sie will unbedingt, dass man sie mag. Ab und zu bittet man sie, Kaffee zu holen, und sie traut sich nie, zu fragen, ob es dafür eine Gemeinschaftskasse oder so etwas gibt, also bezahlt sie Kaffeebohnen und Milch aus der eigenen Tasche, wenn etwas leer wird. Bei ihr bleibe ich eigentlich gern, denn sie gibt mir einen Zweitschlüssel, damit ich kommen und gehen kann, wie ich will. Ich komme abends erst, wenn sie bereits dabei ist, ins Bett zu gehen. Wenn ich noch wach bleibe, löchert sie mich mit Fragen, als handle es sich um einen erfundenen Kriminalfall in einer Geschichte und nicht um mein eigenes Leben, von dem es auch gar nicht so viel zu erzählen gibt, weil nichts weitergeht.

Als diese fremden Kinder in der Straßenbahn mich erkannten und einfach fotografierten wie ein exotisches Tier im Zoo, kam mir eine Idee. Das Auto ist ja noch da. Es parkt weiterhin vor der WG, die ich nur noch zum Verschnaufen benutze, in der ich kaum noch schlafen kann. Man sieht ihm den Unfall nicht an. Wenn man nichts davon wüsste, könnte man meinen, es sei ein ganz normaler PKW, der sich maximal an einem Bordstein die Felgen zerkratzt hat, nichts Schlimmeres.

Ich betätige den Knopf am Autoschlüssel, er entriegelt die Tür. Es gibt keinen guten Grund, warum er das nicht tun sollte, doch es fühlt sich dennoch wie ein gutes Zeichen an – das Auto versperrt sich mir nicht. Für das Auto bin ich nur irgendeine Person mit dem Schlüssel in der Hand. Jetzt muss das Auto nur noch für mich einfach irgendein Auto sein und nicht der Anfang vom Ende.

Ich beschließe, das Pflaster abzureißen, öffne die Tür, steige ein, lege den Gurt an, parke aus. Fahre ruhig, aber zügig zu einem Gewerbeparkplatz in der Nähe des Gerichtsgebäudes – hoffe einfach, dass niemand das Auto aus der Zeitung erkennt, denn den Führerschein haben sie mir ja entzogen. Es wäre vermutlich katastrophal, wenn man mich so erwischen würde, aber ich ignoriere die Stimmen in mir, die mich wahnsinnig nennen, bis ich am hinteren Ende des Parkplatzes zwischen zwei anderen Autos stehe. Dann atme ich aus, schaue mich um.

Es sieht alles noch genau so aus wie vor ein paar Wochen. Das Auto ist ein eingefrorenes Stück Zeit. Ich löse den Sicherheitsgurt, drehe den Motor ab, zwinge mich weiter hineinzusehen in diesen Raum, der mich beschützt, während er andere töten kann. Das Auto hat bereits begonnen, sich in der Sonne aufzuheizen. Gänsehaut überzieht meine Arme, und das ist kein Schweiß in meinem Gesicht, das sind Tränen, das ist das, was ich versucht habe, zu verdrängen, da muss ich jetzt durch. Einfach heil am anderen Ende rauskommen.

Das Auto ist der letzte Ort, an dem ich sein will, und der einzige Ort, der mir noch bleibt. Meine Mutter spricht gerade nicht mit mir, sie kann ich nicht fragen, ob ich bei ihr bleiben kann. Meine Freundinnen befragen mich die ganze Zeit zum Prozess, immer fragenfragenfragen, als würde das irgendetwas lösen. Vielleicht muss ich wieder zurück in mein WG-Zimmer, doch ich bin noch nicht bereit, in dem Bett zu schlafen, auf dem Julian gesessen hat, und in der Küche zu essen, in der der Wasserfleck sich immer weiter an der Wand ausbreitet.

Das Auto ist Ground Zero, ein Ort, der alles verändert hat – vielleicht kann er auch jetzt wieder alles ändern.

Ich lasse mich alles weinen, was mein Körper hergibt. Ich schlinge meine Hände wie Wurzeln um das Lenkrad und rüttle daran, schreie all meine Wut auf diesen Moment, den ich nicht mehr zurücknehmen kann, heraus. Es tut weh und das ist richtig, das ist gut.

Nach einer Weile überkommt mich die Müdigkeit und ein stechender Kopfschmerz. Erleichterung ist das nicht, nur Erschöpfung. Ohne mein Theater ist es plötzlich still auf dem Parkplatz. Ich öffne die Tür vorsichtig und frische, kühle Luft streift meine Beine, meine Arme, meinen Hals.

Probehalber stelle ich den Sitz so weit zurück, wie es geht. Werde ich hier schlafen können? Oder die ganze Nacht über bei jedem Geräusch draußen erschrecken? Bevor ich mir noch weitere Fragen stellen kann, bin ich schon weggenickt.
Als ich aufwache, dämmert es. Der Parkplatz hat sich teilweise geleert. Grillen zirpen in den Sträuchern am Zaun hinter mir. Die stechenden Kopfschmerzen sind noch da. Ich krame in meiner Handtasche nach der Wasserflasche – wieder ein Gegenstand, der Teil der Verkettung an Umständen ist, die mich hierhergeführt hat. Sie ist halb voll, ich leere sie in einem Zug, schließe die Augen und bin wieder weg, eine Autoschläferin, eine Wohnungslose.

Ich glaube, die Wände tropfen zu hören. Tropfen aus Schweiß und geronnenem Stress. Der säuerliche Geruch des Gerichtssaals zwängt sich bei jedem Atemzug von neuem in meine Nasennebenhöhlen. Ohne es zu merken, beginne ich, durch den Mund zu atmen.
Tropf. Tropf. Tropf. Es treibt mich in den Wahnsinn, das Vor-sich-Hinplätschern dieses Vorgangs. Zeitweise bin ich nur körperlich anwesend. Die Richterin lässt der Reihe nach den Anwalt und die Staatsanwaltschaft zusammenfassen, was bereits eruiert wurde – vielleicht, um es sich wieder in Erinnerung zu rufen, anders kann ich es mir nicht erklären. Wenn mein Name fällt, fährt es mir heiß in den Magen, dass ich ja eigentlich aufpassen sollte, vermutlich habe ich etwas Wichtiges verpasst. Dann will ich den Anwalt mit dem Ellenbogen anstupsen und fragen, was gerade passiert ist, doch der sieht so konzentriert aus, dass ich mich nicht traue, ihn anzusprechen.
Dieser Prozess lässt mich immer wieder daran zweifeln, was in meinem Leben noch real ist – ich hätte nie damit gerechnet, jemals in meinem Auto schlafen zu müssen,

weil ich mich nirgends mehr zuhause fühle. Ich bin mir immer noch nicht sicher, ob das damals Ekaterina Tsvetok im Supermarkt war oder nicht. Oder ob Mina spürt, dass ich oft an sie denke. Ich fühle mich alt. Alt und verwirrt.
Mein Gesicht ist kantig und grau geworden. In einem überbelichteten Foto sieht man die blauen Adern auf meinen auf dem Tisch verschränkten Händen hervortreten. Der Anwalt sieht unverändert gestriegelt und geölt aus. Wenn man die frontal von uns geschossenen Fotos, tagein, tagaus am selben Tisch, nebeneinanderlegt, kann man erkennen, wie der Anwalt täglich ein Stück weiter von mir wegrutscht. Ich bastle ein Daumenkino aus den Fotos und sehe mich immer dünner werden, immer buckliger dasitzen.
Der Tag beginnt mit Radio. Ich gebe mir gleich in der Früh die volle Dosis meiner Misere, suhle mich gleichzeitig im Status des Opfers und der Täterin. Nicht jeder Sender berichtet täglich, doch sogar die gehobenen, die nur Klassik und nicht einmal Jazz spielen, lassen sich auf mein Niveau herab, um mich genau zu betrachten.
Soziale Netzwerke sind grauenhaft. Scheinbar jeder Mann und jede Frau, besonders die Eltern, haben dort etwas über mich zu sagen. Drohungen, bei mir einzubrechen, mich zu vergewaltigen, mich zu überfahren, sind schon zum Hintergrundrauschen geworden. Ebenso die Bitten, diesen Blödsinn endlich zu lassen – haben wir denn keine größeren Probleme als irgendeinen Unfall? Frauen können ja eh nicht Autofahren, das weiß doch jeder, höhö. Ich soll einfach zugeben, dass ich zu blöd dazu bin, und basta. Ein paar Jahre Gefängnis und die Sache wäre erledigt. Dann wieder: Wie könne man denn nur so etwas sagen! Ein Kind ist gestorben, für die Hinterbliebenen sei das nicht einfach so erledigt, man sollte mich überfahren, das wäre ja wohl nur ausgleichende Gerechtigkeit, quid pro quo!
Im Gerichtssaal sollten Handys eigentlich ausgeschaltet bleiben, doch das hält niemanden davon ab, Liveticker

zu bespielen. Ich lese sie nachher alle durch, tue mir die Kommentare an. Halb Österreich scheint in der Arbeit fad zu sein, denn sie kommentieren mehr als bei einem Fußballspiel, mehr als bei Eurovision, klugscheißen gemeinsam und gegeneinander über das Rechtssystem, sogenannte Frauenrechte, Kinderbetreuung, meine Titten.
Es ist das eingetreten, wovor der Anwalt mich gewarnt hat. Die Offenlegung meines Lebens. Ich bin ein Festmahl.
Was ich getan habe: Ein Kind mit meinem Auto gerammt.
Darüber lässt sich nicht streiten.
Man streitet sich stattdessen darüber, wer ich bin.
Wer ich bin: K. Anger. 25. Kindergärtnerin. Raucherin. Regelmäßige Drogenkonsumierende, das wissen wir von Susi, die einem Medium gesteckt hat, ich hätte ihr nach einer Betriebsfeier einen Joint angeboten. Sie habe abgelehnt, sagt sie, und ich sehe keinen Sinn darin, das richtigzustellen. Ursprünglich vom Land. Ehemals gute Schülerin, zumindest in der Unterstufe. Schülerin einer Ballettschule, bis zur Matura.
Ich bin irrational, unberechenbar, promiskuitiv. Ich bin voll von Schuld.
Eine Gruppe von ungefähr zehn Menschen sitzt seit Prozessbeginn in der letzten Reihe. Wenn ich den Tisch umrunde, hinter dem ich immerzu sitze, späht eine Frau von dort immer wieder in den Mittelgang, um einen besseren Blick zu erhaschen. Sie trägt ein dünnes, silbernes Kreuz um den Hals. Ihre Haare sind im Nacken mit einer Spange befestigt, an ihre Kleidung kann ich mich nicht erinnern, doch ihr vernichtender Blick geht mir nicht aus dem Kopf. Ich hatte gehofft, sie sei eine dieser Pensionistinnen, die nichts Besseres zu tun haben, als zu Gerichtsprozessen von Leuten zu gehen, die sie gar nicht kennen, einfach um was zu erzählen zu haben. Ich stelle mir vor, wie sie täglich die Zeitung durchforstet nach armen Menschen, die einen Prozess durchmachen müssen. Dann greift sie

sich einen Packen Flyer von ihrer Kirche und ihren Rosenkranz, kniet sich vor das Gerichtsgebäude, als wolle sie ihrem Gott die Arbeit abnehmen.
Nach einiger Zeit erkenne ich sie als eine Frau, deren Kommentare ich schon öfter online gelesen habe. Es gibt ein paar besessene Spinner, die immer wieder Zeitungsartikel oder Videos zu meiner Lage kommentieren, als wäre mein Leben ein Thriller, den sie verfolgen, als wäre ihre Meinung von höchster Bedeutung. Es waren keine netten Kommentare, von christlicher Nächstenliebe keine Spur.
Bald gibt es nichts mehr, was die Staatsanwaltschaft noch vortragen könnte. Es ist ein recht einfacher Fall für sie. Ich habe ein Kind angefahren, ich wurde dabei beobachtet. Nachdem die sogenannten Zeuginnen gehört wurden, bleiben nur noch der Obduktionsbericht von Alice und der Bericht der Gutachterin über mich.
Die Obduktion von Alice hat schon vor Wochen stattgefunden. Der Bericht ist nun fertig, er wird von der Staatsanwaltschaft mit klarer Stimme verlesen.

**Landesgerichtsarzt Wien**
**Staatsanwaltschaft Wien**
Betreff: Öffnung der Leiche der Alice Mohnberger, *14.05.2018 in Wien/Österreich, verstorben am 04.06.2022, ca. 7:30–7:50 Uhr, Wien, Baumstraße 4, am 05.06.2022 im Sektionsraum der Gerichtsmedizin der Medizinischen Universität Wien in der Zeit von <u>9:10</u> Uhr bis <u>10:30</u> Uhr.

Die unterzeichnenden Obduzierenden:
Landesgerichtsärztin Dr. Spoler
Oberarzt Dr. Zoim
erstatten Befund und endgültiges Gutachten wie folgt:

*A Äußere Besichtigung*

Auf dem Tisch in Rückenlage die Leiche der bekannten Alice Mohnberger, bekleidet mit einer kurzen, blauen Hose sowie einem kurzärmeligen Oberteil mit Kirschaufdruck, Sandalen in Braun. Die Bekleidung wird im Bauchbereich unter Schereneinsatz geöffnet und abgenommen.

Stamm und Gliedmaßen regelrecht ausgekühlt. Die Leichenstarre ist beim Umlegen der Leiche in den Gelenken noch deutlich vernehmbar. Die Liegestellen, die Kontakt zum Tisch haben, sind erweicht. Die Haut ist blass, beginnende Leichenflecken sind erkennbar.

Linksseitig ist das Handgelenk von einem kreisförmigen Hämatom überzogen. Unwahrscheinlich, dass es im Zuge des Unfalls zu dessen Bildung gekommen ist. Die Fingernägelkanten sind ungleichmäßig eingerissen und zeigen einen Zustand hochgradiger Verkümmerung. Die Leiche ist für das Alter des Mädchens unverhältnismäßig klein und scheint unterernährt.

Am Gestirn besteht der Anschein eines Hämatoms, das durch die Kollision mit einem langsam fahrenden, eventuell bremsenden, PKW und anschließend mit dem Straßenboden entstanden sein kann. Die Leiche wird über die rechte Seite auf den Bauch umgelegt. Am Hinterkopf ist eine offene Fraktur ersichtlich. Die Haare am Hinterkopf werden stellenweise mittels Einwegrasierer entfernt. Die Fraktur hat eine Länge von 4,6 cm und zieht sich über das gesamte mittlere Drittel des Hinterkopfs. An der Fraktur können einige wenige Stücke Rollsplitt entfernt werden. Eine Fraktur dieser Größe zeugt von einem massiven, stumpfen Impakt, der durch die Kollision mit einem fahrenden PKW und anschließend mit dem Straßenboden entstanden sein kann. Die Größe der Verletzung im Verhältnis zum Alter und zur Größe der Leiche dürfte zur sofortigen Bewusstlosigkeit und zu einem tödlichen Schädel-Hirn-Trauma geführt haben.

*B Innere Besichtigung*
Nach Entfernen der Kopfschwarte wird eine Unterblutung an dieser sichtbar. Am Hinterkopf befindet sich die bereits beschriebene Fraktur. Die Schädelkalotte wird mittels Säge geöffnet.
An der Innenseite sind Spuren einer Subarachnoidalblutung zu erkennen. Dies spricht für ein schweres Schädel-Hirn-Trauma.

*C Abschließende Stellungnahme der Obduzierenden*
Die Obduktion hat im Wesentlichen folgendes Ergebnis: Leiche eines ca. 80 cm großen und ca. 12 Kilogramm schweren, vierjährigen Mädchens von mangelhaftem Pflege- und Ernährungszustand.
Die offene Fraktur am Hinterkopf, die Subarachnoidalblutung im Schädel sowie das junge Hämatom an der Stirn erhärten den Verdacht, dass der Tod durch den Zusammenstoß mit einem sich langsam bewegenden, bremsenden Vehikel und den daraus resultierenden Sturz verursacht wurde. Der Tod dürfte wenige Minuten nach dem Aufprall eingetreten sein.

Der Anwalt darf sich danach dazu äußern. Er betont, dass das Vehikel langsam unterwegs war, sich bereits im Bremsvorgang befunden hat. Alles Weitere höre ich nicht, die Zusammenfassung der Staatsanwaltschaft, die Einsprüche des Anwalts. … von mangelhaftem Pflege- und Ernährungsstand. Aufprall. Schädel-Hirn-Trauma. Alles daran ist meine Schuld. Dass Alice in so einem schlechten Zustand war, hätte mir doch auffallen müssen, hätte einer von uns auffallen müssen. Aber in der Menge der gleich

laut schreienden Kinder hatten wir es nicht bemerkt, oder nicht bemerken wollen.
Ohne Umschweife ruft Ekaterina Tsvetok die Gutachterin auf. Was ist denn das auf einmal für ein Tempo? Ich wünsche mir eine Aufschiebung, eine Vertagung, denn das ist mein Albtraum: Eine professionelle Menschenkennerin erklärt der ganzen Welt, was genau mit mir nicht stimmt. Ein Schweißtropfen rinnt von meiner Achsel zum Ellenbogen, es kitzelt.
Die Gutachterin schlägt geschäftig einen Aktenordner auf, im Sitzen liest sie daraus vor.

> Die Untersuchung hat ergeben, dass die Angeklagte K. Anger an keiner psychischen Störung nach dem anerkannten Klassifikationssystem leidet.

Nach diesem Satz hält sie für einen Atemzug inne, eine dramatische Pause. Der Inhalt ihrer Aussage legt sich als Sediment im Raum ab, bevor sie mit dem Fuß ausholt, um die Ablagerung wieder aufzuwirbeln.

> Leider hat die Angeklagte sich in den Gesprächen mit der Sachverständigen unkooperativ gezeigt. Sie reagierte häufig nicht angemessen auf die gestellten Fragen zu ihrer Krankheitsgeschichte. Daher sind die folgenden Ergebnisse nicht als vollständig zu erachten. Zu erwähnen ist jedenfalls der Cannabis- und Alkoholkonsum, letzterer überschreitet leicht den Allgemeindurchschnitt. Beides kann bei Missbrauch zu psychischen Beeinträchtigungen führen. Dies ist jedoch bei der Angeklagten, soweit eruiert werden konnte, nicht der Fall. Erwähnt wird es hier trotzdem, um ein

möglichst vollständiges Bild der Psyche von K. Anger herzu- … ich meine darzustellen.
Die Angeklagte zeigt Anzeichen starker psychischer Instabilität. Diese sind aufgrund der traumatischen Erfahrung, die sie gemacht hat, nachvollziehbar, erfüllen jedoch nicht die Kriterien für eine Diagnose. Mit diesem Gutachten konnte nur teilweise erhoben werden, ob die Angeklagte bereits zum Tatzeitpunkt Anzeichen von psychischer Instabilität gezeigt hat, und wenn ja, ob diese zum Unfallhergang beigetragen haben.
Die Angeklagte befand sich während des Unfalls am Steuer ihres Autos und telefonierte dabei über die Freisprechanlage. Der Inhalt des Gesprächs kann als emotional beschrieben werden. Sie sprach mit ihrer Mutter, mit der sie eine ambivalente Beziehung führt, über die Krebserkrankung einer Freundin aus ihrer Kindheit. K. Anger gibt zudem an, in dem Lebensabschnitt, in dem sie sich derzeit befindet – als auch schon zum Zeitpunkt des Unfalls befunden hat –, immer wieder Zweifel am Sinn des Lebens und ihre Zukunft betreffend empfunden zu haben. Sie leidet unter mangelndem Selbstbewusstsein und Existenzängsten. Sie erzählte zudem, dass sie kein Interesse daran habe, enge, soziale Beziehungen aufzubauen. Es ergibt sich daraus das Bild eines leidenden, wenn auch nicht klinisch abnormen Geistes. K. Angers psychische Leiden in Zusammenspiel mit dem emotionalen Telefonat mit ihrer Mutter zum Unfallzeitpunkt könnten darauf hinweisen, dass ihr psychischer Zustand in geringem Ausmaß mitverantwortlich für den Unfall war.
Obwohl sich die Angeklagte nicht immer kooperativ gezeigt hat, so hat sie doch deutlich gemacht, dass sie die Geschehnisse zutiefst bereut – ihre aktuelle psychische Instabilität dürfte zumindest teilweise daraus resultieren. Es sind zudem keinerlei ähnliche frühere Fälle

bekannt, die darauf hindeuten, dass es aufgrund von K. Angers psychischem Zustand erneut zu solch einem Fall kommen könnte.

Die Gutachterin schließt ihre Akte und setzt sich ohne ein weiteres Wort auf ihren Platz in den Reihen. Ekaterina Tsvetok erklärt in die darauffolgende hüstelnde Stille hinein, dass das Hohe Gericht keine Fragen an die Gutachterin hätte. Mit hochgezogenen Augenbrauen sieht sie den Anwalt an, dann die Staatsanwaltschaft, die beide kaum merklich den Kopf schütteln.

Die Gutachterin hat ein nur knapp ausbalanciertes Kartenhaus aufgebaut. Einerseits bin ich psychisch instabil, andererseits reicht das nicht aus, um als Grund für den Unfall zu gelten. Einerseits habe ich im Auto telefoniert, andererseits würde ich Reue zeigen und jedenfalls keine Absicht. Man kann die Schuld nicht auf meine Psyche schieben, außer Acht lassen sollte man sie deswegen aber genauso wenig. Wir sind wieder da, wo wir angefangen haben. Die Richterin vertagt den Prozess auf morgen.

Ich verlasse als Erste den Gerichtssaal, meine Handtasche umklammernd haste ich den Gang entlang zur Toilette, wo der Putzmittelgeruch sich noch nicht verflüchtigt hat, es ist erst Mittag. Ich habe immer mal wieder Krämpfe, doch als ich meine brandneue Unterhose betrachte, ist da kein Blut, nur weiße Flecken. Immer noch kein Blut. Schwanger zu sein ist relativ unmöglich in meiner Situation, so lange ist es her, doch ich bin trotzdem nervös. Unwillkürlich lege ich manchmal die Hand auf meinen Bauch, als könnte ich irgendetwas darin spüren.

Wieder ein Tag vorbei, wieder ein Tag der Prozession in Richtung Gefängnis, oder jedenfalls raus aus diesem Leben, abgehakt. Ich zwänge mich durch die Menschentraube vor dem Gebäude und marschiere die Gasse runter zur nächsten Drogerie. Schnell greife ich den erstbesten Test, kaufe außerdem eine Flasche Mineralwasser und verschwinde in Richtung des Parkplatzes, der zu einem Lagerraum-Anbieter gehört. Zehn Minuten lang haste ich durch Seitenstraßen, dann bin ich da.

Im Auto nippe ich am Mineralwasser. Mein Kopf ist gerade leer, angenehm, befreiend hohl, und jeder Gedanke, der kommt, zieht durch wie ein lauer Wind. Die Gutachterin hat mich zumindest teilweise geläutert, das spüre ich, und auch wenn es nichts an der Situation ändert, schon gar nicht für Alice' Hinterbliebene, so fühle ich mich doch zumindest leergeschwitzt. Es hat etwas Befreiendes, wenn dir eine Expertin sagt, dass du psychisch instabil bist. Das klingt, als wäre es eine heilbare Krankheit, ein Zustand, der vorübergeht, den du dir jedenfalls nicht einbildest.

Ich wühle in meiner Tasche nach meinem Smartphone, der Schwangerschaftstest liegt in meiner anderen Hand. Ich muss leider ganz und gar nicht pinkeln und nehme einen Zug von der Flasche, als wäre es Schnaps und ich vierzehn und wollte angeben, verziehe aber das Gesicht wegen dem alkoholischen Brennen beziehungsweise der Kohlensäure.

Es klopft an der Fensterscheibe. Wasser schwappt aus der Flasche auf meinen Schoß und ich schimpfe, doch die Worte vergehen mir, als ich sehe, wer geklopft hat. Es ist die Frau mit dem Kreuz aus dem Gerichtssaal. Sie muss mir bis hierher gefolgt sein. Ihr Handy ist auf mich gerichtet, das Objektiv ein schwarzes Knopfauge. Wieder klopft sie mit den Knöcheln ihrer freien Hand ans Glas.

‹Was denn?! Was wollen Sie?

‹Fenster runter! Sie dürfen hier nicht parken!

‹Verschwinden Sie! Sicher darf ich hier parken, ich, Sie –!

‹Sie Verbrecherin! Man sollte Sie einsperren, Sie Verrückte! Der Herrgott wird es Ihnen schon zeigen, wenn die Justiz es nicht tut!

Sie schreit weiter, einen endlosen Höllensermon aus wilden Beschuldigungen und Weltuntergangsvoraussagungen, obwohl meine Welt ja bereits untergegangen ist. Sie verdammt mich, ein Schreckgespenst des Boulevards, eine Heidin, Satanistin, dummes Weib, das bin ich und so fühle ich mich auch. Sie hat mit allem recht, was sie sagt. Aber diese Genugtuung gebe ich ihr nicht.

‹Was wollen Sie denn von mir?!

In dem Video, das sie später posten wird, kleben mir die Haare auf der sattroten Stirn. Der Rotz rinnt mir glänzend über die Oberlippe, das Gesicht ist verzogen, aufgequollen innerhalb weniger Sekunden, verheult, verzweifelt, hysterisch. Auf dem Sitz neben mir liegt der Schwangerschaftstest, gedankenlos hingeworfen, weil wer sollte mich hier in meinem Heim auf diesem leeren Parkplatz schon stören? Ich wollte doch nur einen Schluck trinken.

‹Geben Sie es zu! Sie haben sie umgebracht! Sie haben sie überfahren! Gestehen Sie es vor Gott, dass er Sie richten kann! Dass er Sie richten kann!

‹WIESO?!

Mein Schrei ist gedämpft durch das Glas zu hören. Wieso?! Wieso soll ich gestehen, wenn es mich doch vor nichts bewahrt? Wieso muss ich zugeben, dass mir vor lauter Reue der Gedanke, die Welt wäre ohne mich besser dran, Mund und Nase zuhält? Wem bringt das jetzt noch etwas? Wozu das Ganze? Ich habe diesen Krater in die Welt gerissen. Unglaubliches Leid verursacht. Das lässt sich nicht zurücknehmen.

Sie war still, als sie starb. Sie schrie nicht, so schnell ging es, dass ich auch nicht schrie, nicht in dem Moment, als es passierte. Doch die Mutter schrie. Sie schrie das Kind an: „Wach auf! Komm schon!“ Sie blies ihm ihren Atem in den

Mund, drückte zitternd auf der schmalen Brust herum – Knacks. Alle möglichen Leute schrien, Kinder, Eltern, zufällig Vorbeigehende, zufällig gesehen Habende, zufällige Zeuginnen und Zeugen, die plötzlich auf dem Weg zur Arbeit oder zum Supermarkt oder zu einem Picknick in den Krater hineingezogen wurden.
Ich stieg aus dem Auto, aus demselben, in dem ich gerade sitze, und die Wucht dieser Szene warf mich beinahe um. Ungläubigkeit flutete meine Adern mit Eiswasser und ließ meine Wirbelsäule schmerzhaft prickeln. Meine Gliedmaßen waren taub, ich setzte gedankenlos einen Fuß vor den anderen, bis ich in Griffweite der Mutter stand, die weinte, bei ihrem Kind, das kein Kind mehr war, dessen Leben man vorgeblättert hatte bis zum letzten Kapitel.
Ich übergebe mich. Damals und heute. Alles ist in dem Video zu sehen, gestört von der Spiegelung der Frau und ihrem Handy in der Glasscheibe, ihr Gesicht besonders klar dort, wo auf meiner Seite des Fensters die dunklen Stellen liegen. An diesem Moment im Video hört die Frau auf zu schreien. Still hält sie das Handy auf mich gerichtet. Meine Kehle Feuer, Nase verstopft, saurer Geruch in diesem engen Raum. Ich bekomme schlecht Luft, halte die Augen geschlossen. Irgendwann sieht man im Video kurz den Asphalt, dann drückt die Frau die Stopp-Taste. Das war ihr wohl zu heftig.

**Landesgerichtsarzt Wien**
**Staatsanwaltschaft Wien**
Betreff: Öffnung der Leiche der Karmen A., *29.03.1997 in Botschen/Österreich, noch nicht verstorben, wer weiß wo, entweder auf der Straße oder in einer Zelle, am 05.06.2022 im Sektionsraum der Pathologischen Abteilung der Klinik Ottakring in der Zeit von 10:40 Uhr bis 11:45 Uhr.

Die unterzeichnenden Obduzierenden:
Landesgerichtsärztin Dr. Spoler
Oberarzt Dr. Zoim
erstatten Befund und vorläufiges Gutachten wie folgt:

*A Äußere Besichtigung*

Auf dem Tisch in Rückenlage die Leiche der bekannten Karmen A., bekleidet mit einer kurzen Leggins, die oberhalb der Knie endet, sowie einer knielangen, beigen Tunika, keine Schuhe. Die Bekleidung wird im Bauchbereich unter Schereneinsatz geöffnet und abgenommen.

Stamm und Gliedmaßen regelrecht aufgeheizt. Die Leichenstarre ist unnatürlich lange nach dem Impakt-Zeitpunkt noch vollständig. Anzeichen des Zelltodes an allen Liegestellen ersichtlich. Beim Bewegen der Leiche zum Entfernen der Kleidungsstücke Verrutschen der Haut an allen Berührungspunkten. Dabei tritt gräulich-schleimiges Sekret aus den offenen Stellen aus. Die Augenlider sind vertrocknet und geschrumpft, sodass die Pupillen der Leiche klar ersichtlich sind. Die Hornhäute weisen keinerlei Trübung auf.

Die Leiche ist im Verhältnis zu ihrem Alter in schlechtem Zustand. Ein peinliches, weil unmodisches Tattoo wird beim Umlegen der Leiche am unteren Rücken sichtbar.

Die Geschlechtsteile und der After der Leiche sind regelrecht geformt, wenn auch nicht der Leichenstarre entsprechend gelockert. Hier dürfte der Zelltod bereits vor dem Todeszeitpunkt eingesetzt haben.

Weder am Hinterkopf noch am Gestirn der Unbekannten lassen sich Hämatome oder offene Frakturen erkennen. Die Haut der Leiche ist, wo sie nicht durch Autolyse unglücklich verrutscht ist, makellos, in Anbetracht des Alters regelrecht.

*B Innere Besichtigung*

Aufgrund des ausdrücklichen Wunsches des Staates und der Öffentlichkeit wird eine oberflächliche innere Leichenschau durchgeführt. Mittels Skalpell wird die Leiche vom Rücken ausgehend geöffnet. Die Haut des Rückens wird flügelartig beiseite geklappt. Danach wird die Wirbelsäule am oberen und unteren Ende gelöst und der Leiche enthoben. Die inneren Organe scheinen sich bereits 48 Stunden nach dem Unfall im Sinne der Verwesung verflüssigt zu haben. Bei genauerer Betrachtung der Organflüssigkeit entsteht der Eindruck einer Kläranlage, verschmutzt durch den beiläufig hineingeworfenen Müll einiger Jugendlicher. Eine E-Zigarette und die leere Aluminiumverpackung eines Energydrinks können ertastet werden. Die Wirbelsäule wird wieder eingesetzt und die Haut an den Schnittstellen vernäht.

Beim Öffnen des Schädels dringt laute Musik hervor – es handelt sich um „Escape (The Piña Colada Song)" von Rupert Holmes. Die Obduzierenden werden zu einem Tänzchen verleitet. Nach Abklingen des letzten Tons beginnt das Lied von neuem und die Schädeldecke wird wieder angesetzt, die Haut darübergezogen.

*C Abschließende Stellungnahme der Obduzierenden*

Die Obduktion hat im Wesentlichen folgendes Ergebnis: Leiche einer ca. 165 cm großen, 80 Kilogramm schweren Frau von mangelhaftem Pflegezustand.

Die offensichtliche Unattraktivität der Unbekannten sowie die Ergebnisse der inneren Leichenschau lassen sich in die bekannten Kategorien einteilen: Gestörtes Weibsbild ohne innere Werte oder Sinn für Ästhetik, geschweige denn Persönlichkeit. Die Obduzierenden bestätigen offiziell die Unfähigkeit dieser Frau, beim Autofahren – etwas, das selbst noch 90-Jährigen zugetraut wird – auf die Umgebung zu achten, um nicht die Allgemeinheit zu gefährden. Im Vergleich zum vierjährigen Opfer der Fahrlässigkeit dieser Person lassen sich an der vorliegenden Leiche keine bereits vorhandenen äußeren Schäden feststellen, nur innere.

Die Sonne steht schon tief. Ihre Arme fallen mir ins Gesicht, blenden mich, doch ich rühre mich nicht. Die Sonnenstrahlen sind das einzig Gute in diesem Moment, und doch muss ich irgendwann den Kopf wegdrehen und mein Atem wird ruhig.

Ich muss wieder eingeschlafen sein, denn als ich die Augen öffne, ist es fast finster und die Straßenbeleuchtung brennt schon grellweiß. Ich stoße die Tür auf und sauge die kühle Luft ein, als hätte ich seit Tagen nicht richtig geatmet, fühle mich wie nach einem misslungenen Mittagsschlaf, der mich nur noch schläfriger hinterlassen hat. Meine Beine wie nach einer stundenlangen Autofahrt, eingezwängt zwischen Nackenhörnchen, Eiskaffeebechern und den immergleichen Radiosendungen. Steif wie bettlägerig. Ich besehe die Sauerei im Fußraum. Niemand ist auf dem Parkplatz. Es stinkt wie die Toilette auf einem Zeltfest. Toilette. Meine Blase drückt. Der Schwangerschaftstest.

Auf Fast-Food-Restaurants ist immer Verlass, ob man Essen haben will, das verlässlich immer gleich schmeckt, oder eine offene Toilette. Laut meinem Handy gibt es zwei in der Nähe, davon eines in Gehweite.

Ich wünsche mir, dass mich die Dunkelheit der Nacht vor den Augen der Welt abschirmt. Mit Magenschmerzen fallen mir die Frau und ihr Handy ein. Das Video ist vermutlich schon im Netz und damit potenziell überall.

Auf der Toilette des Kettenrestaurants setze ich mich auf die Brille, lese mir die Packungsbeilage von dem Schwangerschaftstest durch. Shit. Ich muss in einen Becher pinkeln, nicht einfach auf den Streifen. Scheiß drauf. Es brennt

schon, meine Blase läuft fast über. Ich halte den Streifen darunter und pinkle. Endlich. Meine gesamte Hand wird nass und mich überkommt Übelkeit wie beim Blutspenden, wenn sie den warmen Schlauch auf dem Unterarm ruhen lassen und man merkt, dass da etwas Lebendiges aus einem rausfließt. Mit der linken Hand versuche ich, einen Batzen Klopapier abzurollen. Als meine Blase endlich leer ist, lege ich den Streifen auf das ungeschickt gewickelte Papierknödel auf den Boden. Mit mehr Klopapier trockne ich meine Hand, lese weiter in der Anleitung. Zwei Streifen. Ein Streifen. Kein Streifen. Fragezeichen. Fragezeichen.
Ich bin hellwach, trotzdem schwindlig. Nie im Leben kann ich schwanger sein. Oder? Nein. Aber wenn. Ich schwanke hin zu und wieder weg von der festen Überzeugung, dass mein nächster Anruf der bei meiner Frauenärztin sein würde, die mir eine Abtreibung verschreibt, oder wie auch immer das dann abläuft.
Man muss fünfzehn Minuten warten. In fünfzehn Minuten kann man sehr viel über Abtreibungen googlen. Über die körperlichen Schäden, die moralischen Einwände von irgendwelchen misogynen Lappen. Dass sie in Deutschland Abtreibungen in Transportern anbieten für Schwangere aus Polen. Dass es in Vorarlberg nur einen einzigen Arzt gibt, der Abtreibungen macht, und es ist noch nicht mal eine Ärztin, Solidarität ist dort wohl noch nicht angekommen. Mehr als die halbe Welt denkt, ich würde damit ein zweites Kind töten. Würde ich jetzt von einer Brücke springen, man würde mehr um ein paar Zellen trauern als um mich.

***Zweifach schlechte Mutter***

***Rabenmutter begeht Selbstmord***

***Mutmaßliche Mörderin: „Ich sah keinen Ausweg mehr"***

‹Der Test war also negativ?
‹Ja.
‹Wie geht es dir damit?
‹Darüber hab ich auch nachgedacht. Ich weiß es nicht, wenn ich ehrlich sein soll. Ich hab eh nicht wirklich dran geglaubt, schwanger sein zu können. Aber es wäre vielleicht gar nicht so schlimm gewesen.
‹Bist du dir da sicher?
‹Nein, eigentlich nicht. Es wäre eine mittlere Katastrophe gewesen. Ich hab mir gedacht, die im Krankenhaus würden mich sicher erkennen.
‹Meinst du, dass sie dich dann anders behandelt hätten?
‹Würdest du mich etwa anders behandeln?
‹Ein Leben ist ein Leben. Hättest du es wirklich durchgezogen?
‹Ja, schon. Es ist auch mein Leben.
‹Du hättest noch eines genommen? Mit Absicht?
‹Lieber ein Zellhaufen als ich.
‹Du hättest es aufziehen können.
‹Es gab nie ein „Es". Es gibt nur mich.
‹Ganz allein?
‹Vielleicht. Ja, vielleicht. Ich bin ja ganz allein, jetzt.
‹Und was machst du jetzt?
‹So viel wie ich rauche, sollte ich eh keine Mutter sein.
‹Apropos. Hast du derzeit Kontakt zu deiner Mutter?
‹Definiere „derzeit".
‹Heute.
‹Nein. Ich habe nichts mehr von ihr gehört, seit ich sie besucht habe.
‹Sie ist dir wichtig. Trotzdem redest du nicht viel über sie.
‹Wieso auch? Es geht doch um mich.
‹Hat sie keinen Platz in dieser Geschichte?

‹Doch. Sicher. Sie nimmt einen großen Teil ein. Sie kann sich nur gerade nicht um mich kümmern.
‹Wieso nicht?
‹Wärst du nicht auch überfordert von dieser Situation? Solltest du dir das nicht selbst denken können? Was bist du eigentlich für eine Psychiaterin?
‹Ich bin keine Psychiaterin, Karmen. Ich bin Mensch. Ein Mensch mit Augen im Kopf.

***Schock: Mina entpuppt sich als Mensch!***

***Plagiatsvorwurf bei Wiener Psychiaterin***

***Unfug im Therapiezimmer – Viele betroffen – Sie auch?***

## Mitangeklagte, Teil I

Das Video wird von allen möglichen Medien aufgegriffen. Meine Mutter ruft mich am nächsten Tag an. Das Vibrieren des Handys weckt mich. Ruckartig setze ich mich auf, und weiß kurz nicht, wo ich bin, dann erkenne ich das Innere meines Autos wieder. Ich hebe ab, voll ängstlicher Erwartung davor, was denn passiert sein muss, damit sie sich nach Wochen, die ich auf ihrer kalten Schulter verbracht habe, wieder bei mir meldet. Sie sagt nichts zu dem Video. Zumindest nicht direkt. Sie fragt nach der Frauenärztin, zu der wir beide gehen.

‹Wann warst du das letzte Mal bei der Frau Doktor Mercan?

‹Ich weiß nicht. Ostern?

‹Hast du dich durchchecken lassen? Abstrich und alles?

‹Ja, sicher. Das macht sie doch immer, das muss ich ihr nicht sagen.

‹Und?

‹Was und? Alles gut. Sonst hätte ich es dir ja erzählt.

‹Weißt du, ich muss selbst bald wieder zur Kontrolle. Wir könnten uns gemeinsam einen Termin ausmachen, wenn du magst.

‹Mir fällt gerade ein, dass ich morgen meine Hämorrhoidensalbe von der Apotheke abholen muss. Soll ich dir eine Tube mitnehmen?

Dass der Schwangerschaftstest negativ war, will ich nicht aussprechen müssen. Meine Mutter soll sich bei mir melden, unabhängig davon, ob die Möglichkeit besteht, dass ich schwanger sein könnte. Ich erinnere mich nicht an meine letzte Blutung und ich vermisse sie auch nicht – die Krämpfe habe ich trotzdem, phasenweise für ein paar Tage, dann hören sie wieder auf.

‹Wie geht's eigentlich der Mina?

‹Der Schwester vom Felix?

‹Ja. Ich hab gar nicht nachgefragt.

Das „seitdem" bleibt unausgesprochen in der Luft hängen.

‹Gut, es geht ihr gut. Ich hab gerade erst wieder mit ihrer Mutter gesprochen. Sie haben sie ihr abnehmen müssen. Die linke. Sie will aber keine Rekonstruktion.

Wie meine Mutter das sagt, klingt es, als hätte Mina selbst diesen Eisernen Vorhang gezogen, um die Wiedervereinigung ihrer Brüste zu einem seidigen Dekolleté zu verhindern. Als müsste man diplomatisch vorgehen, dann würde sie schon zur naturgegebenen Vernunft kommen.

‹Kann man ihr helfen? Einen Korb schicken oder vorbeikommen?

‹Du, frag sie doch einfach. Sie freut sich sicher, kann ich mir vorstellen, vielleicht. Ablenkung tut immer gut. Weißt du, es ist traumatisch, wenn sich der Körper so verändert.

Nachdem ich aufgelegt habe, sehe ich auf die Uhr. Es ist Nachmittag, ich habe ewig geschlafen. Während ich der echten Mina eine Nachricht schicke, schaut mir die zweidimensionale Mina vom Rücksitz aus über die Schulter und gibt mir Anweisungen.

‹Sei vorsichtig mit ihr. Sie ist nicht so robust wie ich.

Die reale Mina schreibt mir gleich zurück. Sie müsse sich zuhause erholen, ihr sei furchtbar langweilig. Sie beendet jeden Satz mit doppelten Satzzeichen, also komme ich auf ein bier?? vorbei.

Auf dem Weg will ich Blumen kaufen, entscheide mich dann aber doch für eine Schachtel Krapfen von der Bäckerei bei der U-Bahn-Station. Ich hoffe, ein bisschen mehr Bausubstanz als nur Oberflächenpolitur mitzubringen.

Die echte Mina weiß nichts davon, wie es mir geht, was genau passiert ist. Sie weiß auch nicht, warum ich sie besuchen will, gerade jetzt. Dass ich ihr Gesellschaft leisten will, ist nur ein Vorwand und irgendwie glaube ich, dass sie das ahnt – warum sollte ich mich sonst nach all den Jahren wieder bei ihr melden? Die Wahrheit ist, dass ich an die Wurzel gehen muss. Das Auto war nur der erste Schritt. Jetzt treffe ich die Beifahrerin.

Ihre Wohnung sieht neu aus, aber unordentlich, als hätte ihre Putzkraft von ihr unbemerkt gekündigt. Eine Neubau-Wohnung, Genossenschaft, Kinderspielplatz im Innenhof, fünfzig Quadratmeter. Am Gang stehen mehrere Müllsäcke, Papier, Dosen, Restmüll. Ein Balkon auf eine ruhige Seitenstraße in einem Bezirk abseits des Zentrums, CrossFit-Studio und ein Schuhgeschäft ums Eck.

Hinter der Tür lächelt Mina, eine schwungvolle, kurze Umarmung später hat sie mir meine Jeansjacke abgenommen und sie in der Küche über einen Stuhl gehängt. Sie trägt flauschige Schlapfen und einen zugeknoteten Bademantel.

Die Wohnung liegt im zweithöchsten Stock, südseitig. Alle Fenster stehen offen, auch die Balkontür hängt schief in den Raum hinein. Eine Katze streicht mir um die Beine und erschreckt mich.

‹Ich hab nur Bier da, passt das? Oder lieber Wasser?

‹Bier passt gut.

Ich stehe unangenehm lange im Raum, bemüht, meinen Blick nicht zu sehr schweifen zu lassen. Die Katze hüpft auf den Küchentresen und schnüffelt an den Krapfen.

‹Gibst du ihm mal einen Schubs?

Vorsichtig greife ich der Katze unter die Achseln und hebe sie vom Tresen runter. Sie maunzt, als hätte ich zu fest gedrückt, und rennt in Richtung Balkon.

‹Hast du keine Angst, dass er runterspringt?

‹Der kleine Scheißer? Der hat sogar Angst vor seiner Quietschmaus.

Auf der Couch faltet sie ein Bein unter sich, legt das Kinn auf dem Knie des anderen angezogenen Beins ab. Sie reicht mir eine Bierflasche und ich lasse mein Kinn auf dem Boden liegen. Ihre Haut glänzt goldig, die Haare sind stoppelkurz.

‹Was gibt's Neues?

‹Ach. Nicht so viel, eigentlich. Bei dir?

‹Auch. Ich hab jetzt mit Häkeln angefangen.

‹Echt? Zeigst du mir mal was?

Mina zieht ihren Bademantel an den Schultern herab und präsentiert ihr Oberteil aus feinen Maschen. Die Ränder sehen aus wie aneinandergereihte Muscheln. Es ist das schönste Kleidungsstück, das ich je gesehen habe.

‹Jetzt, wo ich so viel Zeit hab, hab ich mir gedacht, ich könnte die vielleicht online verkaufen. Würdest du sowas nehmen?

Ich kann nur nicken. Sie lacht, und ich muss unwillkürlich auch lächeln. Warum war ich noch gleich hier?

‹Darfst du viel Besuch haben?

‹Du etwa?

‹Haha.

Ein paar Sekunden lang starren wir beide auf unsere Bierflaschen, während die Katze sich auf dem Balkon auf den Rücken dreht und einschläft, ihr dichtes Bauchfell der Sonne zugewandt. Sie sagt nichts.

‹Ich darf mich frei bewegen, solange mich niemand dabei sieht.

Mina nimmt einen winzigen Schluck.

‹Im Gerichtssaal steht man unter Beobachtung. Ich bin das Geilste, was den Medien jemals passiert ist. Ich kann mir ehrlich nicht erklären, warum mich die mehr stressen als alles andere, aber es ist halt so.

‹Mich beobachtet niemand mehr. Seit der OP will mich die Ärzteschaft nur mehr sehen, wenn ich kurz vorm Verrecken bin. Hat sich nämlich rausgestellt, dass es gar nicht so dringend war. Mein Oberarzt-Papa hat Stress gemacht, damit ich früher operiert werde. Je früher man den Tumor entfernt, desto besser sind die Chancen, dass er nicht mehr wiederkommt.

‹Manchmal will ich das Land verlassen.

‹Ich den Planeten.

‹Willst du wieder arbeiten?

‹In der Bar vermissen sie mich auf jeden Fall. Aber ich weiß nicht. Manchmal will ich wieder rausgehen, aber das fühlt sich nicht nach einer Option an.

Ich beiße in einen Krapfen, der Geschmack von Marillenmarmelade vermischt sich mit dem bitteren Geschmack des Biers. Dann sagt sie die sechs Worte, die man hören will, wenn die Stille einen Beigeschmack bekommt.

‹Schaust du grad irgendwelche guten Serien?

Natürlich habe ich die vergangenen Monate nicht damit verbracht, die neuesten Serien zu bingen. Sobald ich mich hinsetze und von nichts anderem abgelenkt werde, ziehe ich automatisch mein Handy hervor und tauche durch irgendwelche Newsfeeds. Ich verinnerliche jedes Foto, jeden Kommentar zu mir und meiner Situation, als wären es lebensnotwendige Infusionen.

Übrigens. Ich habe, seit ich in Minas Wohnung bin, nicht auf mein Handy gesehen. Vermutlich habe ich das nächste erfundene Interview verpasst oder ein gefaktes Video, auf dem ich mit Nadeln in den Armen aus einem Gebüsch torkle. Das erinnert mich an eine Serie, die ich einmal gesehen habe, und ich erzähle Mina davon. Die hat sie natürlich schon gesehen, denn sie sitzt ja seit ewigen Zeiten zuhause fest, in einer langen Verabschiedung von ihrem Körper, der einmal etwas symmetrischer war.

‹Sollen wir was zu essen bestellen?

‹Ich will dich nicht belagern.

‹Blödsinn. Ich fühle mich nicht von dir belagert.

‹Ich wollte wirklich nur kurz vorbeikommen.

‹Okay.›

Sie fragt nie, warum ich eigentlich vor ihrer Tür gestanden bin, warum ich jetzt bei ihr auf dem Sofa sitze, lässt alles unausgesprochen. Wir haben keine Anknüpfungspunkte aus der näheren Vergangenheit, weil wir keine Gemeinsamkeiten haben, soweit wir wissen – keine, bis auf den Unfall, aber Mina kann davon nichts ahnen. Immer wieder, während wir über nichts sprechen, will ich dazu ansetzen, damit rausrücken, dass sie ein Teil dieser Geschichte ist, aber die Scham, die mit diesem Irrsinn einhergeht, hält mich davon ab.

Unfreiwillig war sie zum Anfang dieser ganzen Sache geworden. Ihre Krankheit hatte sich in mein Blickfeld geschoben, wenige Sekundenbruchteile, bevor der Unfall passiert war. Sie war nicht der Grund für meine Ablenkung gewesen, aber ich kann sie auch nicht aus der Erzählung streichen, ohne zu lügen. Ich will diesen Gedanken mit ihr teilen, beschließe aber gleichzeitig, es nie zu tun. Alle Beteiligten des Prozesses sind unfreiwillig involviert, jede einzelne Person wünscht sich einfach ein rasches Ende dieser Geschichte, die sich nur eine Verrückte ausdenken kann. Mina über ihre Rolle zu informieren, würde das Stück nur in die Länge ziehen, womöglich müssten wir ganz von vorne damit anfangen, denn sie kann ihren Text nicht und ich will ihn ihr auch nicht zumuten.

Der Kater hat sich zurückgezogen. Die Playlist, die wir eingeschaltet haben, endet irgendwann, und niemandem fällt es auf. Minas Kopf ruht auf einem Kissen mit goldenen Lurexstreifen. Auf dem Tisch liegen leere Plastikcontainer mit grünen Wasabiresten und halbvollen Sojasaucenfischchen von dem Essen, das wir bestellt haben. Neben meinem Oberschenkel auf dem Sofa befindet sich ein dunkler Fleck von der Marillenmarmelade, die mir beim Reinbeißen aus dem Krapfen getropft ist. Irgendwann beginnen die ersten Vögel zu zwitschern und ein

Lastwagen piept beim Rückwärtsfahren. Ich kämpfe mit aller Kraft dagegen an, einzuschlafen. Mina hat sechsundzwanzig glänzend weiße Haare an der linken Schläfe.
In zwei Stunden muss ich wieder im Gerichtssaal sein.
Das ist die erste Nacht seit Langem, in der ich nicht schlafen muss, um Energie aus dem Universum zu saugen, damit ich irgendwie den nächsten Tag überstehe.
Wochenlang habe ich in Öffis geweint, dann im Auto, weil mir sonst nirgends ein bisschen Zeit übrig blieb, um dieses Grundbedürfnis zu erfüllen. Gerade, als ich überlege, einfach loszulegen, einfach still vor mich hin zu triefen, bis ich vollkommen ausgetrocknet bin, rührt Mina sich.
Sie dreht ihr Gesicht in meine Richtung und atmet tief an meinem Schlüsselbein ein. Dann legt sie sich seitlich auf die Couch, den Kopf auf ein Plüschkissen, zieht die Beine an und bleibt in ihrer Traumwelt.
Ich stehe vorsichtig auf, um sie nicht zu wecken. Meine Beine sind steif, so lange hatte ich bewegungslos neben ihr gesessen. Sofort wünsche ich mir den Stillstand wieder, denn von hier oben sieht die Tür so schrecklich nahe aus.
Da ist die Uhr. Die erste Bim des Tages ist schon gefahren.
Ich nehme meine Weste, die sie gestern über einen der durchsichtigen Acrylstühle gelegt hat, stecke meine verräterischen Füße, die mich nach draußen tragen werden, in die Schuhe und greife nach der Türklinke.

‹Holst du Frühstück?

Ich öffne die Tür und gehe. Die erste Zigarette des Tages zünde ich mir auf dem Gang an.

## Mitangeklagte, Teil II

In elterlicher Voraussicht hatte meine Mutter sich als Begleiterin für einen Kindergeburtstag im Prater gemeldet, da sie wusste, dass mich mein Leichtsinn in jede Achterbahn treiben, meine Höhenangst mich jedoch kurz darauf schreiend und kotzend wieder auf den Boden der Tatsachen holen würde.

‹Wie viele kommen denn?

Das ist ja fast die ganze Klasse!

Und die Eltern vom Felix kommen auch?

Es soll heiß werden, da nehmen wir sicherheitshalber die Badesachen mit, vielleicht hüpfen wir dann am Heimweg noch ins Wasser, was meinst?

Na ja, schauen wir mal, ob du diesmal allein aufs Tagada kannst … Okay. Versprochen.

In meiner Erinnerung renne ich Felix hinterher, der mich gerade schwul genannt hat, weil ich ein Leiberl für Buben anhabe. Ich weiß nicht mehr, was ich damals anhatte, aber ich renne ihm nach, er ist schneller als ich, hinter mir redet Mama mit einer anderen Mama, Felix läuft mir davon und lacht.

‹Bin ich nicht!

Mama ruft mich zurück.

‹Kind? Magst du jetzt ein Eis?

Ich bleibe keuchend und spuckend stehen, meine Augen auf Felix geheftet, der sich hinter einer Bank vor mir versteckt.

‹Komm schon, wir essen jetzt alle ein Eis!

Es gibt Kinderfotos von mir, auf denen ich die Augenbrauen zusammenziehe, wie um mich vor dem grellen Sonnenlicht zu schützen, auch wenn es gar nicht so hell ist auf dem Bild. Mit diesen Augenbrauen muss ich damals zurückgestakst sein, ganz langsam, bis Felix mich überholt, für das Eis.

‹Kann ich ein Brickerl?

‹Ja, aber trink vorher ein Wasser.

Ich bekomme ein Brickerl, Felix ein Twinni, Mina will auch ein Brickerl, als sie meines sieht. Es ist Juni und schon so heiß, dass uns das Eis über die Hände rinnt, noch bevor wir Hirnfrost bekommen können.

Mina ist die Schwester von Felix, sie ist zwei Jahre älter als ich und eifersüchtig auf ihren kleinen Bruder, der alle Geschenke bekommen hat und bestimmen darf, womit wir als Erstes fahren. Minas Geburtstag ist im Winter, da kann man nicht in den Prater gehen. Sie fährt Felix mit ihrer Schokoladeneis-Hand ins Gesicht und hinterlässt Spuren auf seiner Schläfe und der Wange, auch seine Haare erwischt sie, bis Felix zu heulen beginnt.

Auf der Toilette hebt meine Mama erst Mina und dann mich hoch, damit wir uns den süßen Kleber von den Händen abwaschen können. Mina rotzt in ihre Hände, bevor sie sie unter den Wasserstrahl hält und sie wäscht, als wäre es Seife und kein Rotz. Sie pfeift dabei wie Zeichentrickfiguren in der Badewanne und ich kann nicht aufhören zu lachen. Als ich dran bin mit Hochgehobenwerden, mache ich es ihr nach und spucke, doch Mama zieht mich rechtzeitig weg, sodass der Rotz im Waschbecken landet.

‹DU machst so etwas nicht!

Meine Wangen brennen und die Trotztränen laufen, während sie Mina, mich und meine ungewaschenen Hände wieder nach draußen zieht.

Ich erinnere mich an keine weitere Geburtstagsfeier von Mina. Vielleicht hat Mama mich danach nicht mehr zu ihr gelassen, vielleicht habe ich sie auch nur vergessen. Heute kneift mich dieser Frühling, den wir hätten haben können, in die Seite.

Nach meiner Demütigung am Waschbecken – vor Mina oder vor meiner Mutter, weiß ich nicht mehr genau – schließen wir zu den anderen auf, die bei der Wikingerschaukel anstehen. Mina rennt vor und bekommt den letzten freien Platz dieser Fahrt. Erst als der Sicherheitsbügel vor ihr geschlossen wird, schaut sie sich um, sieht meine dunklen Brauen unten stehen, an den Zaun neben dem Drehkreuz gelehnt. Sie schaut sich um, sieht die volle Schaukel, auf der ich keinen Platz würde finden können. Ihre Füße baumeln unruhig in staubgrauen Sandalen vom Sitz.

Als die Schaukel langsam Fahrt aufnimmt, wende ich mich von ihr ab. Ungeduld frisst mich auf. Die wenigen Minuten, bis ein schmerzhaft lautes Dröhnen meine Aufmerksamkeit einfängt, vergehen wie Stunden.

Mama und die anderen Erwachsenen geben aufgeregte Geräusche von sich, die mir Angst einjagen. Mama fasst mich an den Schultern, wie als müsste sie mich davon abhalten, auf die Straße zu laufen. Die Schaukel bewegt sich nicht mehr, doch die Leute darin sitzen noch. Heute glaube ich, Felix' ängstliches Gesicht gesehen zu haben, aber vielleicht ist das nur ein Bild, das mein Gehirn erfunden hat, weil es da gewesen sein muss. Wie auch das Bild, auf dem einer der Sitzplätze leer gewesen sein muss, der Sicherheitsbügel noch an Ort und Stelle, doch dahinter keine Mina.

Mamas Gesicht ist ein Gittertor. Als der Krankenwagen kommt, zieht sie mich an der Hand zum Auto, wo sie den Motor sofort startet, als wäre der Ort verseucht.

Ich erinnere mich an Geschrei und Angst, Tränen und Wut, weil niemand mir sagt, was passiert ist, wo Mina ist und wenn ich heute daran denke, kommt in mir die Ungeduld hoch, die mir sagt, dass ich noch zu klein bin, um an der echten Welt der Erwachsenen teilzunehmen.

Auf dem Weg zum Parkplatz nach dem Unfall schaue ich mich um und sehe, wie ein Sanitäter Minas Körper vorsichtig auf eine Trage hebt. Sie hängt schlaff in seinen Armen, ihr Kopf rollt zur Seite, wie bei einer echten Leiche.

Mama fährt unruhig über die Autobahn, das Radio laut, dabei dreht sie normalerweise die Werbung ab, heute läuft sie durch. Wir fahren nicht nach Hause, sondern ins Schwimmbad im Ort. Sie kauft zwei Papierschälchen Pommes und setzt sich in den Schatten, die Hände im Schoß. Ich habe keinen Hunger und springe ins Becken. Unter Wasser ist es ruhig und ich lasse mich treiben, schaue, wie lange ich auf den Fliesenboden starren kann, meine Haare wie Seegras um meinen Kopf schwebend, bevor mir die Luft ausgeht. Wenn es mich nach oben zieht, bilden sie eine Höhle, soweit ich sehen kann, dann tauche ich wieder ab in die dumpfe Stille.

Am nächsten Tag in der Schule ist es lauter als sonst. Ich bewege mich wie eine Qualle mit der Strömung. Felix sieht nicht vom Pult auf, wo er den Radiergummi seines Bleistifts bis aufs Metall runterradiert. Ich schicke ihm während der Stunde einen Zettel, als die Lehrerin den Raum verlässt, um Arbeitsblätter zu kopieren.

‹Was ist mit Mina?

Er zerknüllt den Zettel in der Hand und schaut mich an, er muss gar nicht erst den Kopf schütteln, denn ich weine schon jetzt, und dann schüttelt er doch den Kopf und mit mir ist es aus. Als die Lehrerin wieder da ist, bin ich so aufgelöst, dass sie Mama anruft, um mich abzuholen. Sie schaut mich mitleidig an, mein Ausbruch ist mir peinlich. Es schüttelt mich und der Saum von meinem T-Shirt ist bald voll mit Tränen und Schleim.

Wahrscheinlich hat Mama sich Sorgen um mich gemacht, doch ich erinnere mich nur daran, dass sie genervt davon war, mich abholen zu müssen, und ungehalten wird, als ich ihr nicht erklären kann, was los ist.

Ich bin überzeugt davon, dass Mina wegen mir aus der Schaukel gefallen ist. Die Schaukel kam mir unendlich hoch vor, also kann es gar nicht anders sein. Hätte ich den Platz vor ihr genommen, wäre ich nur etwas schneller

gelaufen, oder hätte ich sie zurückgerufen, damit wir gemeinsam bei der nächsten Runde mitgefahren wären – sie wäre nie und nimmer unter dem Sicherungsriegel durchgerutscht.
Daheim wickelt Mama mich in eine Decke, doch ich habe mich in Rage geheult und mir ist heiß. Schwitzend und von Schluchzern terrorisiert falle ich irgendwann in einen albtraumhaften, unruhigen Schlaf. Immer wieder wache ich auf und mir fällt ein, dass Mina wegen mir gestorben ist. Mein Herz pocht jedes Mal so schnell, dass es mir physisch wehtut und ich glaube, vielleicht ist es damals gebrochen.
Ich bringe kein Wort über die Lippen über das, was passiert ist, Mama spricht mich auch nicht darauf an, vielleicht aus Angst, ich könnte mich wieder so aufregen. Wir gehen einkaufen, neue Badeanzüge, weil ich aus den alten rausgewachsen bin, und hässliche, schwarze Sandalen, in denen man gut gehen kann, für den Urlaub.
Es ist Sommer und ich bin viel bei den Nachbarskindern, wo die Mutter nicht arbeitet, passe auf die neue Katze auf, helfe beim Aufräumen der Garage. Ich öffne Kisten, sortiere den Inhalt, fülle Müllsäcke, staple die Kisten wieder. Es ist wie ein Spiel, aber ich muss nicht reden oder lachen dabei. Als ich gerade fast zu weinen beginne, weil ich eine Lichterkette nicht entwirren kann, höre ich Felix' Stimme. Er strampelt auf seinem Fahrrad vorbei.

‹Schau! Viel schneller als duuuu!

Hinter ihm her rennt ein Mädchen, ihre Flip-Flops schlagen knallend auf den Gehsteig.

‹Hey!!!

Sie bleibt keuchend ein paar Meter von meiner Einfahrt entfernt stehen, wischt sich mit der Hand den Schweiß von der Stirn. Felix macht keine Anstalten, umzudrehen, und nach ein paar Momenten setzt sie sich auf den Boden, mitten auf der Straße, stützt die Hände hinter sich ab, doch der Asphalt ist zu heiß, also legt sie sie in den Schoß.

‹Mina?

Ich bringe ihren Namen kaum heraus, ganz leise nur, doch sie dreht sich trotzdem um und hält meinen Blick.

Und etwas rastet ein.

Mina steht träge vom Boden auf und schlurft zu mir, setzt sich neben mich.

‹Gib mal her.

Sie nimmt eines der Lichterketten-Knäuel in die Hände und beginnt, einen Anfang zu suchen, von dem aus es sich entwirren lässt. Mein Blick wechselt hin und her zwischen ihren Händen und ihrem Gesicht, das ganz ohne Konzentrationsfalten ist.

‹Mina?

Sie schaut nicht auf.

‹Hm?

‹Warst du nicht im Krankenhaus?

Sie nickt.

‹Ich hab mir den Kopf angehauen und dann gespieben.

Das Knäuel in ihrer Hand beginnt, sich zu lösen.

‹Wie lang warst du dort?

‹Weiß ich nicht. Lang!

Meine eigene Lichterkette liegt schwer und rau in meinem Schoß, der Mund steht mir offen. Mina ist wieder da. Nicht tot.

‹Ich war voll brav und bin die ganze Zeit liegen geblieben. Das war aber auch nicht so schwer, weil ich so müde war die ganze Zeit. Die Krankenschwester hat gesagt, sie dachte schon, ich hätte mich an einer Spindel gestochen, wie Dornröschen.

Mina lacht mich an, doch ich kann gerade nicht lachen. Sie wendet sich wieder der Lichterkette zu, die langsam die richtige Form annimmt.

‹Also bist du gar nicht gestorben?

Ich sollte mich freuen, doch plötzlich bin ich todmüde. Die Frage kommt als Schluchzer aus mir heraus, und schon wieder ist da das vertraute Gefühl meiner vor Tränen brennenden Augen.

Mina sieht mich erschrocken an. Dann wird sie böse.

‹Gestorben? Warum gestorben??

Ich stammle eine Antwort, die keine ist, weil wie soll ich ihr erklären, dass ich dachte, sie sei gestorben und ich wäre daran schuld?

Mina schmeißt die teilweise entwirrte Lichterkette auf den Gehsteig und rennt ihrem Bruder hinterher, der immer noch nicht umgedreht ist.

‹Ich wusste, dass du komisch bist!

## Zeugin

Auf dem Weg von Minas Wohnung zum Gerichtssaal lösche ich alle Apps von meinem Handy, auf denen ich dem Mikrokosmos, zu dem dieser Fall geworden ist, eingeschrieben werde. Ich tippe auf der Liste der installierten Apps auf alle, deren Farbspektrum mir Angstschweiß in die Achseln treibt. Löschen. Deaktivieren. Verwerfen. Sind Sie sicher?
Ich entferne alle Berechtigungen, mir Benachrichtigungen zu schicken, blockiere Nummern, die nicht aufhören wollen, mich zu drangsalieren.
Aber wurde der Aderlass nicht schon vor Ewigkeiten für zwecklos erklärt? Und wenn das Gift erst mal draußen ist, wo bekomme ich dann mein Serotonin zurück, mit dem ich für alles, was schiefgelaufen ist, bezahlt habe?
Zum Schluss öffne ich die Nachrichten-App und spähe in den Rosenbusch, unter dem ich mich mit Mina unterhalten habe wie die Kinder bei der Eiskönigin. Keine Nachricht. Zuletzt online: 18:36 Uhr. In ihrem Status ein Bild des Katers, eingerollt auf dem Balkon in der Nachmittagssonne. Handy: aus.
Vor dem Gerichtssaal steht die übliche Traube an Journalistinnen und Journalisten, deren Gesichter mir vertrauter sind als die der Kinder in meiner letzten Gruppe. Plötzlich möchte ich ihnen heißen Kaffee austeilen. Es regnet. Sie haben wirklich einen beschissenen Job. Auf ihren Gesichtern lese ich das Urteil, das sie später über mich schreiben werden: Ich verschwende ihre Zeit, wenn ich keine Klicks liefere.
Ich husche an ihren Visagen und Aufnahmegeräten vorbei, durch den Gang, und nehme Platz in der Kiste, zu der man mich nicht einmal mehr führen muss. Ich rolle mich ein, aber zeige die Krallen.
Der Anwalt grüßt mich mit einem Nicken. Er trägt eine

matte, türkisfarbene Krawatte, dazu passend das Einstecktuch. Den Blick konzentriert auf eine Akte gerichtet, zeichnet er Telefonschnurgirlanden an den Rand und spielt Tic-Tac-Toe gegen sich selbst. Die Richterin betritt den Raum, alles erhebt sich und lässt sich gleich wieder sinken. Akten werden durchgesehen. Stühle knarzen, die Wände triefen vor Luftfeuchtigkeit und vielleicht wird heute jemand ein Urteil über den Rest meines Lebens fällen, vielleicht wird sich das Ganze auch nur erneut für morgen ankündigen. Ein Tag wie jeder andere. Ist das das Purgatorium? Und wenn ja, auf welcher Terrasse befinde ich mich gerade? Gier? Trägheit? Lust? Ich entscheide mich für Lust. Mein Handy vibriert mit einer Guten-Morgen-Nachricht von Mina. Ich schreibe ihr sofort zurück.

‹Wahrheit oder Pflicht?

‹Pflicht.

‹Schick mir ein Foto von deinem Kätzchen.

‹Bitte schön. Jetzt du.

‹Wahrheit.

‹Warum bist du heute Morgen einfach gegangen?

‹Es war noch fast Nacht.

‹Es hat sich nach Morgen angefühlt. War es ein Walk of Shame?

‹Das zählt als zweite Frage!

‹Solltest du nicht gerade im Gerichtssaal sein oder so?

‹Stimmt.

‹Und?

‹Bin ich …

‹Dann pass besser auf!

‹Kann ich nachher wieder vorbeikommen?

‹Heute kommt ein Haufen Freunde vorbei, geht leider nicht.

‹Genau … um 6?
Ich schreib dir, wenn ich losfahre
Mina?

Haaalllo? Alles okay?

Gehts dir gut??

‹Ich schau gerade Nachrichten … schau mal, hier stehts auch:

Mina schickt mir einen Link zu einem Artikel dieser riesigen Zeitung mit dem noch riesigeren Forum. Die Vorschau in der App kündigt an, dass ein baldiges Ende des Prozesses zu erwarten ist, wenn keine weiteren Zeugen gefunden werden. Ich öffne den Link nicht und schalte mein Handy wieder aus. Es fühlt sich an, wie die Tür eines fahrenden Zuges zu schließen. Mit klopfendem Herzen sehe ich auf. Alltagsgeschehen. Immer bei der Sache bleiben. Aufpassen. Pausen nur zum Rauchen.

‹Das Gericht ruft Anna Winter in den Zeugenstand.

‹Anna?

Das habe ich aus Versehen laut gefragt. Zweiundsechzig braun- bis grauhaarige Schädel wenden sich mir zu. Sie haben meine Stimme wohl ganz vergessen. Meine Befragung ist schon zu lange her.

Was macht Anna hier? Ist sie bei dem Unfall in der Nähe gewesen? Und wenn ja, was hat sie gesehen?

‹Bitte nennen Sie Ihren vollen Namen.

‹Anna Gabriela Winter.

‹Alter?

‹Ich bin 25.

‹Beruf?

‹Ich trete bald eine Stelle als Doktoratsassistentin an.

‹Da sind sie ja sehr weit in ihrem Studium.

Anna bleibt trotz des seltsamen Kommentars ruhig. Bis hierhin wirkt die Befragung einstudiert, als hätten sie und die Staatsanwältin gemeinsam einen Dialog verfasst, mit dem sie die Richterin und wohl auch das Publikum von Annas Glaubwürdigkeit zu überzeugen versuchen. Aber wozu? Was macht eine meiner ältesten Freundinnen hier?

‹Ich will so schnell als möglich fertigstudieren. Ich wollte immer schon Forscherin werden.

‹Frau Winter. Wie würden Sie Ihre Beziehung zu der Angeklagten beschreiben?

‹Also, eigentlich sehr eng. Karmen hat mir früher immer alles erzählt, wir kennen uns schon seit der Schule.

‹Sie waren in derselben Klasse?

‹Ja. Auch im Kindergarten.

‹Waren Sie immer schon so gut befreundet?

‹Ja, total eng. Ich hab sie auch zu meiner Hochzeit eingeladen.

‹Hat sich rund um den Tag des Unfalls, den vierten Juni dieses Jahres, irgendetwas an Ihrer Beziehung geändert?

‹Also, sie hat sich nicht gemeldet. Da hab ich mir schon Sorgen gemacht. Das klingt vielleicht paranoid, aber ich kenn sie so, dass sie eigentlich immer gleich schreibt, auch von sich aus.

‹Können Sie sich dieses Verhalten erklären?

‹Na ja, im Nachhinein vielleicht? Vielleicht hatte sie gerade viel zu tun und war gestresst? Das kann schon mal vorkommen. Ich hab aus den Medien von dem … dem Unfall vor ihrem Kindergarten erfahren. Da macht man sich ja Sorgen.

‹Haben Sie daraufhin irgendetwas unternommen?

‹Nun ja … Ich war bei ihr in der Nähe, zufällig. Weil mein Physiotherapeut auch da bei ihr in der Gegend ist. Da wollte ich einmal bei ihr vorbeischauen. Die Tür unten war gerade offen, also bin ich einfach rauf. Ich hab mir gedacht, zumindest schaut mal wer nach ihr. Vielleicht ist ihr ja was passiert.

‹War die Angeklagte zuhause?

‹Nein, sie war nicht da. Ihr Mitbewohner hat mir aufgemacht, aber er hat gesagt, er hat sie schon länger nicht mehr gesehen. Der war echt unfreundlich, muss ich sagen. Dann ist mir, als er die Tür aufgemacht hat, irgendein Viech über den Fuß gelaufen … Ich bin da raus, so schnell ich konnte. Echt grausig.

Phantomvibrieren in meiner Jackentasche. Meine Hand greift wie von selbst hinein, auf der Suche nach Zerstreuung, doch mein Telefon ist immer noch ausgeschaltet.

Muss ich Gregor dankbar sein, weil er mich nicht verraten hat? Er hätte ihr sagen können, dass er zumindest gemerkt hat, dass ich zuhause war. Andererseits hätte er sie dann vielleicht hereinlassen müssen, und das würde er nie tun. Vermutlich wächst der Wasserfleck unter der Spüle immer weiter und deswegen fliehen die Tiere aus dem Gemäuer.

Die Staatsanwaltschaft geht vor Anna auf und ab. Immer, wenn sie eine Frage stellt, wechselt sie die Richtung, doch keine neuen Wege tun sich auf. Es ist klar, wohin die Reise geht.

‹Können Sie uns mehr über den Zustand der Wohnung der Angeklagten erzählen?

‹Einspruch, Euer Ehren! Was hat das mit dem Unfall zu tun? Wie könnte dieses Geplänkel auch nur im Geringsten für den Prozess förderlich sein?

Ich muss den Anwalt angesehen haben wie ein Reh im Fernlicht. Er verhielt sich für gewöhnlich so still, dass ich dachte, unsere Taktik wäre, den Kopf einzuziehen und tot zu spielen. Ducken, um ihnen nicht noch mehr Pulver zu geben.

Der Saal ist komplett still. Volle fünf Sekunden vergehen, und das ist viel, besonders, wenn es ein Saal mit so vielen Leuten ist, der schweigt. Die Richterin beugt sich auf ihrem Pult ein wenig weiter nach vorne, auf die Ellenbogen durch ihre Robe hindurch gestützt, und sieht dem Anwalt eiskalt ins Gesicht.

‹Staatsanwaltschaft. Fahren Sie mit der Befragung der Zeugin fort.

‹Einspruch! Wie soll die Zeugin denn überhaupt eine Zeugin sein können? War Sie denn zum Zeitpunkt des Unfalls vor Ort?

Im Publikum schnappt jemand nach Luft. Getuschel bricht aus, es kitzelt da, wo die Tweets ausgesendet und die Gruppenchats der Redaktionen geflutet werden. Die Richterin wischt den Einwand des Anwalts mit einer Handbewegung beiseite.

‹Beantworten Sie die Frage der Staatsanwaltschaft.

Anna räuspert sich, an ihrem Hals ein roter Fleck, den sie bekommt, wenn sie sich aufregt.

‹Das Gebäude ist wirklich in keinem guten Zustand. Das ist mir vorher nie so aufgefallen, oder vielleicht ist es schlimmer geworden, seit ich zum letzten Mal da war. Ich habe wieder versucht, sie zu kontaktieren, aber sie hat sich gar nicht mehr gemeldet. Sie müssen verstehen, als Freundin macht man sich ja Sorgen.

Oh, Anna. Ja, du hast mir geschrieben. Und ich? Hab dir nicht zurückgeschrieben, bin untergetaucht, zumindest, soweit du weißt. Wenn ich in den letzten Wochen nicht gewusst hatte, wohin, war ich bei Freundinnen untergekommen. Bei allen, mit denen ich Kontakt hatte, außer bei Anna.

Anna kennt ihren Mann vom Studium. Sie haben jung geheiratet, weil es einfach gepasst hat – alles lief nach Plan. Sie wohnen in einer Villa in einem der besseren Randbezirke, die seiner Familie seit Generationen gehört. Sie trinken antiken Wein und hätten sicher Millionen gute Ratschläge für mich gehabt, wie ich mein Leben wieder auf die Reihe bekommen könnte. Allein beim Gedanken daran, sie könnten mich wie einen Pflegefall behandeln, war es mir kalt den Rücken runtergelaufen. Schon in den Jahren vor dem Unfall hatte ich es vermieden, viel Zeit mit Anna zu verbringen. Ihr Leben lief perfekt ab – so, wie wir es uns gemeinsam ausgemalt hatten, als wir klein waren. Sie war auf dem besten Weg, sich all ihre Träume zu erfüllen, während ich … na ja.

‹Sie kennen die Angeklagte schon seit Kindheitstagen. Ist sie schon früher auffällig gewesen?

Anna hat mich die ganze Zeit über nicht angesehen. Ihre hellen Augen wandern durch den Raum, überspringen mich wie die Werbung in ihrem Newsfeed, als wäre ich nur da, um einen flüchtigen Eindruck zu hinterlassen. Jetzt bleibt sie kurz an mir hängen, und rutscht gleich weiter zum Anwalt, zu der Menge hinter mir. An die Decke.

‹Sie war schon ein bisschen seltsam.

‹Können Sie das erläutern?

Anna setzt sich aufrechter hin und streicht sich mit beiden Händen die langen Haare aus dem Gesicht, hinter die Ohren. Nur nicht hetzen, was sie zu sagen hat, ist ihr wichtig.

‹Also. Sie war immer ein bisschen überfordert mit allem, wissen Sie, was ich meine? Sie war verrückt danach, alles zu planen. Wenn sie das nicht konnte, war sie total ängstlich. Aber dann auf Partys war sie wie ausgewechselt. Dann war sie echt eine von den Ärgsten.

‹Hat die Angeklagte Ihnen je Drogen angeboten?

‹Ja!

Annas Augen leuchten auf. Da kann sie was erzählen. Meine Wangen brennen, vermutlich sind sie knallrot.

‹In der Oberstufe war sie ständig Gras rauchen mit den Burschen. Bei uns im Ort waren die die einzigen, die das gemacht haben. Ich hab noch mit ihr geredet, immer hab ich gesagt, Karmen, sei nicht deppat. Aber hat sie gehört? Nie hat sie gehört. Und dann, nachdem die Sache mit ihrem Freund vorbei war, ist sie überhaupt voll durchgedreht.

‹Bitte erläutern Sie.

‹Wir dachten alle, der Julian und die Karmen, das ist was für immer. Die haben sich nie gestritten. Obwohl sie ja … also nein, das ist vielleicht nicht so wichtig.

‹Fahren Sie fort, nur zu.

Anna schluckt und kämpft mit sich. Da kommt sie jetzt nicht mehr raus.

‹Ich hab sie ja mal gesehen, wie sie mit ihm umgegangen ist. Sturzbetrunken waren die beiden. Sie ist ihn voll angegangen, der konnte sich gar nicht wehren. Dann lief es aber irgendwie gut, bis zur Matura. Da haben sie sich getrennt, das hat sie nicht verkraftet.

Ich starre Anna so intensiv an, dass ich mich wundere, wie sie unter meinem Blick keinen starken Fluchtimpuls entwickeln kann. Warum zur Hölle ist sie überhaupt hier?

‹Dann war sie noch stiller als früher. Ich habe sie den ganzen Sommer über nicht gesehen. Dann ist sie plötzlich in die Stadt gezogen, ohne dass ich davon wusste. Als hätten wir einander nicht gekannt.

Als wolle sie ihren Worten Nachdruck verleihen, sieht sie den Anwalt an, der neben mir sitzt, und nicht mich.

‹Dennoch sind Sie heute noch mit der Angeklagten befreundet?

‹Ich bin auch in die Stadt gezogen, nach meinem Gap Year in Amerika, fürs Studium. Ich hab damals vorgeschlagen, dass wir gemeinsam einen Ballettkurs machen, damit wir nicht alles verlernen. In Wahrheit habe ich nur einen Zugang zu ihr gesucht. Aber es hat eine Zeit lang funktioniert, wir haben uns wieder öfter gesehen. Ich dachte, es ging ihr gut, zumindest als sie noch auf der Hochschule war. Sie hat immer nur Einser geschrieben und trotzdem Zeit gehabt zum Fortgehen. Ich dachte, wir kennen einander so gut wie sonst niemand.

Anna übertreibt, will ich einwerfen, so gut kennen wir uns nicht. Denn wenn sie hier ist, um gegen mich auszusagen, kann das, was jetzt kommt, nicht gut für mich sein. Dabei hat sie vermutlich recht – so nah wie sie hatte ich sonst nur meine Mutter an mich herangelassen, und selbst die wusste nicht alles über mich.

‹Gibt es noch etwas, das Sie dem Hohen Gericht erzählen möchten?

Anna legt den Kopf schief, überlegt.

‹Ich hab mir immer mehr Sorgen um sie gemacht. Seit sie fertig ist mit der Ausbildung, meldet sie sich fast nicht mehr. Und wenn doch, erzählt sie nur von ihren Gspusis und davon, wie sehr sie ihre Arbeit hasst. Ich hab mir schon gedacht, dass ihr irgendwann mal was passieren wird.

Die letzten Sätze hat Anna in ihre Hände gesprochen, die in ihrem Schoß liegen. Die Staatsanwaltschaft rückt einen Papierstapel gerade.

‹Würden Sie nun sagen, Frau Winter, würden Sie nun sagen, dass man es hätte kommen sehen können? Dass eine sozial auffällige, drogenkonsumierende Frau irgendwann einmal die Fassung verliert? Dass sie in einem Anfall von geistiger Umnachtung – vielleicht könnte man sogar die Ferndiagnose einer Hysterie wagen – einen solchen Vorfall verursacht? Hätte man das nicht kommen sehen können, Frau Winter, damals, als die Angeklagte, die – und das wurde hier ja noch gar nicht erwähnt – ohne eine Vaterfigur aufgewachsen ist, die nach dem Schulabschluss sozial untertauchte, plötzlich von der Bildfläche ihres gesicherten sozialen Umfelds verschwand? Hätte man es nicht kommen sehen können, dass sie niemals ein erfolgreiches Mitglied der Gesellschaft hätte werden können?

Die Staatsanwaltschaft atmet gierig ein und lange aus, nachdem sie diese Tirade losgelassen hat. Kein Haar auf ihrem Kopf bewegt sich, keine Krawattennadel glänzt, kein Schweißtropfen tritt aus ihren Poren, und das, obwohl sich hinter ihr das Gemurmel zu einem Trommelwirbel erhebt. Der Weg ist ausgelegt, eine gute Geschichte geschrieben, der Spannungsbogen gespannt und die Gründe für meine Tat vorportioniert und bereit, aufgeschrieben, analysiert, inhaliert zu werden.

‹Wissen Sie, das …

Anna schnappt nach Luft, setzt zum Sprechen an, überlegt.

‹Ja, das könnte man schon so sagen. Also. Wenn Sie das so formulieren, ja.

‹Herzlichen Dank, Frau Winter.

Die Staatsanwaltschaft hat eine weitere Nebelgranate in den Raum geworfen. Zusammen mit dem Bericht der Gutachterin sollte sich wohl das Bild, das man von mir hat, noch weiter verstärken.

In der eintretenden Unruhe springt der Anwalt auf, um sich mit gesenkter Stimme mit der Richterin zu unterhalten. Sie scheint ihn abwimmeln zu wollen, erhebt sich langsam von ihrem Sessel. Der Anwalt folgt ihr, als sie den Saal verlässt, weiterhin leise aber eindringlich auf sie einredend.

Heute gibt es keine Vertagung, die Sitzung ist einfach vorbei.

Ich sehe zu, wie der Inhalt des Saals sich wie ein großer Schleimbatzen nach draußen bewegt. Ich schaue Anna hinterher, die erhobenen Hauptes Teil der Menge wird. Man sieht ihr noch die Haltung an, die Frau Christine uns antrainiert hat, von der sich bei mir nichts mehr erkennen lässt. Ich lege die Stirn auf den Tisch und lasse meine Hände nach unten hängen. Der Parkettboden glänzt feucht. Man lässt mich allein im Saal zurück.

Ich schalte mein Handy ein, tippe dann doch auf den Link zu einem Liveticker, den Mina mir geschickt hat, und

verfolge mein Spektakel, ich kann nicht anders. Mit stur ernster Miene und roten Wangen weicht Anna den Mikrofonen aus, die man ihr vor den Mund hält.
Nachrichtenfetzen schweben wie Geisternetze durch Leitungen und werden von Schallwellen auf Endgeräte gespült. Annas Gesicht mit den großen, verblümten Augen, das ich auf diese Weise nur noch von Klassenfotos kenne. Es wird laut in mir drin. Der Lärm schmirgelt meinen Schädel aus und glättet ihn, ganz taub bin ich, als wäre ich gar nicht unbedingt hier, als wäre ich vielleicht ganz woanders und niemand könnte mich davon überzeugen, mich nicht gerade in einer Simulation zu befinden, weil was würde das auch für einen Unterschied machen?

Das Auto riecht immer noch säuerlich nach Erbrochenem. Ich habe zwar das Gröbste beseitigt, ganz bekomme ich aber die Spuren meiner Angst nicht aus dem Fußraum. Ich lasse die Tür offenstehen, lege mich quer über die Rückbank. Auf meinem Handy eine Nachricht von Anna.

›Liebe Karmen,
Es tut mir wirklich leid wegen heute. Ich würde es dir gerne einmal in Ruhe erklären. Hast du heute Zeit? Ruf mich an.
Liebe Grüße
Anna

Als sie sieht, dass ich ihre Nachricht gelesen habe, aber nicht antworte, schickt sie mir noch eine.

›Ich wollte dir nur erklären, warum ich heute ausgesagt habe. Es stimmt, was ich erzählt habe – du brauchst Hilfe. Du hast schon immer Hilfe gebraucht. Tut mir leid, dass ich das als deine Freundin nicht leisten konnte. Ich sehe doch, wie der Prozess dich fertigmacht. Ich dachte, wenn ich ihnen erkläre, dass du schon immer irgendwie Probleme hattest, könnten sie dir helfen oder dir vielleicht eine mildere Strafe geben. So ein Unfall kann jedem passieren, und dass er gerade dir passiert ist, ist wirklich furchtbar. Lass uns mal drüber reden, okay? Ruf mich an.

## Dachschaden

Minas eingecremte Schultern reflektieren das Sonnenlicht, zerstreuen es wie ein facettiertes Cocktailglas. Ihre Hand verschwindet, als sie sie zum Mund führt, sie hält die Zigarette nah bei sich.

‹In deinem Zustand wäre es wohl nicht so gut, zu rauchen.

‹… und führe mich nicht in Versuchung …

Ich lache und strecke den Arm nach Mina aus, die vor mir auf den Dachschindeln balanciert. Sie dreht sich nicht um, um mir die Tschick zu reichen, und ich lasse mich wieder träge fallen. Mina geht einen Schritt, hebt die Arme über den Kopf, als wolle sie ein Rad schlagen, und ich schwöre, ich hätte sie nicht aufgehalten, wenn mir nicht ein Schrei entfahren wäre.

Vor uns liegt das Becken der Stadt. Wir sitzen auf einem der Hügel ihres linken Hüftknochens vor einer Schlucht, sechs Stockwerke tief. Mina passt auf die Pflanzen der Nachbarin in der Dachwohnung auf. Von ihrem Bett aus kann man sich durch das schräge Dachfenster hochziehen, problemlos die Krone der Stadt erklimmen und alle strengen Hüllen fallen lassen.

‹Meine Liebe …

Mina lässt sich zu mir auf die Knie sinken. Ihre Narbe am Brustkorb strahlt hellrosa. Sie legt die Zigarette, die nur noch ein Stummel ist, zwischen meine Lippen. Ich schließe den Mund und atme tief.

‹… sondern erlöse uns von dem Bösen.

Eine Taube landet in der Regenrinne und pickt herum, vielleicht findet sie trockenes Laub und darunter eine gute Ameise.

‹Wann wirst du meiner eigentlich endlich müde?

‹Du machst mich tatsächlich schläfrig.

Sie setzt sich neben mich, legt einen Arm um meine Schultern, die Handfläche auf meinen Bauch, der heiß ist und voller Licht, ihre Hand darauf kühl.

‹Was willst du jetzt eigentlich weiter tun?

Du solltest meine Eltern kennenlernen wollen.

Mein Vater würde dich lieben, er lebt für die Chronik, liest alle Gerichtsreportagen.

‹Warum vergeht die Zeit so schnell?

Was haben wir heute gemacht?

Würde meine Mutter daran denken, dich einzuladen, wenn ich hier vom Dach fallen würde?

‹Ich habe keine Lebensversicherung.

Bist du nicht kitzlig?

Gar nicht?

‹Weißt du …

‹Was?

‹Ich will mich nicht mehr fragen, was gewesen wäre, wenn.

Mina wiegt mich mit ihrem Atem wie das Wasser ein kleines Boot im Hafen.

‹Weißt du, Anna hat recht. Was dir passiert ist, das hätte jedem passieren können.

‹Ist es aber nicht.

Mina lässt sich hinter dem Pult nieder. Ihre Haare wachsen zu einer braungefärbten Wolke an, sie altert um vierzig Jahre.

‹Es ist *Ihnen* passiert.

‹Jeder passt einmal kurz nicht auf beim Autofahren.

‹Beim Autofahren nicht aufzupassen ist Fahrlässigkeit, die grob werden kann. Sie haben das zu verantworten.

‹Ich habe sie nicht gesehen!

‹Sie hätten die Straße im Blick behalten sollen.

‹Ich hätte sie gar nicht sehen *können*.

‹Sie hätten sie sehen *müssen*.

‹Sie ist plötzlich auf die Straße gerannt!

Niemand hätte sie von meiner Position aus sehen können!

‹Es ist Ihre Pflicht, die Straßenränder im Blick zu behalten.

‹Autounfälle passieren jeden Tag. Das hätte jedem passieren können.

‹Das spielt keine Rolle. Alles kann jedem passieren, das hier ist aber *Ihnen* passiert. Es wäre vermeidbar gewesen.

Mina lehnt sich über das Pult und schüttelt die Ärmel aus.

‹*Sie* wären vermeidbar gewesen.

## Piss off

Abends muss ich mal wieder in die WG, ein bisschen Dreckwäsche deponieren. Ich will außerdem mein Feuerzeug holen, das ich bei meinem letzten Besuch vergessen hatte. Vor der Tür liegen ein paar grüne Müllsäcke, voll mit Gregors Essensverpackungen. Ich schiebe einen von ihnen mit dem Fuß zur Seite, um zur Tür zu gelangen.

Vielleicht hat Anna wirklich recht. Menschen wie mir könnte auch geholfen werden. Aber dass gerade eine meiner ältesten Freundinnen vor Gericht gegen mich aussagt, lässt sich nur schwer verdauen. Ihre Aussage hat mir jedenfalls nicht geholfen. Ich kann aber auch nicht mit Gewissheit sagen, dass sie meine Situation verschlimmert hat. Das mit Anna könnte ich auf die Liste für den Anwalt schreiben, wenn ich jemals ernsthaft damit begonnen hätte, doch er hatte ohnehin irgendwann aufgehört, danach zu fragen.

Ein Tattoo, das ich mir eines Nachmittags habe stechen lassen, ist rot und geschwollen, fühlt sich heiß an. Den Tattoo-Termin hatte ich schon vor einem halben Jahr ausgemacht und bereits vergessen, bis ich, auf der Suche nach einem Lichtblick in meinem Kalender, darauf gestoßen war. Ich beschloss, hinzugehen, trotz allem. Es fühlte sich gut an, geplanten Terminen nachzugehen, als gäbe es überhaupt keinen Grund, dies nicht zu tun. Ich ließ mir in einer Loftwohnung mit Backsteinwänden und bunten Kristallen auf einem Altar ein Aquarium auf die Rippen stechen. In dem Aquarium schwimmen Schmetterlinge über Sand in Lila und Türkis. Es steht schief und schwappt über. Unter der Klebefolie sehen die feinen Flügel und Fühler der Schmetterlinge verschwommen aus, als wären sie nur mit Fineliner gemalt und jemand hätte darüber gewischt, als sie noch frisch waren. Blut und Tinte sammelten sich schon zwei Tage lang unter der Folie.

Ich bringe es nicht über mich, Anna zurückzuschreiben. Sie sagt, sie habe es nur gut gemeint, wollte mir nur helfen. Sie hat sicher recht damit, dass der Prozess schon zu lange dauert. Dass die Staatsanwaltschaft verzweifelt, merkt man daran, dass sie jemanden wie Anna hat aussagen lassen – eine Unbeteiligte, die einfach nur meint, mich gut zu kennen, als wäre das nötig, um mich zu verurteilen.

Ich durchsuche die gespenstisch stille Wohnung, finde mein Feuerzeug schließlich im Bad. Ich muss es beim Ausräumen meiner Hosentaschen dort liegengelassen haben. Da ich schon mal in Gregors Bad stehe, das über einen Regenduschkopf verfügt, nutze ich gleich die Gelegenheit. Ich seife mich von oben bis unten mit Gregors Duschgel ein und stehe anschließend mit geschlossenen Augen unter den Regentropfen, als könnte ich mich darin auflösen wie Zucker und durch den Abfluss verschwinden.

Vielleicht kann ich Anna irgendwann verzeihen. Nicht heute. Heute hat sie meine Dreckwäsche vor der gesamten Öffentlichkeit gewaschen, weil sie glaubt, mir damit helfen zu können. Dieser Prozess hat uns alle zu Verrückten gemacht.

Nach der Dusche leuchtet die Haut um das Tattoo auf meinen Rippen knallrot. Ich tupfe es mit einem Taschentuch trocken und streiche mit dem Zeigefinger Wundsalbe aus einer fast leeren Tube darauf. In dem Moment klopft Gregor fest an die Tür, schreit, dass meine Musik zu laut sei.

Ich wickle mich in ein Handtuch – das eine Handtuch, das ich finde konnte – und öffne die Tür einen Spalt. Gregor hat einen Bart. Er reicht ihm fast bis zum Adamsapfel, ist rotbraun und ausgefranst. Seine kurzen, glatten Haare wachsen ihm in die Ohren. Er sieht mich entnervt an.

‹Musst du das so laut drehen?

‹Ja. Eigentlich schon, man hört sonst nichts, so, wie du schnarchst.

Das ist eine Lüge, ich habe Gregor nicht schnarchen gehört, doch anscheinend habe ich damit einen wunden Punkt getroffen. Er verschränkt die Arme und öffnet den Mund, um etwas zu sagen, drückt die Brust raus zum Anpfiff. Doch die Nachbarin über uns startet einen Gegenangriff. Ein Tropfen fällt Gregor auf die Stirn, er wischt ihn irritiert weg. Immer mehr flüchtige Tropfen fallen zwischen uns zu Boden. Ich schaue nach oben, wo sich ein dunkler Fleck auf der Decke ausbreitet. Er ist schon so groß, dass er die Spinnweben in einer der Ecken des Flurs erreicht. Aus dem Fleck wird eine Pfütze, die immer rascher auf uns heruntertropft.

‹Shit.

Gregor drängt sich an mir vorbei, greift sich den versifften Putzkübel von unterhalb des undichten Waschbeckens, wo er tropfenweise Zahnputzwasser auffängt, und stellt ihn unter die Decken-Pfütze auf den Boden, auf dem sich eine eigene Lache gebildet hat. Aus meinem Handy plärrt die erste Playlist, die mir die App vorgeschlagen hat.

‹Was ist denn da los?

So viel hat Gregor nicht mehr mit mir gesprochen, seit ich vor mehr als vier Jahren eingezogen bin. Er schaut beunruhigt zwischen dem sich füllenden Kübel und der Decke hin und her.

‹Hast du leicht keine Haushaltsversicherung?

‹Ich weiß nicht.

Wir sitzen in der Küche auf der Theke. Der Boden ist Lava aus Tropfwasser. Wir müssen uns unangenehm weit vorbeugen, weil die Hängeschränke uns gegen die Hinterköpfe drücken. Am Boden steht das Wasser einen Zentimeter über den Fliesen.

‹Das darf aber nicht passieren, dass das Rohr einfach so ein Loch bekommt. Nur weil einer Rohrreiniger reinschüttet.

‹Ja?

‹Ja! Das soll man doch sowieso regelmäßig machen. Diese Rohre müssen scheißalt sein.

‹Und du meinst, das zahlt die Versicherung? Sicher?

‹Sicher. Wenn du eine hast.

Gregor blickt auf seinen Schoß, wo die Hände sein Smartphone hin- und herwenden. Anrufe sind nicht die größte Stärke unserer Generation.

‹Du hast sicher eine. Das ist eigentlich Standard. Wo sind denn deine ganzen Dokumente? Vielleicht steht da ja was drinnen. Im Kaufvertrag oder so.

‹Das ist alles im Büro.

Das Büro liegt hinter dem Tropfenmeer am anderen Ende der Wohnung. Mir ist noch nie aufgefallen, wie klein Gregor eigentlich ist. Ich bin relativ klein, und seine Füße baumeln ein paar Zentimeter höher über dem Boden als meine.

Er tut mir irgendwie leid. Ich weiß selbst nichts über Haushaltsversicherungen. Sowas lernt man nicht in der Schule. Also hofft man, dass es die Eltern oder die Person, bei der man halt wohnt, für einen erledigt. Ich lege meine Hand kurz auf Gregors Hand und drücke sie. Er hebt den Blick, ich lasse mich in die Lache gleiten und tapse in Richtung meines Zimmers. Dorthin ist die Pfütze noch nicht gelangt, also stopfe ich dreckige Wäsche in den Spalt zwischen Tür und Boden und lege mich ins Bett. Bevor ich mich wehren kann, holt die schlaflose Nacht bei Mina mich ein.

Ich schlafe wie auf einer Busfahrt quer durchs Land – unruhig, aber unweckbar. Einmal wache ich auf und mir ist furchtbar heiß, ich glaube, in der Lache zu liegen, auf dem Küchenboden, und strample die Decke von mir. Ich drehe mich auf den Rücken und schmatze mit trockenen Lippen. Die Luft ist dickflüssig und träge.

Ich träume, ich sitze im Gerichtssaal. Alles ist geschrumpft, ich fühle mich wie Alice im Wunderland, deren Arme und Beine aus einem Puppenhaus herausragen. Eine Bewegung, und ich hätte Ekaterina Tsvetok eine gewischt oder das Kaffeehäferl vom Anwalt vom Tisch gefegt.

‹Man entferne sie ihr!

Die Richterin hat ihr Urteil gefällt. Ein Spielzeughämmerchen saust auf das Pult und verursacht ein kaum hörbares Quietschgeräusch.

‹Ich erbitte mir, sie ihr zu entfernen! Eine Frau von ihrem Kaliber hat sie nicht verdient! Zu hoch ist das Kaliber! Es einzureißen! Srazu! Unverzüglich!

Zwei Polizisten von der Größe meiner kleinen Finger marschieren auf mich zu und beginnen, an den Laufmaschen in meiner Strumpfhose an mir hochzuklettern. Ich sitze ganz still, die Knie unterm Kinn, den Kopf schräg gelegt, um nicht gegen die Luster zu stoßen. Ich kann mich nicht bewegen und weine vor Verzweiflung.

‹Bitte! Bitte nicht!

Die Polizisten erklimmen meinen Rocksaum. Sie krabbeln unter meinen Rock, weiter hinauf unter die Bluse. Ich spüre ihre Stiefel, Mäusepfoten auf meinem Bauch. Wie im Film ist das Geräusch der Klingen zu vernehmen, als sie ihre Macheten zücken. Mit „Hau-ruck!"-Rufen sägen sie mir im Takt die Brüste ab. Es geht schnell und tut nicht weh, wie man das vom Krebsabstrich bei der Gynäkologin sagt, aber das stimmt nicht. Ich halte still und beiße mir auf die Lippen. Die Säbel fetzen Löcher in meine Bluse. Das Publikum im Gerichtssaal schaut irritiert und beschämt, weil ich plötzlich nackt bin.

Meine Brüste sind verschwunden. Die Polizisten stoßen gegen meinen Brustkorb, immer wieder, als müssten sie dringend eine Tür eintreten. Die Richterin feuert sie an, der gesamte Saal schreit: fester, schneller, jaaaaa!

Stoß um Stoß werfen sich die Polizisten gegen meine Brust. Meine Rippen bleiben unnachgiebig und steif, mein Herz flieht schutzsuchend hinter den linken Lungenflügel, wo es flackernd pocht. Ich bin wie gefesselt, unbeweglich, versuche, mit aller Kraft meine Gliedmaßen in Bewegung zu setzen, mit einer Hand in meine Bluse zu greifen und die Polizisten zu entfernen, die trotz ihrer Größe stark wie Elefanten sind. Hungrige, wütende Elefanten. Männer, denen man eine Waffe und einen unkonkreten Befehl gegeben hat.

Ich kann mich immer noch nicht bewegen. Etwas Schweres liegt auf meiner Brust. Es ist heiß und klebt an der Haut, die aus meinem T-Shirt herausragt. Meine Schultern stecken verkrampft unter meinen Ohren fest, ich kann gerade einmal mit den Zehen wackeln. Ist das ein Herzinfarkt?

Die Panik, (wirklich) nicht mehr (vielleicht nie wieder) atmen zu können, erfasst mich. Ich winde mich gegen das Tier auf meiner Brust, gegen den Alb, trete mit den Beinen und versuche, zu schreien, doch es kommt nur ein wütendes Grunzen, mir fehlt die Luft für mehr.

Das Tier zeigt sich unbeeindruckt und erdrückt mich weiter mit Passivität und Gestank. Endlich gelingt es mir, meine Arme hervorzureißen. Ich greife ein Büschel des Fells, das das Monster trägt, und reiße es von mir weg. Das Tier schreit und brüllt.

‹Weg! Geh runter!

Ich ziehe das Tier an den Haaren. Es beginnt, wild um sich zu schlagen, also werfe ich es von mir, so weit ich kann, und rolle mich zur Seite, über die Bettkante, wo ich auf allen Vieren das Biest mustere.

‹Gregor? What the fuck??

Gregor wirkt, als wüsste er selbst rein gar nichts davon, was zur Hölle er hier macht. Ich hatte seinen Schädel aus Platzmangel gegen die Wand befördert. Er reibt sich den Hinterkopf und sieht mich an, als wäre ich diejenige, die wahnsinnig geworden ist.

‹Was soll denn das? Du brauchst mich ja nicht gleich zu attackieren!

‹Was willst du? Was machst du in meinem Bett?

Sein Mund wird zu einem dünnen Strich. Er sieht mich an wie ein trotziges, großes Kind.

‹Was willst du hier überhaupt? Du bist seit Wochen kaum da, zahlst keine Miete …

‹Sicher hab ich Miete gezahlt!

Der Kindergarten hatte mir ein kommentarloses Kündigungsschrieben geschickt. Fristlos. Ich war seit dem Unfall nicht mehr dort aufgetaucht, es hatte sich auch niemand bei mir deswegen gemeldet. Susis ordentliche Unterschrift ist das einzige Lebenszeichen, das ich von meinen früheren Kolleginnen bekam. Mein dünner, angesparter Finanzpolster hat mich davor bewahrt, offiziell obdachlos zu werden. So bin ich zumindest nur ohne feste Bleibe, wohnungslos.

Genau so schaut Gregor mich an. Unwillkommen, potenziell gefährlich. Er verschwindet aus meinem Zimmer, während ich den Rest meiner Klamotten zusammensuche und in eine Einkaufstasche stopfe. Wortlos gehe ich durch die immer noch nasse Küche, ziehe mir die Schuhe an, staple die anderen Paare in die Tasche und verlasse Gregors brandgefährdete Präsenz. Ich höre Putz von den Wänden bröckeln, als ich die Tür fest ins Schloss werfe.

Erst nach ein paar Hundert Metern fällt mir auf, dass der Träger der Tasche in meine Schulter schneidet. Ich lasse sie zu Boden fallen und setze mich daneben, den Rücken gegen eine graue Hauswand gelehnt. Leergequetscht, ausgepresst, meine Lunge eine Rosine. Einatmen. Ausatmen. Ich befinde mich auf dem Gehsteig vor einem Wohnhaus. Die Luft ist da und sie riecht, denn der Regen hat diese Stadt gern. Ab und zu fährt ein Auto vorbei, durch die nassen Straßen klingt es viel lauter, als es ist. Jugendliche rufen durcheinander. Gegenüber ist einer dieser Fußball-Käfige. Die Kinder kicken einen Ball durch frische Pfützen, der Sommer holt Schwung.

Mein Handy vibriert, und mir fällt ein, dass ich Mina nicht mehr geschrieben habe, seit das Video von Anna aufgetaucht ist. Doch es ist nicht Mina, auch nicht Anna, es ist eine Benachrichtigung irgendeiner App. Ich soll endlich für Premium zahlen.

Ich weiß nicht, wo ich hinschauen soll. Mein Handy ist potenziell tödlich, die Kinder will ich nicht ansehen und die Sonne spiegelt sich so stark in der nassen Straße, dass sie ein Verkehrsrisiko darstellt. Ich wähle eine Nummer. Wir haben uns seit ihrem Geburtstag nicht mehr gehört. Aber wen sonst will ich jetzt sehen?

‹Hallo?

‹Mama?

‹Kind? Ist was passiert?

Ja. Ja, Mama, denke ich. Es ist etwas passiert. Und du weißt sehr gut darüber Bescheid, was passiert ist. Vielleicht bist du nicht auf dem neuesten Stand. Das ist okay, glaube ich. Aber du musst jetzt wieder auf den neuesten Stand kommen. Ich bin nicht die, die dir sagen wird, dass du eine Tochter hast, die dich braucht. Du weißt es selbst. Jetzt musst du es mir zeigen.

‹Kannst du mich abholen?

Löschpapier in der Telefonleitung. Ich höre angestrengt, ob mir die Geräuschkulisse hinter ihr verrät, was sie gerade tut, ob sie mit jemandem zusammen ist, ob sie an einem weit entfernten Strand liegt, ob sie hinter vorgezogenen Vorhängen am Küchentisch sitzt, eine Pizza kalt werden lässt, und so tut, als würde sie nicht bemerken, dass ich heimlich das Haus verlasse.

‹Wo bist du?

Das Gesicht meiner Mutter, das auf mich als Kind so energisch und manchmal aufbrausend gewirkt hat, sieht müde und weich aus. Ich frage mich, ob ich mich in ihren Augen auch so stark verändert habe. Vielleicht hat sie mich die letzten Wochen immer weniger gekannt, nur aus Zeitungen, von Bildschirmen, in normlange Titel gequetscht, bis der ganze Saft rauskam.

Sie umarmt mich im Auto, als könnte sie den Saft wieder mit dem Trester zusammendrücken, wenn sie nur lang genug festhält. Sie steht mitten auf der Straße, doch die anderen Autos fahren einfach an uns vorbei. Es ist Nachmittag und meine Mutter riecht nach Blondierungsshampoo und Wein.

Sie fragt nicht, wohin sie mich fahren soll, und ich sage auch nichts. Im Auto kommt plötzlich Ruhe über mich, und mir fällt – meine nahe Zukunft in den Händen meiner Mutter – wieder ein, was passiert ist.

Ich versuche, eine Brücke zu meinem Körper herzustellen. Habe ich irgendwo blaue Flecken? Wo war meine Kleidung, als ich aus dem Bett gefallen war? Wo hatte Gregor seine Hände gehabt?

Mir fehlt nichts, oder zumindest nichts, das Gregor mir genommen hat. Er hatte neben mir gelegen, nicht auf mir. Ich erinnere mich vage an das Gewicht seines Armes um meine Taille. Die Hitze hatte mich erdrückt, mein T-Shirt und das Laken unter mir klatschnass.

Vermutlich hat er sich nach Nähe gesehnt. Und ich war ausnahmsweise mal nett zu ihm gewesen. Das hatte schon gereicht, damit er sich selbst in mein Bett einlud, während ich schlief, den Arm um mich legte, als wären wir ein Paar. Da ist wieder der Traum in meinem Sichtfeld, Tränen laufen mir über das Gesicht und ich atme, versuche, mich auf das Ausatmen zu konzentrieren, aber das reicht nicht, ich drücke auf den Knopf am Autofenster, doch nichts passiert, ich bekomme kein bisschen Luft, und dann wird es dunkel, kurz bevor meine Mutter an einer Haltestelle stehen bleibt und der nächste Regenguss auf dem Autodach die Außengeräusche übertönt.

## Prozessabend

Ich wache auf einem Sofa liegend auf und blinzle in von weißen Vorhängen gedämpftes Licht. Es ist still, ich bin allein. Langsam setze ich mich auf. Das funktioniert also noch. Meine Beine fühlen sich nach nichts an, es sind Fremdkörper, doch als ich die Zehen zu mir heranziehe, kann ich eine Erhebung unter der Decke sehen. Zähes Licht trägt sie zu mir.

Das Sofa ist schmal und hart. Über meinem Kopf hängt ein Kronleuchter aus Glasperlen, auf einem Sessel mir gegenüber liegt die Tragetasche mit meinem Zeug. Die Tür zur Küche, in der ich die Schritte meiner Mutter höre, steht offen.

Fröstelnd ziehe ich die Decke bis unters Kinn. Ich möchte mich darunter verstecken, kann aber nicht aufhören, meine Umgebung nach Gefahr abzusuchen. Mein Körper fühlt sich feucht und klebrig an, besonders zwischen den Beinen ist es nass und kalt und – oh.

Meine Mutter kommt zu mir, ich sitze benommen in die Gegend starrend auf ihrem Sofa, das wir gemeinsam ausgesucht haben. Es ist eisblau. Die Zierkissen hat sie auf dem Boden gestapelt. Ich kann mich nur dunkel daran erinnern, wie ich hierhergekommen bin – sie hat mich gestützt, mich in den Lift befördert, dann waren es nur noch wenige Schritte durch den Gang, in die Wohnung und bis zur Couch, auf die sie mich gedrückt hat, auf der sie sich jetzt neben mich setzt.

‹Was ist denn passiert, Kind?

Ich ringe nach Worten, denn was passieren hätte können, ist eigentlich nicht passiert. Ein kleiner Teil von mir, der findet, ich hätte halt nicht so nett zu Gregor sein sollen, hätte nicht seine Hand drücken sollen, hindert mich daran, die Geschichte in die richtige Reihenfolge zu bringen. Doch meine Mutter ist geduldig, sie wartet, bis ich die Worte finde, unterbricht mich nicht. Jetzt, wo wir uns gegenübersitzen, nicht durch Sitzreihen im Gerichtssaal getrennt, sind wir einander so nahe wie lange nicht mehr. Ich erzähle ihr alles – dass Gregor immer schon seltsam war, nie sein Zimmer verlassen hat. Dass wir schon mal einen Wasserschaden hatten und es ihm wohl egal war. Dass ich aufgewacht bin und er seinen Arm um meine Taille gelegt hatte, als wären wir zusammen, als könnte ich ja nichts dagegen haben. Dann erzähle ich ihr von Jean, von Julian, auch von Anna – ein Gruselkabinett voller Geister, die ich rief. Als ich fertig bin, drückt mich meine Mutter an sich, das geht alles vorbei, Kind, das wird nie wieder passieren. Sie lässt mich los, ihre Augen sind voller Sorgen.

‹Willst du leicht bei mir bleiben, stattdessen? Wir suchen dir in der Zwischenzeit eine neue Wohnung.

Ich erstarre innerlich. Dass ich derzeit in meinem Auto schlafe, kann ich ihr unter keinen Umständen sagen. Ich schiebe die Frage weg und sage, ja, vielleicht, ich muss mich noch sortieren.

Die Wohnung meiner Mutter ist nicht groß genug für uns beide. Es gibt kein Gästezimmer, die Couch ist nicht ausziehbar. Außerdem ist da keine Tür, die ich hinter mir abschließen kann – und wenn es nur eine Autotür ist. Auch wenn meine Vernunft dagegen argumentiert – ich kann meiner Mutter gerade nicht so nah sein, nicht, nachdem sie mich so lange ignoriert hat, nicht, nachdem wir einander so verletzt haben.

Meine Mutter verlässt die Wohnung, um etwas zu essen zu holen, lässt mich allein. Sobald ich mir sicher bin, sie für eine Weile nicht wiederzusehen, stehe ich auf, wie eine Gebärende nach einem Kreuzstich. Ich habe die ganze Nacht geschlafen, der Prozess geht bald weiter.

Ich erscheine so, wie ich bin, mit angepisster Hose, im Gerichtssaal. Auf dem Weg dorthin stoße ich die Medien nicht mehr beiseite, sondern schlüpfe zwischen ihnen hindurch. Ohne meine Strumpfhose und ohne die Handtasche erkennen sie mich nicht, oder nehmen mich nicht wahr. Ich betrete als Letzte den Gerichtssaal und niemand schaut auf. Dann gehe ich zu dem Tisch, an dem der Anwalt sitzt, lehne mich dagegen, die Arme verschränkt, und schaue das Hohe Gericht an, bis die Richterin zurückschaut.

‹Bitte setzen Sie sich, damit wir mit dem Prozess beginnen können.

Stur bohre ich meine Schuhsolen in das Parkett. Ein einziges Mal nicht den Regeln des Prozesses zu folgen, fühlt sich gut an. Worüber wollen sie heute auch noch sprechen? Es ist bereits alles gesagt. Jetzt braucht es endlich eine Entscheidung.

‹Würden Sie sich bitte endlich setzen? Sie können nicht stehen bleiben. Alle anderen sitzen auch. Sie sind nicht in der richtigen Position.

Hinter mir zupft jemand am Saum meines T-Shirts. Der Anwalt ist ins Schwitzen gekommen. Er murmelt nervös und immer eindringlicher, so dürfe ich nicht, denn, wolle ich denn zum Präzedenzfall, das gehört sich doch – … Ekaterina Tsvetok sieht mich an, als hätte ich den Verstand verloren. Steinernes gurgelt in ihren Händen, die sie wringt, als wolle sie mich erwürgen.

‹Nun hören Sie mir einmal zu!

Ein Handyklingeln schneidet ihr das Wort ab. Entgeistert schnellen ihre Augen zum Publikum, das ebenfalls seine Hälse verdreht. Die Quelle der Störung sitzt direkt hinter mir. Auch ich drehe mich um, wie im Kino. Entgeistert sehe ich zu, wie der Anwalt geschäftig sein Handy aus der Innentasche des Sakkos holt, auf den grünen Knopf drückt und es sich ans Ohr hält.

‹Grüß Gott.

Die Augen des Anwalts sehen auf seine Armbanduhr, dann kratzt er sich am Kopf und fährt sich mit dem Daumen erst die linke und dann die rechte Augenbraue nach. Alles, während er der Person am anderen Ende lauscht. Das Publikum fängt wieder an, zu murmeln. Ekaterina Tsvetok sieht abwechselnd den Anwalt, mich und die Angestellten des Gerichts wütend an, auf der Suche nach einer Person, die dem Anwalt Einhalt gebieten oder ihr zumindest ein Zeichen geben könnte, dass sie sich das gerade nur einbildet.

Endlich spricht der Anwalt.

‹Ja. Habe verstanden. Wirklich. Nicht mehr. Sie sind sich da sicher. Nun gut, dann müssen Sie mir erlauben … Nein. Also wirklich. So weit kommt es noch. Ja. Vielen Dank. Für die Aufklärung. Ja. Ganz richtig. Nein. Ich habe zu danken. Ja. Ich habe mitgeschrieben. Sie auch. Ja. Der Dank ist ganz meinerseits. Ja. Auf Wiederhören.

Der Anwalt nimmt das Handy von seinem Ohr und legt auf. Als er sich erhebt, kratzt sein Sessel erschreckend laut über das Parkett.

Er richtet sich an Ekaterina Tsvetok.

‹Sehr geehrtes Hohes Gericht. Ich habe soeben von gewissen Umständen erfahren. Bitte um Erlaubnis, den Verlauf dieses Prozesses zu unterbrechen, um zu diesem Sachverhalt Genaueres zu erläutern.

Ekaterina Tsvetok legt den Kopf schief, und es sieht aus, als wollte sie dem Anwalt verbieten, jemals wieder den Gerichtssaal zu betreten. Doch dann lehnt sie sich zurück, verschränkt wieder die Arme und bedeutet dem Anwalt, er solle halt sprechen, wenn es denn unbedingt sein müsse.

‹Hohes Gericht. Geschätzte Staatsanwaltschaft. Sehr geehrtes Publikum. Liebe Angeklagte. Schönen guten

Tag. Mir ist soeben zugetragen worden, dass wir es mit einem recht außergewöhnlichen Sachverhalt zu tun haben.

Einem Sprung in seiner sonst monotonen Stimmlage nach zu urteilen, war „recht außergewöhnlich" eine Untertreibung.

‹Die Natur dieses Sachverhalts dürfte ganz erstaunliche Auswirkungen auf den Verlauf dieses Prozesses haben, wenn ich mir diese Ferndiagnose

– er wirft der Staatsanwaltschaft einen Blick zu –

‹erlauben darf.

‹Erlauben Sie es sich!

***Neue Erkenntnisse: Was erlaubt er sich?***

‹Diese Umstände, das sind wirklich ganz neugewonnene Erkenntnisse meinerseits, verehrtes Gericht! Ein ganz anderes Licht fällt nun auf die Situation und auf den … Unfall.

Meine Augen kleben am Anwalt, während er von seinem sicheren Platz zwischen der Gefahrenzone vor und dem Bereich des Brot-und-Spiele-Pöbels hinter dem Schreibtisch hervortritt. Zügigen Schrittes durchquert er die Arena, inmitten derer ich mich befinde, überwindet sie und nähert sich dem Pult der Richterin. Er wartet. Sie nickt ihm zu und er schließt den restlichen Raum zwischen ihnen beiden. Ich hätte ihn gerne zurückgehalten, wie man einen Hund am Halsband nimmt, wenn er irgendetwas vom Boden fressen will.

Das Murren des Publikums hinter mir wird wieder lauter und durchstöbert mein Gehirn wie dicht fallender Schnee. Ich verstehe rein gar nichts von dem, was der Anwalt Ekaterina Tsvetok sagt. Ich sollte es aber wissen. Er sollte es mir sagen. Er ist immer noch mein Anwalt, mein einziger Fixpunkt, auch wenn ich oft das Gefühl habe,

dass er mich vergessen hat. Was also erzählt er ihr? Hat er aufgegeben? Hat man seinem Antrag auf Frühpension stattgegeben und wird er somit den Prozess mit sofortiger Wirkung als mein skurriler Sidekick mit glanzvollem Seitenscheitel verlassen?
Er spricht minutenlang gedämpft mit der Richterin. Der Ausdruck auf Ekaterina Tsvetoks Gesicht nimmt im Laufe des Gesprächs verschiedene Farben und Formen an. Ich wage nicht, mich zu bewegen oder auch nur zu blinzeln, um das Ergebnis dieser Unterredung nicht zu verpassen. Am Ende nickt sie, ich höre einen Hammer fallen, lauter als in meinem Traum.

‹Das Hohe Gericht hat beschlossen, den Prozess auf morgen zu vertagen.

## Prozessende

Zurück im Auto vollführe ich ein Zirkuskunststück bei dem Versuch, mir frische Kleidung anzuziehen – ein paar Sachen befinden sich noch auf dem Rücksitz. Ich öffne die Tür, zünde eine Zigarette an, schließe die Augen gegen den Rauch, der ungehindert von der schwülen Luft nach oben steigt.

Die letzte Nacht hatte ich bei meiner Mutter auf der Couch geschlafen, die davor bei Mina verbracht. Jetzt wieder im Auto zu übernachten, käme mir vor, als würde ich in ihre ausgestreckten Hände spucken. Auf meinem Handy eine Kette an Nachrichten von Mina.

‹Wo warst du gestern??

Der Prozess vertagt, schon wieder??

Weißt du, was der Anwalt gemeint hat??

Nein, weiß ich nicht, ich wüsste es selbst gern. Der Anwalt war kurz nach der Vertagung des Prozesses aus dem Saal gestürmt, hatte mir diesmal auch keine Sprachnachricht hinterlassen. Dass er plötzlich einen geheimen Zeugen aus der Hosentasche zieht, der mich entlastet, kann ich mir nicht vorstellen. Doch was kann es sonst sein?

Ich bin es so müde, darüber nachzudenken, was mit mir passieren wird – es ist ohnehin schon alles geschehen. Ich gähne so stark, dass es mich beutelt. Mein Magen knurrt, erinnert mich daran, dass ich mich nicht an meine letzte Mahlzeit erinnern kann, dass meine Mutter mich hatte füttern wollen und ich heimlich verschwunden war, bevor es so weit kommen konnte. Seitdem sind nur ein paar Stunden vergangen. Vielleicht wartet sie ja noch auf mich, die Hoffnung stirbt zuletzt, also greife ich mir meine Handtasche, stopfe sie mit allem voll, was ich finden kann – Kleidung, Zigaretten, Rechnungen, Kaugummis – und wanke den kurzen Kilometer zur Wohnung meiner Mutter. Der Notfallschlüssel passt noch.

In der Wohnung riecht es nach schwerem Käse und nach Röstzwiebeln, Petersilie. Eine CD läuft, die Musik schmiegt sich an mich, ich bin wieder in der Küche in unserem alten Haus, als die Vorhänge noch manchmal zurückgezogen wurden, wenn wir die Sonne brauchten, um die kühle Frühlingsluft zu erwärmen. Die Musik drang durch die offenen Fenster in den Garten, holte mich von der Schule ab.

Meine Mutter löffelt Käsespätzle in tiefe Teller. Als sie mich im Türrahmen stehen sieht, reicht sie mir einen.

‹Die sind selbstgemacht.

Ich setze mich an den Esstisch im Wohnzimmer, sie stellt ein Himbeerkracherl vor mir ab, es ist wie auf einer Skihütte, wie an einem Sonntag.

‹Ich hab ja schon lange nicht mehr so aufwendig gekocht. Für mich alleine macht mir das keinen Spaß. Und mit den Mädels geh ich ja lieber essen. Letztens waren wir bei diesem Libanesen in der Marktgasse, kennst du den?

Ich schüttle den Kopf und nehme einen Löffel Käsespätzle, beginne, sie gedankenlos in mich hineinzuschaufeln, noch nie hat etwas besser geschmeckt.

Meine Mutter füllt das Gespräch mit Erzählungen aus ihrem Alltag, von dem neuen, nervigen Kollegen im Büro, von ihrem Pilates-Kurs, und dass die Wohnung bald zum Verkauf gestellt wird, sie will zuschlagen, in der Stadt bleiben, vielleicht das Haus im Dorf verkaufen oder untervermieten, damit sich das ausgeht. Sie erzählt mir alles, was in den letzten Wochen keinen Platz gefunden hat, was zu leicht gewesen wäre für das Gewicht der Hintergrundstrahlung von schau, mein Leben läuft gut, deines läuft scheiße. Sie verschwindet kurz in der Küche, um mir einen Nachschlag zu holen, und in die Stille hinein beginne ich, zu erzählen.

‹Ich war bei der Mina, letztens.

Meine Mutter stellt mir den Teller hin, der dampft, für meinen bodenlosen Magen. Wartet darauf, dass ich weiterspreche.

‹Ich hab immer an sie denken müssen, seitdem du mir das mit ihrem Brustkrebs erzählt hast. Eigentlich auch schon davor. Ich hab immer an sie gedacht.

Meine Mutter beobachtet angespannt, wie ich einen weiteren Löffel Käsespätzle in meinen Mund schiebe, kaue und wieder zu sprechen beginne, bevor ich runterschlucken kann. Da ist der Moment wieder, der Ruck, der durch mich durchgegangen ist, ein weiterer Teil der Geschichte sitzt mir gegenüber und füllt mich bis zum Rand mit Gouda.

‹Irgendwie musste ich ihr das alles erzählen. Sie war zwar nicht schuld an der ganzen Sache, natürlich nicht, aber sie war schon auch ein Teil davon. Aber –

Meine Mutter setzt an, mich zu unterbrechen, doch ich spreche über sie drüber.

‹aber das wollte ich ihr nicht aufladen. Mit ihr sprechen wollte ich trotzdem.

Noch ein Löffel Spätzle, ich kaue hastig, verschlucke mich an einer kratzigen Röstzwiebel. Meine Mutter klopft mir auf den Rücken, während ich huste, bis mir Tränen in die Augen schießen.

‹Verstehst du? Ich musste einfach mit irgendwem reden.

Sie lässt ihre Hand zwischen meinen Schulterblättern liegen, sieht mich an. Ich rieche ihr Shampoo und die Zwiebeln in ihrem Haar, als sie mich in die Arme schließt und selbst zu schluchzen beginnt.

Erst nach dem zweiten Klingeln öffnet Mina die Tür. Es ist halb elf in der Nacht, vielleicht hat sie schon geschlafen. Ich möchte auf all die Stellen zeigen, die wehtun, damit sie sie sieht, aber ich sage nur: „Hallo“, in meiner Hand eine Plastikdose mit den Resten der Käsespätzle, die ich hochhebe wie einen Blumenstrauß. Wenn sie überrascht ist, mich zu sehen, lässt sie es sich nicht anmerken. Wir gehen auf den Balkon und ich rauche, erzähle ihr, was passiert ist, oder vielmehr, was nicht passiert ist – dass ich nicht weiß, wie es morgen weitergehen wird, dass alles offen ist, gerade. Dass Anna mich verraten hat, mit guten Intentionen, aber das scheint jetzt eine noch kleinere Rolle zu spielen als vorher.

Mina richtet mir ein Bett auf der Couch her, ihre Schlafzimmertür lässt sie einen Spalt geöffnet, durch den der Kater sich spätnachts zur mir gesellt. Ich würde ihn gerne wegstoßen, weil es so heiß ist, doch das bringe ich nicht über mich. Wirklich zur Ruhe komme ich nicht.

Im Halbschlaf träume ich davon, dass ich neben Jean auf der Bühne von Scheinwerfern so stark geblendet werde, dass ich mich übergebe. Mein Erbrochenes ist grau und pelzig, als hätte es schon in meinem Magen angefangen, zu schimmeln. Julian rutscht darin aus, schlägt krachend mit dem Schädel auf der Bühne auf, das Publikum klatscht und jubelt.

Mina sitzt plötzlich neben mir, streicht mir die verschwitzten Haare aus der Stirn.

‹Du hattest einen Albtraum.

Sie hält meinen Blick fest. Ich muss furchtbar aussehen. Ausgewrungen. Ich atme schwer, als hätte ich Fieber.

‹Ich kann sie nicht abschütteln, Mina. Ich kann es einfach nicht. Sie werden nie weggehen.

Mein Körper fühlt sich an, als hätte man mich im Schlaf in ein Eisbad geworfen.

Mina beobachtet mich. Da ist etwas zwischen uns, auch wenn wir erst seit Kurzem wieder miteinander reden. Trotzdem kann ich nicht von ihr verlangen, dass sie mich einfach aufnimmt, mir auch noch nachts bei meinen selbstverschuldeten Albträumen die Hand hält, nur weil ich vor ihrer Tür gestanden bin. Mir fallen die Atemübungen ein, die sie – die andere, zweidimensionale Mina – mir gezeigt hat. Lang ausatmen, nicht an das Einatmen denken. Unter den Augen der echten Mina werde ich ruhiger, nehme sie vollständig wahr, von ihren im Licht der Straßenbeleuchtung glänzenden Stoppelhaaren bis zu ihrer Hand, die warm auf meiner Stirn liegt.

‹Du wirst sie nicht loswerden, Karmen. Aber das musst du auch nicht. Du wirst trotzdem leben.

Minas Stimme ist fest und zuversichtlich. Ihre Hand rutscht von meiner Stirn zu meiner Wange, zu meinem Kinn, hält es sanft. Ich beginne, zu protestieren, doch sie bringt mich zum Schweigen.

‹Jetzt sei doch einmal still.

Mina schließt die Augen erst, als ihre Lippen auf meine treffen, als das passiert, was schon seit meiner ersten Nacht bei ihr zwischen uns gehangen ist, was sich so unmittelbar angefühlt hat, wofür die Nacht damals aber zu kurz war. Ich hatte mich nicht getraut, es mir vorzustellen, aus Angst, dass es nie passieren würde.

Sie küsst meinen Mund, meine Lider, meine Stirn, bahnt sich einen Weg zurück über meine Wange zu meinem Hals. Ich wünschte, sie würde sich nicht seitlich von mir abstützen, sondern ihren Körper Zentimeter für Zentimeter auf meinen legen. Wir könnten wie ein Reißverschluss sein, der sich schließt. Mina knabbert an der Seite meines Halses. Hitze sammelt sich überall dort, wo sie mich vielleicht gleich berühren wird. Ich bin wie erstarrt, nachdem sie meinen Mund zurückgelassen hat, fürchte mich davor, sie zu verschrecken. Mina beißt mich vorsichtig in den Hals. Ich spüre ihre Zähne meine Haut durchbrechen, es brennt. Sie löst sich von mir, sieht mich an, an ihren Lippen und an ihrem Kinn hängen ein paar Blutstropfen. Ich antworte mit einem raschen Nicken auf die Frage in ihrem Blick, schiebe meine Hände unter meinen Rücken, sehe erwartungsvoll zu ihr auf. Minas Zähne blitzen, ich schließe die Augen, bereit für alles. Mina gräbt sich in mich rein, gräbt mich um, ergreift alles, was sie finden kann. Ich halte still, jeglicher Wunsch, mich zu bewegen, hat meine Glieder verlassen. Sie beißt in meine Schulter, reißt die Haut auf, stöhnt genüsslich. Sie presst meine Lungenflügel platt, rollt sie zusammen und schiebt sie sich in den Rachen. Mina zieht ihre Krallen über meine Beine, zerfetzt meine Sehnen, frisst alles, was sie von mir lösen kann. Sie bricht meine Knochen, renkt Gelenke aus, schlürft Knochenmark und schluckt Knorpel im Ganzen. Das Herz hebt sie sich für den Schluss auf. Sie saugt das Blut aus den Herzkammern, beißt hinein wie in einen Apfel. Ich löse mich in ihr auf. Als Mina von mir ablässt, öffne ich schwer atmend die Augen. Zufrieden hält sie sich den prall gefüllten Bauch, rülpst in ihre Faust. Ich muss lachen, sehe zu, wie sie am anderen Ende des Sofas einschläft. Einen Augenblick später wird es hell. Es ist so weit. Ich bin spät dran.

Nach der gestrigen Aktion vom Anwalt ist das Interesse am Prozess exponentiell angestiegen. So viele Kameras und Mikrofone wie in den ersten Gerichtstagen säumen den Eingang zum Gerichtssaal und füllen die vordersten Sitzreihen. Elektrizität liegt in der Luft. Man wartet auf den großen Knall.
Der Gerichtssaal kommt mir klein vor, als wäre er wie ein Luftballon nach einer Party erbärmlich zusammengeschrumpft. Alice' Mutter sitzt in der zweiten Reihe. In ihrem Gesicht liegt die ungeduldige Erwartung eines Urteils, zusammen mit der Hoffnung, dass der Albtraum bald ein Ende nehmen wird, und der Angst davor, dass dahinter schon die nächste Katastrophe lauert. Der Anwalt lächelt mich an, dann faltet er die Hände auf einer ledernen Aktenmappe und sieht erwartungsvoll zum Hohen Gericht auf.

Ich betrachte die Staatsanwaltschaft von der Seite, sie scheint mich nicht weiter zu bemerken. Vielleicht, um ihren eigenen Seelenfrieden zu bewahren. Gut für sie. Was das für mich bedeutet, kann ich nicht sagen.

Ekaterina Tsvetok betritt den Saal, alle treten mit ihr auf der Stelle, dann wird sich hingesetzt. Es ist vollkommen still. Sie verschränkt die Hände vor sich auf ihrem Pult und sieht in die Menge, zu niemandem im Speziellen.

‹Das Hohe Gericht setzt die Staatsanwaltschaft davon in Kenntnis, dass neue Beweise vorgetragen wurden, die den Verlauf dieses Prozesses beeinflussen.

Ekaterina Tsvetok richtet das Wort an die Staatsanwaltschaft, an den Anwalt, an den Stenographen.

‹Das Hohe Gericht wurde gestern davon in Kenntnis gesetzt, dass ein gewisser Herr Christoph Scheuber ein Geständnis abgelegt hat. Herr Scheuber hat sich gestern Abend der Polizei gestellt. Er hat seine Schuld gestanden.

Hier versagt ihre Stimme und sie muss sich mehrmals räuspern, einen Schluck Wasser aus einer Glasflasche nehmen. Der ganze Saal hört ihr dabei zu. Alle und ich sehen, wie Ekaterina Tsvetok ein Tropfen aus dem Mundwinkel rinnt und sie ihn nicht wegwischt. Ihre Hände zittern ein wenig. Ihr Blick fährt durch den Raum, als wüsste sie nicht, mit wem sie gerade gesprochen hat oder wer all diese Menschen überhaupt sind, die auf ihren Stuhlkanten sitzen, mit Hohlkreuzen, sie anstarren.

‹Das… das Hohe Gericht hat aufgrund von Herrn Schnaub… Herrn Scheubers äußerst überzeugendem Geständnis… beschlossen, dass…

Kurz schließt sie die Augen, um neu anzusetzen, schüttelt leicht den Kopf, öffnet die Lider und verschränkt die zitternden Hände.

‹… der Prozess somit beendet wird. Die Angeklagte Karmen Anger ist demnach freigesprochen. Dieser

Prozess wird hiermit mit dem neuen Angeklagten, Herrn Scheuber, weitergeführt … unverzüglich!

Sie klopft ihre Entscheidung mit der flachen Hand auf den Tisch. Das letzte Wort hat sie hinterhergeschossen, es bekräftigt ihren Befehl und führt zu sofort einsetzender Geschäftigkeit unter den Anwesenden, die dadurch vielleicht vergessen können, dass Tsvetok das Ende dieses zwei Monate andauernden Prozesses in wenigen Sekunden heruntergestammelt hat. Die Staatsanwältin wischt sich mit einem Stofftaschentuch über den Nacken, tupft sich die Stirn ab.

Als Günter Schabowski bei einer Pressekonferenz in Berlin vor sich hin stammelte, dass die Grenzen zwischen Ost und West ab sofort offen seien, löste er keine größere Verwirrung aus.

Es wird geredet, durcheinander, laut, haltlos, mit rotem Kopf oder bleichen Wangen. Erst jetzt bemerke ich den Mann, der ganz still in der Reihe neben mir am Gang sitzt. Er trägt Jeans und ein graues Hemd, gebügelt, aber ohne Sakko. Er hat sich wohl auch darum bemüht, angemessen auszusehen.

Der Anwalt zieht meinen Sessel ruckartig mitsamt meiner Person nach hinten. Erschrocken springe ich auf und trete unbeholfen zur Seite, der Mann im grauen Hemd setzt sich auf meinen Platz. Was zur Hölle passiert hier?

Ich weiß nicht, wohin mit mir. Erst stehe ich neben dem Mann, der sich mit einer Selbstverständlichkeit auf meinen Platz gesetzt hat, die jedenfalls keine Opferhaltung suggeriert. Am Gang stehend fühle mich ausgestellt, aber die Saalaugen streifen an mir vorbei, als wäre ich wieder ein Teil keines Prozesses, nur Teil meines eigenen Lebens, nicht mehr von dem der Anwesenden.

Die Ränder meines Blickfeldes werden dunkel und ich setze mich schnell in die erste Zuschauerreihe auf einen freien Platz, mein Herz bleibt dabei in der Luft hängen, die Luft vibriert von seinen Schlägen.

Ich starre auf den Hinterkopf von dem Mann, der wohl dieser Scheuber ist. Irgendetwas muss ich doch darin finden. Am liebsten würde ich ihn antippen, damit er sich umdreht und ich sein Gesicht auf Antworten untersuchen kann. So oder so bin ich mir sicher, ihn noch nie in meinem Leben gesehen zu haben.
Ein Teil von mir erwartet, dass er sich umdreht, mir eine Cremetorte ins Gesicht wirft und „April, April!" schreit. Oder gibt es hier versteckte Kameras?
Der Anwalt redet in gedämpftem Tonfall mit ihm. Kurz wirft er mir einen Blick zu, und ich meine, Erleichterung in seinen Augen zu sehen. Sein Gesicht glänzt vor Aufregung.
Irgendwie muss Scheuber durch die Machenschaften des Anwalts in diese Situation geraten sein. Dabei hatte ich die Hoffnung, dass mein Verteidiger mir noch helfen würde, schon beinahe aufgegeben.
Irgendetwas stimmt hier ganz und gar nicht.
Plötzlich sind Minuten vergangen, der Gerichtssaal, der sich eben noch wild um mich gedreht hat, steht wieder still.
Der Anwalt erhebt sich, die Fingerspitzen lässt er auf der Tischplatte ruhen. Ich wringe die Hände im Schoß und fordere ihn in Gedanken auf, mich doch endlich wahrzunehmen, sich umzudrehen und mir zu erklären, was das hier alles eigentlich soll. Stattdessen erhebt er die Stimme und spricht zur Richterin, die sich das alles in Ruhe anhört, eine Zusammenfassung von dem, was sie bereits weiß oder zumindest vorgibt, sich gemerkt zu haben.

> ‹Herr Christoph Scheuber hat sich an der Tötung von Alice Mohnberger schuldig bekannt. Er hat sich der Polizei gestellt und die Tat gestanden. Mein Mandant hat dem Hohen Gericht ein schriftliches Geständnis vorgelegt. Aus diesem geht hervor, dass Christoph

Scheuber am vierten Juni dieses Jahres substanziell zu dem Unfall beigetragen hat, der zum Tod von Alice Mohnberger geführt hat.

Durch einen Tränenschleier nehme ich den Anwalt wahr, der weiterspricht, als hätte er nicht gerade alles verändert. Plötzlich soll ich nicht mehr schuld sein. Die Rede des Anwalts geht als Nebel durch mich durch.

‹Mein Mandant gesteht, am vierten Juni dieses Jahres die Lenkerin des PKWs, der Hauptbestandteil des Unfalls war, abgelenkt zu haben, wodurch diese den Unfall verursacht hat.

Die Richterin räuspert sich rasselnd. In der Hand hält sie ein Blatt Papier, von dem sie abzulesen scheint.

‹Wie genau hat Herr Scheuber die Lenkerin des PKWs abgelenkt?

‹Herr Scheuber befand sich zum Zeitpunkt des Unfalls gegenüber des Kindergartens, wo er gerade das Haus eines Freundes verließ, bei dem er die Nacht nach einem Pokerturnier verbracht hatte.

Das Publikum im Gerichtssaal beginnt in der kurzen Sprechpause des Anwalts sofort, zu murmeln und zu raunen. Als er erneut zu sprechen ansetzt, verstummt es schlagartig.

‹Als Herr Scheuber das Haus verließ, zündete er sich eine Zigarette an, die er, nachdem er sie im Stehen fertiggeraucht hatte, achtlos in Richtung der Straße beförderte. Die glühende Zigarette traf dabei auf die Windschutzscheibe jenes PKWs, mit dem der Unfall verursacht wurde. Die Lenkerin erschrak davon so stark, dass sie das Lenkrad in einem ungünstigen Moment herumriss, wodurch sich der Unfall ereignete, bei dem Alice Mohnberger zu Schaden kam.

Die Richterin liest weiter von dem ihr vorliegenden Zettel ab.

‹Gibt es Zeugen des Unfallhergangs?

‹Die gibt es. Der Bekannte von Herrn Scheuber, Herr Marič, hat bestätigt, dass dieser die Nacht bei ihm verbracht hat und das Haus zum von Herrn Scheuber angegebenen Zeitpunkt verlassen hat. Zudem haben drei Personen, die zum Zeitpunkt des Unfalls vor Ort waren, Herrn Scheuber identifiziert.

‹Haben Sie noch weitere Beweise vorzulegen, die die Schuld Ihres Mandanten bekräftigen?

‹Solche liegen vor. Wie in jenem dem Hohen Gericht vorliegenden Bericht beschrieben, haben Einsatzkräfte einen Zigarettenstummel am Unfallort gefunden. An diesem konnte die DNA von meinem Mandanten festgestellt werden. Es handelt sich um einen solchen.

Der Anwalt hebt einen Gefrierbeutel hoch in die Luft, in der ganz klein ein Zigarettenstummel auszumachen ist. Die Kameras klicken wie wild. Nach einer viel zu langen Sprechpause legt er den Gefrierbeutel auf den Tisch vor sich, wo man ihn nachher gut wird fotografieren können.

‹Wobei es sich bei dieser Zigarette nur um einen symbolischen Anschauungsgegenstand handelt.

Das interessiert die Menschen hinter den Kameras nicht, sie bringen sich schleichend am Rand des Gerichtssaals in Stellung, um von dort aus die symbolische Zigarette und das Gesicht des Mannes, der nun ihr Täter ist, auf ein Bild zu bekommen.

‹Wenn er schuldig ist, warum hat Ihr Mandant dann nicht schon früher gestanden?

Hier senkt der Mann, der vorgibt, meine Schuld zu tragen, reuig den Blick. Der Anwalt berührt kurz seine Schulter, als müsste er ihn trösten. Das ist wirklich ein irres Schauspiel. Das kann ihnen doch niemand glauben.

‹Mein Mandant ist sich im Klaren, dass die Wahrheit früher oder später ans Licht gekommen wäre. Die Gerechtigkeit des Justizsystems ist unfehlbar. Dass mein Mandant nicht schon früher gestanden hat, bereut er zutiefst. Damit hat er nicht nur die Zeit des Gerichts und von Ihnen allen …

Der Anwalt macht eine den Raum umfassende Geste und wirft einen unfokussierten Blick um sich. Damit meint er wohl nicht nur die Anwesenden vor Ort, sondern auch die zuhause vor ihren Endgeräten.

‹… verschwendet. Nein, mein Mandant bekennt sich ebenso schuldig, den Hinterbliebenen der Verstorbenen und auch der fälschlich angezeigten Karmen Anger Leid verursacht zu haben, das nicht notwendigerweise zu verursachen gewesen wäre. Herr Scheuber spricht den Hinterbliebenen sein tiefstes Mitgefühl aus. Er bekennt sich schuldig, die gehörige Sorgfalt außer Acht gelassen zu haben und plädiert daher auf fahrlässige Tötung.

Die Richterin hatte während der Ansprache des Anwalts mit gerunzelter Stirn die Augen über das Blatt Papier vor sich laufen lassen. Als er sein Plädoyer beendet hat, setzt sie wieder an, zu sprechen, ohne dabei von ihrem Zettel aufzusehen.

‹Das Plädoyer auf Fahrlässigkeit von Herrn Scheuber erfüllt die nötigen Kriterien eines solchen. Da Herr Christoph Scheuber sich zur Tat schuldig bekennt und seine Anwesenheit am Unfallort zweifelsfrei bestätigt wurde, wird der Angeklagte hiermit schuldig gesprochen und zu einer Freiheitsstrafe von zwei Jahren verurteilt. Es ist zwar lobend anzumerken, dass Herr Christoph Scheuber gestanden hat und seine Tat sichtlich bereut. Da er sich allerdings erst nach zwei Monaten dazu entschieden und dadurch die Arbeit der Justiz behindert hat, wird die Freiheitsstrafe um sechs Monate verlängert. Der Führerschein der Angeklagten Karmen Anger bleibt in der Verwahrung der Polizei. Sie kann in drei Jahren einen Antrag auf erneute Ausstellung eines Führerscheins stellen.

Der Kopf des Mannes, der gerade zu meiner Strafe verurteilt wurde, dreht sich ruckartig zum Anwalt um. Hat er sich das nicht erwartet? Hat er gedacht, er kommt glimpflich davon?

Der Anwalt hebt die Hand und bedeutet ihm, Ruhe zu bewahren, während der Gerichtssaal sich mit dem anschwellenden Geräuschpegel des Publikums füllt. Ein Schrei durchbricht das Murmeln und Tippen und Blitzen. Alice' Mutter ist in ihrem Sessel zusammengefahren, die Faust an den Mund gelegt starrt sie entgeistert vom Scheuber zum Anwalt, die mit dem Rücken zu ihr sitzen, dann zur Richterin, die ihren Blick nicht erwidert, scheinbar komplett vergessen hat, um was es hier geht, und um wen. Für sie ist der Fall erledigt. Für Alice' Mutter wird er das nie sein.

Den Irrsinn der letzten Wochen, dessen Zentrum sie und ich waren, ohne je miteinander zu sprechen, spiegelt sich in ihrem Gesicht wider. Da ist mehr, unendlich viel mehr, da ist Schmerz, den niemand verstehen kann, und Hass, der kein Ventil findet, jetzt vielleicht nie mehr finden wird. Für einen Moment treffen ihre Augen meine und ich frage mich, ob ich ihr jemals etwas von diesem Schmerz werde abnehmen können.

Die Person neben ihr legt ihr einen Arm um die Schulter, doch sie schüttelt sie ab und springt auf. Das Adrenalin muss sie hochgerissen haben, ihr Blick ist ungebändigt und empört, als sie nach vorne stürzt und dem Scheuber an die Schulter fasst. Erschrocken dreht er sich um, in seinem Blick steht die Angst, mit der er nicht gerechnet hat.

Bevor Alice' Mutter mehr tun kann, als in seine Haare zu greifen und auszuholen, um seinen Kopf auf die Tischplatte zu donnern, umschlingt eine brüllende Sicherheitskraft ihre Taille und zerrt sie, um sich tretend und schreiend, aus dem Saal.

Man sagt, dass Opfer von Gewalt vor allem vor Gericht gehen, damit ihnen jemand glaubt. Damit sie Gerechtigkeit erfahren. Wenn es keine Gerechtigkeit gibt – wenn man an nichts mehr glauben kann – muss man vielleicht einfach jemandem den Schädel einschlagen.
Durchgerüttelt von den Ereignissen nimmt das Geraune im Saal an Intensität zu, verliert dabei aber an Richtung. Manche der Schaulustigen schreien irgendwelche Kommentare, ob wohlwollend oder protestierend, kann ich nicht verstehen.
In diesem Chaos verlässt mich die Aufmerksamkeit. Das ist alles zu viel. Ich passe hier nicht mehr rein in all das, es reicht endgültig. In meinem Kopf überlagern sich die Fragen. Ich verschwinde möglichst unauffällig durch die Tür, ein letztes Mal.

‹Sie müssen entschuldigen. Meine Kollegen.

‹Ihre Kollegen?

‹Die Presse. Das Fernsehen. Und so weiter. Die Kollegen haben das ja nicht so ernst genommen, als wäre diese Situation nur ein großer Scherz, an dem sich alle beteiligen. Sie, also Sie als Person, aber auch die ganze, große Sache – das hätte nie diese Aufmerksamkeit bekommen, wenn wir nicht gerade mitten im Sommerloch gesteckt hätten. Da lechzen immer alle nach einer neuen Geschichte. Eine, die die Zeit überbrückt. Die Kollegen haben wohl ziemlich übertrieben.

Christoph Scheuber fährt mit dem Zeigefinger seinen schmalen Nasenrücken hinauf, schiebt die Brille zurück nach oben.

‹Das Sommerloch?

Er lacht, legt dabei die Hände auf die Knie, dann verschränkt er die Arme auf der grauen Resopaltischplatte, die uns trennt, und lehnt sich ein Stück weit vor.

‹Sie fragen sich doch sicher, was ich vorhabe, nicht?

Er schiebt die Ärmel seines Hemdes nach oben.

‹Ich dachte eigentlich gar nicht, dass Sie was vorhaben. Was auch immer es ist, das hier kann doch sicher nicht das gewünschte Ergebnis sein. Haben Sie irgendwas genommen?

Er lacht wieder, lauter. Er würde wohl aufspringen und durch den schmalen Raum tigern, wenn da nicht eine Überwachungskamera wäre und die Beamten nicht vor der Tür stünden. Ich lehne mich vor, sodass er mich leicht berühren könnte, wenn er wollte, zische ihn an.

‹Was zur Hölle machen Sie hier? Und wie – wie! – sind Sie hierhergekommen?

Herr Scheuber will mich auslachen, will mir seinen genialen, ausgeklügelten Plan von A bis Z erklären, so begeistert ist er von sich selbst, doch er zügelt sich, lässt sich Zeit. Er holt aus.

‹Das war alles noch nicht im Lektorat, aber so ungefähr lautet die Zusammenfassung:

*Wie ich unschuldig im Gefängnis landete (Arbeitstitel)*

*Von Anonymous*

*Ein Journalist, der bis an die Grenzen geht. X. hat eine Tat auf sich genommen, die er nicht begangen hat. Die Undercover-Recherche führt ihn in das österreichische Gefängnis XXX (Name noch nicht bekannt), in dem Menschenleben wortwörtlich mit Füßen getreten werden. Das Buch des anonymen Autors wurde bereits vor seinem Erscheinen als Bestseller gehandhabt und wird von der Kritik als „Geniestreich" gelobt.*

Die Testimonials schickt der Verlag bald mit Probeexemplaren raus:

*„Ein journalistisches Meisterstück der Handwerkskunst und ein beispielhaftes Werk für junge Journalisten."*

*„Bahnbrechende Recherche, ein echter Page-Turner!"*

*„Mitreißend erzählt, eine Glanzleistung!"*

Das ist natürlich noch nicht der finale Wortlaut, verstehen Sie. Aber das Buch ist schon gekauft. Das wird der größte Bestseller dieser Art seit der Kampusch!

Ich muss mir ein hysterisches Lachen verkneifen, das schon lange in meinen Tränensäcken festhängt. Er scheint es nicht zu bemerken oder für Rührung zu halten, für Dankbarkeit. Er hat mich ja schließlich befreit.

‹Ich hatte immer Mitleid mit Ihnen. Die Kollegen nicht, das muss man schon auch sagen. Da bin ich ja nicht so. Ich konnte das nicht mehr mitansehen. Wie sich alle auf diese Sache gestürzt haben. Wie die Aasgeier, die über Ihnen kreisen und nur darauf warten, dass Sie endlich vom Baum springen und sich das Genick brechen. Es war wirklich nicht schön anzusehen. Sie haben ja nichts getan, was nicht jeder von uns schon einmal getan hätte – kurz beim Fahren nicht aufpassen … Währenddessen hätte der Kanzler drei Mal zurücktreten können. Beweise gab es genug. Videos, Fotos, SMS … Wir haben darüber berichtet. Aber haben die Leute gecheckt, was passiert? Nein, sie haben auf *Ihr* Foto geklickt. Und auf Fotos von dem kleinen toten Mädchen. Ich wollte diese Geschichte ja schon immer schreiben, aber es ist fast unmöglich, in Gefängnisse reinzukommen, fast! Nie lassen sie uns die besichtigen, schon gar nicht die, wo es wirklich zugeht, verstehen Sie. Einen Ex-Häftling kann ja jeder interviewen.

‹Sie haben sich diesen ganzen Scheiß ernsthaft einfach ausgedacht?

Da blitzen seine Augen auf, er schmunzelt. Er ist mir ja sowas von weit voraus. Ich bekomme immer mehr das Gefühl, es mit dem Joker zu tun zu haben.

‹Sie finden das lustig? Was haben Sie dem Anwalt gesagt? Dass Sie alle Schuld auf sich nehmen und ihm genug Geld geben, damit er die Sache gut verkauft? Und was haben Sie Ekaterina Tsvetok gesagt, Sie beide?

Das kann sie doch nicht allen Ernstes geglaubt haben. Niemand würde das glauben! Und alles nur, um am Ende ein Buch rauszubringen? Wissen Sie überhaupt, was es bedeutet, ins Gefängnis zu gehen? Wenn Sie wieder rauskommen, sind Sie ein Nichts für die Gesellschaft, ein Dreck! Egal, wie viel Geld Sie mit Ihrem Buch machen, es wird Ihnen nicht dabei helfen, Ihr Leben nach zwei Jahren wiederherzustellen!

Sein spitzbübisches Lächeln ist nie ganz aus seinem Gesicht zu wischen, doch jetzt flackert es.

‹Zugegeben, die Strafe ist doch ein wenig härter ausgefallen, als gedacht. Aber das ist nur ein kleiner Rückschlag, ein minimales Hindernis – niemand hat gedacht, dass es leicht wird, zu …

‹Und die Richterin? Was haben Sie der gesagt? Bekommt die Prozente von den Buchverkäufen, oder was?

Scheuber kichert verhalten. Das darf doch nicht wahr sein. Der muss bald für mehr als zwei Jahre ins Gefängnis und denkt auch noch, er hätte gewonnen.

‹Die gnädige Frau Richterin hat von der ganzen Sache nicht viel mitbekommen.

Er wartet darauf, dass ich nachfrage, doch die Befriedigung will ich ihm nicht geben.

‹Die Tsvetok ist dement. Können Sie sich das vorstellen? Eine demente Richterin, die entscheiden hätte sollen, was mit Ihnen passiert. Ihre Angehörigen wollten schon lange, dass sie sich aus der Öffentlichkeit zurückzieht. Der Anwalt und ich haben ihr nahegelegt, dass sie aufhören soll, so lange es noch niemandem aufgefallen ist, sozusagen.

‹Sie ist was?

Die Auswirkungen von dem, was Scheuber da von sich gibt, tröpfeln nur langsam in meinen Verstand. Hatte ich ihr deswegen alles mehrmals erzählen müssen? Hat der

Prozess etwa nur wegen ihrem Zustand so lange gedauert? Hätte jemand anderes mich sofort als Schuldige erkannt und die Sache nach kurzer Zeit für beendet erklärt?
Die Möglichkeit, dass ich jetzt an Scheubers Stelle sitzen könnte, ist schmerzhaft ernüchternd. Ich bin nur durch einen Zufall der Freiheitsstrafe entkommen. Genau die Richterin, die meinem Fall zugeteilt wurde, leidet an einer Krankheit, die sie vergessen lässt, und nur deswegen hat die Idee von diesem Verrückten, der mir gegenübersitzt, funktioniert. Scheuber flüstert mir eindringlich den Clou seines genialen Plans zu.

‹Dement ist sie. Das Geld von meinen Buchverkäufen hat sie zwar nicht nötig, unser Angebot hat sie aber trotzdem angenommen, weil wir so diskret mit ihrer Situation umzugehen versprochen haben. Sie müssen verstehen, dass ich für diesen Vertrag einen wirklich einmaligen Deal rausgehandelt habe. Die Serienrechte liegen schon bei einem namhaften Produktionsstudio, dessen Namen ich Ihnen leider noch nicht verra…

Bevor er weitersprechen kann, stehe ich auf, schiebe die Sesselbeine laut ratternd über den Boden. Ich will da nicht mit reingezogen werden. Scheuber wird unruhig. Er ist noch nicht fertig mit seiner Geschichte.

‹Es wird Sie sicherlich freuen, dass Sie sich um Ihre Zukunft vorerst keine Sorgen zu machen brauchen.

Ich halte in der Bewegung inne. Meine Zukunft war so lange ein schwarzes Loch ohne Aussicht auf Besserung. Dieser Scheuber ist irre genug, irgendwo einen Lichtblick zu erfinden.

‹Das Buch ist bereits gekauft, die Serie auch. Die Rechte an der Geschichte sind schriftlich verewigt, die Tantiemen dürften uns allen für eine Weile ein bequemes Leben ermöglichen. Ihre Bankverbindung habe ich mir von unserem Anwalt geben lassen. Sie brauchen sich keine Sorgen mehr zu machen, vorausgesetzt, ich kann auf Ihre Diskretion zählen.

Bestechen will er mich auch noch. Mein Kopf ist zum Platzen voll, die Bienen aus dem Gerichtssaal haben sich zwischen meinen Ohren eingenistet, legen einen neuen Stock an. Ich will ihm sagen, dass ich das eigentlich alles gar nicht wissen will, dass ich am liebsten die Zeit zurückdrehen würde, damit dieser Prozess ein richtiges Ende bekommt, damit zumindest irgendetwas an dieser Sache Sinn ergibt. Ein paar Jahre im Gefängnis hätten mich auch läutern können, vielleicht wäre ich auf der anderen Seite als neuer Mensch herausgekommen, motiviert, etwas aus meinem Leben zu machen.

Was mein Schicksal war, blüht jetzt diesem Scheuber, einem echten Verbrecher. Vielleicht wird er irgendwann in den zwei Jahren hinter Gittern einsehen, was für eine schwachsinnige Idee das alles war und das Buch doch nicht veröffentlichen. Ich kann mir nicht vorstellen, dass ich darin allzu gut wegkomme, auch wenn er behauptet, ich bräuchte mir keine Sorgen zu machen.

Ich öffne den Mund, will protestieren, dass er das alles doch nicht machen kann, das wird niemals funktionieren, was bildet er sich ein? Hat er auch nur ein einziges Mal an die Hinterbliebenen gedacht, bis Alice' Mutter ihm fast den Schädel eingeschlagen hat?

Das Auswringen jeder meiner Adern, das monatelang gedauert hat, unendlich viele Ressourcen verschlungen hat, wurde plötzlich von der Schnapsidee zweier Männer, Geld zu machen, beendet. Der Anwalt muss sich davon einen Erfolg versprochen haben, den er bei mir nicht gesehen hat. Er muss sich still und heimlich das bestmögliche Ende ausgerechnet haben.

Was bleibt mir anderes übrig, als den Scheuber machen zu lassen, was er sich einbildet, tun zu müssen? Sollte ich ihn verklagen (wofür genau überhaupt?), wer würde mich vertreten? Wer würde sich das antun? Niemand würde mir glauben, nicht nach alldem. Und, wenn ich ehrlich bin, kann ich mir das selbst nicht noch einmal antun. Ich komme aus dem Seufzen nicht mehr raus. Darauf muss er spekuliert haben. Aber eines muss ich noch wissen, bevor ich gehe.

‹Waren Sie wirklich dort, als der Unfall passiert ist?› Scheubers triumphaler Blick trübt sich, als würde er durch mich hindurchsehen. Er wendet ihn von mir ab. Vorher war ich sein Publikum, jetzt will er plötzlich nicht mehr bemerkt werden.

‹Haben Sie sie sterben sehen?›
Er hält den Blick starr an die Wand gerichtet, kratzt sich am Hals. Ich warte eine volle Minute, bis ich nicht mehr aushalte, dass er Alice ignoriert, als wäre sie nicht wichtig. Als würde er gerade nicht seine Karriere auf einem toten Kind aufbauen. Dann lasse ich ihn allein. Er ist es nicht wert.

Vor der Justizanstalt, in der ich mit Scheuber gesprochen habe, ist die Luft kalt und regenschwanger. Alles fühlt sich komisch an, alles frisch und trotzdem schmierig.
Ich bin sowas wie freigesprochen, zumindest von der Justiz, nicht aber von allem anderen. Nicht von meinem Ruf, nicht von meiner Schuld, nicht von Alice' Tod, von dem mich niemand freisprechen kann oder zumindest nicht so, dass es sich richtig anfühlt.
Nachdem ich Scheuber sitzen gelassen habe, fahre ich zurück in Minas Wohnung. Sie umarmt mich, sagt aber nichts. Ich kann mir kaum ausmalen, was sie über mich und diese ganze Sache denkt. Wenn sie erleichtert ist, ist sie es sehr vorsichtig. Vielleicht glaubt sie, dass ich sie sowieso bald wieder verlasse, lässt mich einfach ausatmen, so lange wie nötig.

Die Medien sind nach dem Prozess für eine Weile voll mit Fotos von Christoph Scheuber und dieser symbolhaften Zigarette im Gefrierbeutel. Es gibt einen neuen Skandal, aber nicht aus dem Grund, den ich angenommen habe. Scheuber ist der Sohn von Alfred Scheuber, dem Inhaber der größten Tageszeitung des Landes und einer Firma, die schon ein paar preisgekrönte Serien produziert hat. Alle Medien bis auf Scheubers Zeitung pflastern die Gesichter der beiden unterhalb von Schlagzeilen.

***Scheuber-Sohn in Gefängnis: „Bereue Unfall zutiefst"***

***Journalist im Gefängnis gibt erstes Interview: „Jetzt erzähle ich alles"***

***Exklusiv: Die Wahrheit über Christoph Scheuber***

Mein eigenes Gesicht ist von den Titelseiten verschwunden. Ab und zu rufen mich noch unbekannte Nummern an, aber ich hebe nie ab, denn es könnten ja die Medien sein, die meine Seite der Geschichte hören wollen. Ich verstecke mich auf Minas Balkon, wo ich den Nachbarn zusehe, wie sie ihre Wäsche aufhängen, telefonieren, abends bei offener Balkontür fernsehen. Mama schreibt mir, ob ich zum Essen vorbeikomme, und ich gehe pflichtbewusst.

Eine Woche später werden bei einem Parteimitglied der Rechten Nazi-Devotionalien gefunden, dann ist Herbst und in der Regierung stehen Budgetgespräche an. Mein Prozess verschwindet endgültig aus den Schlagzeilen.

Nach einigen Tagen, die ich auf Minas Balkon verbringe und wie eine Eidechse die Sonne aufsauge, sage ich einen einzigen Satz, der mir richtig vorkommt, der mir Zeit verschafft, um nachzudenken, um zu verdauen.

‹Ich werde irgendwas studieren.

Mina legt ihre Arme von hinten um meinen Hals, platziert ihr starkes Kinn in der Kuhle meines Schlüsselbeins. Und küsst meine Wange.

## Schlussplädoyer

Von manchen Dingen erholt man sich nie. Man kann nur hoffen, dass irgendwann genug Leute vergessen haben, was passiert ist. Dann wirken die Schäden wie sehr weit weg und man kann darüber in der Vergangenheit sprechen, ohne sie ins Jetzt und ins Bald holen zu müssen.

Der Prozess und die Medien, die beiden haben mein Leben vorgezeichnet – mir Dinge eingeflüstert, wenn ich meinen Text vergessen hatte, bestimmt, wo ich schlafe und wo nicht. Jetzt haben sie mich fallen lassen, weil es wichtigere Dinge gibt als den Tod einer Vierjährigen und den Schmerz der Hinterbliebenen.

Ich bin raus aus dem Aquarium, überwintere außerhalb von Einmachgläsern, und weiß plötzlich noch weniger als vorher, was ich mit diesem Rest meines Lebens anfangen soll. Wie heilt man ein Schleudertrauma? Abwarten.

Auf der Uni bin ich eine Karteikarte von tausenden anderen, die sich vor der echten Welt verstecken, indem sie immer weiter studieren. Das Studium gibt mir eine Routine, die machbar erscheint, eine leicht zu bewältigende To-Do-Liste. Ich führe diese Liste mit Bedacht, sie untergräbt meinen brandneuen Alltag mit nahrhaftem Kompost, von dem ich Anna erzählen kann, wenn wir uns treffen. Sie hat nicht aufgegeben, mir zu schreiben, und ich konnte mich nicht dazu durchringen, ihre Nummer zu blockieren. Die Schuld hat sie aufgefressen. Irgendwann tat sie mir leid – ich hatte den Prozess mit der Zeit verdrängt, ihr gelang das anscheinend nicht. Ich gab schließlich nach und ließ sie schrittweise wieder in mein Leben.

Ein Konto mit einem Namen, den ich nicht erkenne, überweist mir zweitausend Euro. Ich will das Geld nicht anfassen, will damit nichts zu tun haben. Gleichzeitig unternehme ich nichts dagegen, dass dieselbe Summe monatlich auf meinem Konto erscheint.

Gregor hat mich rausgeschmissen. So hat es sich angefühlt, aber eigentlich lag da nur ein Zettel auf dem Küchentisch und kein Müllsack am Gang, obwohl ich schon seit Wochen bei Mina schlief. Ich bin nur dort, um alte Möbel zu verkaufen.
Die Luft in der Wohnung ist schwül, der Boden immer noch feucht. Das Wasser muss langsam durch das Parkett gesickert sein. Es riecht muffig, der Putz an den Wänden ist stellenweise aufgequollen. Schwarze Schimmelflecken breiten sich von der Decke Richtung Boden aus.

*Sag Bescheid, wenn ich dir bei der Wohnungssuche helfen kann. Alles Gute!*

Ich schmiere meine Antwort auf den Zettel. Im selben Moment will ich sie durchstreichen.

*Passt schon.*

Ich rufe Mina an und ein paar Nachtstunden später haben wir alle meine restlichen Habseligkeiten in mein Auto gestopft, das ich zuvor komplett, von innen und außen, habe reinigen lassen. Erschöpft und verschwitzt sitzen wir am Parkettboden des Zimmers, das nie meins geworden ist, und ich mache uns zwei Mate-Eistees auf. Unsere klebrigen Schultern berühren sich und ich habe Angst, zu sehr zu stinken. Mein Deo ist in irgendeiner Kiste. Ich finde es erst wieder, als ich bereits ein neues gekauft habe.
Wir steigen ins Auto, schließen die Türen. Im Rückspiegel sehe ich, wie das Haus beginnt, in sich zusammenzufallen. Erst bricht das Dach ein, als würde ein Riese darauf herumspazieren. Dann stürzt das Dachgeschoss ein, in dem wahrscheinlich immer noch meine Schuhe liegen, mit denen ich nach dem Unfall in mein Erbrochenes gestiegen bin. Das Haus, in dem ich jahrelang zu wohnen versucht

habe, bricht von oben nach unten in sich zusammen, bis nur noch ein Schutthaufen übrigbleibt. Es sprudelt aus den aufgerissenen Wasserleitungen, bald wird die ganze Straße unter Wasser stehen.

Minas Kater streicht mir um die Beine, vor allem beim Zähneputzen, als wollte er mir versichern, dass ich ganz sicher hier bleiben darf. Ich wickle Minas Handtücher um meine Haare, lese ihr Bücherregal von oben bis unten und gehe morgens nicht weg, ohne mich ausgiebig zu verabschieden. Würde man eine Kamera auf mich richten, wäre ich eine Miniatur im Sonnenuntergangslicht mit geknüpften Wandteppichen, der Duft von Nektarinen würde mich umgeben und aromatisch weichzeichnen.
Wir reden darüber, was passieren wird mit uns. Sie sagt, sie will nichts benennen, ich solle nicht gleich einen Ring kaufen. Trotzdem verkündet sie mir, ohne zu zögern, ich würde bei ihr wohnen bleiben, als gäbe es für genau diese Situation einen Risikomanagementplan, dessen Instruktionen man nur zu folgen braucht. Manchmal sehe ich sie an und habe das Gefühl, dass sie auf mich gewartet hat, und ich bin endlich da, und wohin soll ich jetzt auch noch gehen. Mina wird zu meinem Dreh- und Angelpunkt.
Ich bin eine brave Studentin. Ich sorge für ein Farbschema, nach dem ich meine Unterlagen sortiere. Ich höre den Vortragenden zu. Ich stelle Fragen und rolle mit den Augen, wenn immer wieder von anderen Studierenden dieselben, langweiligen Fragen gestellt werden. Samstags kellnere ich in einem Frühstückscafé und werde richtig gut darin, Tierfiguren mit dem Milchschaum in den Kaffee zu malen. Sonntags schlafen Mina und ich miteinander, bevor wir Croissants holen gehen. Dann geht sie zum Sport mit anderen Personen, die das Gleiche

durchgemacht haben wie sie und ich schreibe meine Arbeiten.
Irgendwann bin ich fertig mit dem Studium und gehe nicht zur Abschlussfeier. Ich will nicht, dass es aufhört. Dann kommt ein Paket in der Post.
Das Buch liegt mit dicker Haut und spitzen Ecken in meiner Hand. Auf dem Cover ist das Gesicht irgendeines Mannes, mitteljung und mit Bartstoppeln. Mit grimmigen Augen blickt er wie ein eingesperrter Bär zwischen Gitterstäben durch. Ich registriere den Titel gar nicht, schlage sofort den Buchdeckel auf. Und da ist sie. Eine Widmung.

*Die Presse und ihre Worte sind frei.*
*Für K.*

‹In welchem Land bist du gerade?

‹Ich bin in Thessaloniki. Weißt du, ich gewöhne mich langsam dran, an dieses Leben hier.

‹Hast du nicht langsam genug vom Reisen?

Ich tue Mina gegenüber so, als würde ich das Ende meines Studiums mit einem ausgedehnten Trip feiern, einfach um des Genießens Willen. Sie glaubt mir natürlich kein Wort.

‹Du versteckst dich also weiterhin? Wir warten hier auf dich, ich und der Kater.

Minas Gesicht auf meinem Handy friert ein. Ihre Augen sind halb geöffnet, als ich sie schlafen lege.
Ich krabble über den Teppichboden zur Minibar, öffne einen Energydrink und leere ihn wie Wasser. Ekaterina Tsvetok ist am Morgen gefunden worden. Sie war nachts aus ihrem Haus marschiert und auf dem nassen Gehsteig ausgerutscht. Die Pflegekraft hatte die Tür nicht zugesperrt oder den Schlüssel stecken lassen oder irgend so etwas. Sie tut mir ehrlich leid. Ich hoffe, sie hat so viel Geld

wie nur möglich aus dem Scheuber herausgequetscht, bevor sie gegangen ist.

Thessaloniki hat wunderbares Wetter, wenn man in der Nebensaison kommt. Nach fünf Minuten in der prallen Sonne hat man nicht das Gefühl, dass einem der Kopf explodiert. Außer, man hat gerade so einen Kater wie ich.

Ich freue mich über den Kater. Ich freue mich über jeden Sonnenbrand, jedes Magenknurren. Ich liebe den Chlorgeruch am Pool und meinen Kuli, der ab und zu entscheidet, leer zu sein, aber nicht oft genug, um ihn wegzuwerfen. Es fühlt sich alles real an. Noch nie hat sich etwas so real und so klein und so greifbar angefühlt. Ich kann mein Leben in einer einzigen Hand halten.

Es ist eine Woche her, seit ich zuletzt von Mina gehört habe. Mein Handy befindet sich irgendwo in dem Kleiderhaufen am Boden meines Hotelzimmers – zusammen mit den Briefen, die mir Alice' Mutter geschickt hat. Das Erscheinen von Scheubers Buch ließ den Prozess wieder aus mir hervorsprudeln. Der eiserne Griff, den ich Finger für Finger um meine Erinnerungen gelegt hatte, löste sich schlagartig. Wochenlang schaffte ich es nicht, mich vom Sofa zu erheben, wenn ich nicht unbedingt musste. Bei der Arbeit im Café lebte ich in ständiger Angst, dass mich wieder jemand erkennen würde, dass das alles von vorne beginnen könnte. Jeder Mann im Anzug sah aus wie der Anwalt, jedes kleine Mädchen erinnerte mich an Alice. Auf dem Sofa war ich sicher, der Kater leistete mir Gesellschaft. Mina behandelte mich wie eine Kranke, brachte mir mein Lieblingsessen, schaute abends mit mir „The Office". Während ich verfiel, begann sie wieder, ein paar Tage die Woche in der Bar zu arbeiten, traf alte Freundinnen. Sie lebte mir vor, wie man lebt. Irgendwann ließ Mina mir einen dicken Umschlag in den Schoß fallen, der zusammen mit den Rechnungen gekommen war.

Darin waren Briefe, die Saskia Mohnberger mir geschrieben hat – während des Prozesses und danach. Sie hatte ihnen eine Notiz beigelegt.

*Ich konnte mich bis heute nicht entscheiden, ob ich die Briefe tatsächlich abschicken will. Es war notwendig, das alles aufzuschreiben. Es würde mir bessergehen, wenn Sie sie lesen würden.*

Ich habe sie alle gelesen, mit vielen Pausen, in denen ich versuchte, mein Herz zu beruhigen, eine Zigarette an der vorherigen anzündete. Ich las alles, was Saskia Mohnberger mir hatte sagen wollen, warf die Briefe in einen Koffer und buchte einen Flug.

Regelmäßig döse ich am Pool weg. Am Flughafen habe ich einen Block mit Kreuzworträtseln gekauft. Nach der Hälfte des Blocks kenne ich schon die meisten Antworten auswendig.

*Stadt am Rhein mit vier Buchstaben: CHUR*
*Waldvogel mit sechs Buchstaben: HAEHER*
*Was mache ich hier eigentlich mit zehn Buchstaben: VERSTECKEN*

Der Kellner in meinem All-inclusive-Hotel, bei dem ich immer wieder Getränke nachbestelle, hängt gelangweilt an der Bar rum. Ich bin fast die Einzige im gesamten Hotel. Jedenfalls die Einzige, die was von ihm will – alle anderen Gäste sind nur zum Sporteln hier. Sie verlassen frühmorgens das Gelände und kommen mit sandigen Wanderschuhen zurück. Nur ich logiere mit Sonnenbrand und Schwips auf einer der vielen Liegen am Pool. Der Kellner ist sicher sauer auf mich, weil er nur wegen mir arbeiten muss. Ich bedanke mich, indem ich ihm ab und zu einen Fünfer zustecke, dann lächelt er gequält.

Abgesehen von ihm interessiert sich hier niemand für mich. Es ist der schönste Ort, an dem ich je war.

Meine Mutter erscheint irgendwann, als ich gedanklich bei der Weiterreise bin. Nehme ich als Nächstes ein Boot zu einer mir unbekannten Insel? Fliege ich weiter nach Barcelona? Oder bestelle ich einfach noch eine Piña Colada? Die Möglichkeiten sind schier endlos, weil Bleiben auch dazugehört.

Sie legt ihre kalte Hand auf meine Schulter, doch selbst das kann mich nicht aus meinem Zustand der entspannten Erschöpfung reißen. Ein Seufzer entfährt mir. Ich bin gut geworden im Seufzen, mit jedem Seufzen reiße ich den Bienen in meinem Kopf ein paar Flügel aus.

‹Wie hast du mich gefunden?

‹Mina hat es mir gesagt.

Natürlich, Mina. Sie muss wütend auf mich sein. Vielleicht sitzt sie in eine Decke gewickelt auf dem Balkon und wartet darauf, dass ich zurückkomme. Vielleicht hat sie auch jemand anderes gefunden, der nicht einfach davonläuft. Vielleicht kann ich irgendwann so jemand sein.

Ich bedeute meiner Mutter, sich zu setzen, und sie lässt sich auf meiner Liege nieder. Erst sitzt sie am Rand, doch dann rücke ich ein Stück zur Seite, und sie legt sich neben mich. Die Armlehnen pressen uns aneinander. Sie in einem hellgrünen Leinenensemble, ich in einem Bikini aus dem Souvenirshop des Hotels. Der Kellner kommt sofort herbeigeschlurft und ich bestelle uns noch zwei Piña Coladas.

‹Wie lange bleibst du?

‹Ich musste doch etwas tun. Du gehst ja nicht ran, wenn man dich anruft!

Meine Mutter verschränkt genervt die Arme vor der Brust. Statt mich anzusehen, taxiert sie die Poolleiter. Ich greife nach ihrer Hand und schließe die Augen, die müde sind, müde von der Sonne und den Drinks und den Nächten, in denen sie nicht geschlossen bleiben wollen, sondern aufspringen, wie an Federn montiert.

Der Unfall ist mehr als drei Jahre her. Alice wäre jetzt schon in der Schule. Je mehr ich über sie nachdenke, desto mehr habe ich das Gefühl, sie zu kennen. Ich kann mir vorstellen, wie sie eine Schultüte hält und in die Kamera grinst, die Haare geflochten und mit bunten Spangen geschmückt. Ein ganz normales Kind, ein Kind mit einer Zukunft. Wenn ich könnte, würde ich ihr meine Zukunft schenken, vorausgesetzt, sie nimmt sie auch an. Mehr als drei Jahre nach dem Unfall kann ich mir immer noch nicht vorstellen, wie es weitergeht mit mir. Alice war nicht mein Kind, doch wo sie war, ist jetzt eine Wunde, die sich nur langsam schließt.

Die Wunde hat aus meinem Leben einen Krater gemacht. Dass dieser Journalist mir die Last einer Gefängnisstrafe abgenommen hat, hat nichts daran geändert, dass ich weiterhin in dem Krater sitze, das Kinn über den meterhoch stehenden Schlamm gereckt. Am Horizont kann ich Alice' Mutter sehen, ihre ganze Familie. Auch sie strecken mit Mühe die Gesichter zum Licht, spucken Schlammbatzen aus und ringen nach Luft. Ich kann ihnen nicht helfen, niemand kann uns helfen. Auch meine Mutter kann das nicht. Sie kann eine Stütze sein, eine Schulter, an der sich mein schwerer Schädel anlehnen kann, aber nicht mehr.

Das muss reichen. Für alles, was auch immer danach kommt.

## Danksagung

Danke an alle meine Deutschlehrerinnen, auch wenn sie mich gezwungen haben, langweilige Bücher zu lesen. Gedichtinterpretationen und Erörterungen zu schreiben war manchmal das Einzige, das mir leichtfiel.
Danke an Gertraud, für deine Worte, deinen Mut und dafür, dass du ein Vorbild bist.
Danke an Markus, Lena, Katharina, Diana und Nathalie.
Danke an Lisa, dafür, dass du dich in der Erstversion dieses Textes verloren hast.
Danke an Stefanie für deine Ehrlichkeit.
Danke an Yasmin und das Team von Kremayr & Scheriau.
Danke an alle meine Freundinnen, dafür, dass ich euch nie davon überzeugen konnte, an mir zu zweifeln.
Danke an meine Familie für eure Unterstützung, mein Leben lang.
Dank an Ivan per il tuo sostegno è i tuoi abbracci, per aver colto tutte le mie lacrime. Ti amo. Sempre.

Quellenangabe
S. 111, Text aus “Can I Sleep In Your Brain?” von Ezra Furman (2015)

**Außerdem aus dem Programm des Verlags Kremayr & Scheriau**

Simone Hirth
**Malus**

Roman

176 Seiten
978-3-218-01410-6

Was macht Eva nach der Vertreibung aus dem Paradies?
Sie beendet die Missbrauchsbeziehung mit Adam, kommt im Jetzt an und versucht, ihr Leben selbstbestimmt neu aufzubauen.

Der Apfel, die Schlange, die Erkenntnis, die Schuld, die Vertreibung, das Leben danach. Was, wenn Eva heute leben würde und sich aus der gewaltvollen Beziehung mit Adam befreien könnte? Die Chance auf ein selbstbestimmtes Leben hätte?

Simone Hirth nimmt das biblische erste Menschenpaar als Ausgangspunkt für eine Parabel, die unversehens in der Gegenwart landet – toxische Männlichkeit, Arbeitslosigkeit und Scheidungsprozess inklusive. Sie rechnet gnadenlos ab mit dem patriarchalen Erbe unserer Gesellschaft und öffnet die Tür zu einem anderen Lebensentwurf.

**Außerdem aus dem Programm des Verlags Kremayr & Scheriau**

Romina Pleschko
**Offene Gewässer**

Roman

208 Seiten
978-3-218-01384-0

Die kleine Elfi ist eine Schelmin. Im Alleingang schlägt sie sich einfallsreich und mit teils unlauteren Mitteln durchs Leben, in ihrem neuen Heimatort Liebstatt am See wird das junge Mädchen schnell als Sonderling abgestempelt. Trotz Elfis gewitzter Bemühungen will die Gemeinde sie nicht als eine von ihnen annehmen, sie bleibt eine Außenseiterin. Jahre später kehrt sie als ältere Frau nach Liebstatt zurück – und wieder wird der Ort zum Feind. Der Bau eines Hotels bedroht die Idylle ihres Seegrundstücks. Will die Gemeinde sie loswerden? Es ist Zeit für Widerstand, findet Elfi.

Romina Pleschko zeichnet ein herrlich entlarvendes Bild der Gesellschaftsstrukturen in einer Kleinstadt und stellt ihr eine Heldin gegenüber, die mit allen Wassern gewaschen ist.

K&S

Mit freundlicher Unterstützung von

Stadt Wien | Kultur

Verlag Kremayr & Scheriau GmbH & Co. KG, Wien
Rotenturmstraße 27/5, 1010 Wien
office@kremayr-scheriau.at
www.kremayr-scheriau.at

ISBN: 978-3-218-01469-4

Cover und Umschlaggestaltung: Tine Fischer
Unter Verwendung von: shutterstock.com 1819109351
Typografische Gestaltung und Satz: Ekke Wolf, typic.at
Lektorat: Yasmin Al-Yazdi
Druck und Bindung: Florjančič tisk d.o.o., Maribor